권능의 반지

권능의 **반지 2**

초판 1쇄 인쇄일 2015년 10월 26일 ǀ **초판 1쇄 발행일** 2015년 10월 28일

지은이 김종혁 ǀ **펴낸이** 곽중열 ǀ **담당편집 팀장** 이범수
편집부 신연제 이윤아 김호성 김은경

펴낸곳 (주)조은세상 ǀ 출판등록 제 2002-23호
주소 경기도 연천군 미산면 청정로 1355
TEL 편집부 02)587-2966 ǀ FAX 02)587-2922
e-mail bukdu@comics21c.co.kr

ⓒ김종혁 2015
ISBN 979-11-5832-322-6 ǀ ISBN 979-11-5832-320-2(set) ǀ 값 8,000원

권능의 반지

김종혁 현대판타지 장편소설

NEO MODERN FANTASY STORY

2

북두
(도)좋은세상

권능의 반지 5
NEO MODERN FANTASY STORY

권능의 반지

25화. 가시산맥으로 향하다

NEO MODERN FANTASY STORY

포로들은 군락 외곽에 있는 감옥에 갇혀 있었다.

돌과 쇠로 만든 조악한 건물이었으나, 사람 몇 가두기에는 충분해 보였다.

"여기다."

지훈은 감옥 안을 슬쩍 들여다봤다.

사람이 셋 있었는데, 모두 겁을 잔뜩 먹었는지 눈도 마주치지 못하고 벌벌 떨었다.

"쟤들 왜 저래. 아무 짓도 안한 거 맞아?"

가벡이 감옥지기를 눈으로 흘겼다.

"골긱이 밤에 암컷을 건드리려고 했지만, 제가 막았습니다. 아무런 일도 없었어요. 정말입니다!"

"그르르! 건드리지 말라고 했을 텐데!"

"그래서 제가 막았…."

"처음부터 못하게 잘 봤어야지!"

빡 소리가 나며 감옥지기의 얼굴이 돌아갔다.

'다행히 시도는 있었지만 결과는 없었군.'

시도만으로 트라우마가 생기기엔 충분했겠지만, 도중에 막혔다는 게 그나마 불행 중 다행이었다.

가벽에게 두드려 맞는 감옥지기를 무시하고 감옥 안으로 말을 걸었다.

"이봐 거기. 괜찮소?"

말을 걸어도 쳐다보지 않았다.

상태가 퍽 좋지 않아 보였다.

"구하러 왔소. 얘기 좀 합시다."

고개를 숙였던 여자 둘이 창살 앞으로 들러붙었다. 반면 남자는 몸이 좋지 않은지 누워서 신음소리만 내뱉었다.

"사, 사람? 사람이에요? 살려주세요. 제발!"

"죽고 싶지 않아요. 뭐든 할게요."

"일단 진정 좀 하시고…."

만류에도 불구하고 여자들은 계속해서 같은 말만 반복했다.

한숨을 푹 내쉬곤, 뒤에 있던 민우를 불렀다.

"야, 초코바랑 칼로리바 내놔."

"갑자기 무슨 말씀이세요?"

"조끼에 넣는 거 다 봤어 새끼야. 빨리 내놔."

"조난당했을 때 먹으려고 챙긴 거란 말이에요."

참 쓸 대 없는 부분에서 준비가 투철했다.

"개소리 집어치워. 네가 우리 버리고 도망가지 않는 이상은 조난 따위 안 당한다."

혹여 당했다고 한들 저런 물건 없어도 아사보단 짐승이나 강도에게 살해당하는 게 빨랐다.

지훈은 음식을 창살 너머로 건네줬다.

이틀 동안 아무것도 먹지 못했는지 여자들은 순식간에 음식을 다 먹어치웠다.

인간들의 음식을 먹었으니, 돌아갈 수 있다는 희망에 조금은 진정이 됐으리라.

"다 먹었으면 이제 뭔 일 당했는지 들어나 봅시다."

교수 말대로 포로들은 전부 조교였다.

지질학을 전공했고, 신금속을 찾다 여기까지 왔다고 했다.

"경비 같이 있었다며. 걔네는 어쩌고?"

"버그베어들이 나오자마자 전부 도망쳤어요… 이길 수 없다고…."

하필 골라도 저런 놈 골랐을까 싶기도 했지만, 비각성자 기준 정상적인 반응이었다.

보수도 살아야 받을 수 있는데 죽어서야 의미가 없었다.

경비 이름이라도 알아두려고 묻자 대답이 뒤에서 돌아왔다.

"모두 죽였다. 대답은 입 세 개로도 충분히 뽑는다."

도망자다운 최후였다.

"학자라고 설명은 했소?"

"했는데 계속 저희를 믿을 수 없다고만…."

그도 그럴 게 조교의 배낭에서 지도가 나왔다.

도대체 어디서 구했는지 알 순 없었지만, 상주인구가 적은 가시산맥 지도는 굉장히 귀한 물건이었다.

갖고 있는 자라곤 몇 달에 한 번씩 드나드는 행상인과 각 부락 지도자들 정도가 다였다.

이 이유로 버그베어들은 조교들의 말을 믿지 않았다.

"도대체 지도는 어디서 구한건데?"

"리뱃에 있는 버그베어에게서 구했어요. 옛날에 지도장이 었다고 말했다고요!"

지훈이 그벡을 쳐다봤다.

"다 맞는 말 같은데 왜 계속 잡아두는 거지? 이들은 무고한 사람들이다."

"나한테 물어봐야 알 수 없다. 그가쉬님의 선택이다."

다시 포로에게로 고개를 돌렸다.

"가서 얘기 해보겠소. 조금만 더 기다리쇼."

"가지 마세요. 제발! 제발요… 살려주세요…."

"내가 여기 있어봐야 당신들이 거 있는 시간만 더 늘어날 뿐이야. 금방 해결하고 오지."

등 뒤로 포로들의 절규가 들렸지만, 어쩔 수 없었다.

"확인은 끝났나?"

그가쉬는 두르가 아쉬운지 입맛을 다셨다.

"내가 장담하지. 저들은 첩자가 아니다. 학자다."

예상했던 말인 듯 그가쉬는 품에서 지도를 꺼냈다.

"이건 뭐지? 우리 부락의 위치가 그려져 있다."

"리벳에 있는 버그베어에게서 구했다고 들었다."

"거짓말. 우리 부락에 지도장이는 단 한 명밖에 없어!"

"그럼 저들이 어떻게 지도를 갖고 있지?"

"고블린이 줬겠지. 그러니 고블린들의 스파이라는 거다."

말이 통하질 않는다. 벽과 대화하는 기분이었다.

"좋다. 그럼 우리가 리벳에 가서 그 지도장이라는 녀석을 찾아오지. 그럼 전부 해결되는 것 아닌가?"

"아니. 믿을 수 없다. 혹여 지도장이라는 녀석이 있다고 해도 그 녀석이 고블린과 한패일 수도 있잖아?"

의심이 의심을 낳는다고 했던가.

살아남기 위해 매사에 의심을 깔아두는 것 까진 좋았지만, 그 정도가 심해보였다.

'편집증 걸린 새끼.'

더 얘기해 봐야 시간 낭비일 것 같아 다른 제안을 꺼냈다.

"그럼 이렇게 하지. 두당 천 주마. 넘겨라."

"팔라는 거로군?"

"어찌 생각하든 상관없다."

"싫다면?"

"이유나 듣고 싶군."

"인간의 돈 따위 여기선 휴지조각과 다를 바 없다."

가끔씩 행상인이 오간다고 한들, 물물거래를 할 뿐이지 돈을 주고받진 않았다.

돈을 갖고 있다면 거래에 쓸 순 있겠지만, 화폐 단위를 모르는 그가쉬 클랜 쪽에선 애물단지나 다름없었다.

분명 바가지나 쓰겠지.

날카로운 갑론을박이 약 10분.

한 치도 좁혀지지 않는 의견 차이에 화딱지가 났다.

결국 일행은 머리를 환기하기 위해 잠시 밖으로 나왔다.

"형님, 잠시 얘기 좀 하시죠."

민우는 주변을 훑더니 일행을 으슥한 곳으로 데려갔다.

"그냥 강제로 뺏죠."

"기껏 여기까지 와서 한다는 말이 그거냐?"

"가능하지 않습니까?"

그가쉬 클랜측에 각성자가 얼마나 많을지 몰랐다.

혹여 그 수가 적다면 강행돌파가 가능하겠지만, 그 과정에 누가 죽을지 몰랐다.

포로가 죽는다면 보수를 잃는 게 다였지만 사망자가 칼콘이나 민우가 될 수도 있었다.

"이 미친 새끼가!"

칼콘도 어이가 없었는지 민우의 멱살을 잡았다.

"그러다 다 죽어. 여기 인구만 해도 200이 넘는데 그걸 뚫고 가자고?"

"문지기랑 간수만 죽이면 되는 거 아닙니까? 밤에 기습하면 가능할 겁니다."

때마침 셋 다 총기에 소음기가 붙어있긴 했다.

"칼콘. 아는 사람 있다며, 괜찮아?"

"한다면 따라는 가겠지만… 불편해."

"밤에 기습하죠."

"됐어. 벌써부터 그런 생각하긴 이르다."

민우는 자기 생각이 거절당하자 고개를 푹 숙였다.

만드라고라 때 아무것도 한 게 없었기에 이번엔 도움이 되려는 마음에서 꺼낸 말이었기 때문이었다.

"하지만 혹시 모르니 여지는 남겨두자. 그런 생각은 시간이 지나고 해도 늦지 않아."

돌아가자 그가쉬가 진지한 표정을 지었다.

귀가 서있는 것을 보아 중요한 얘기를 할 것 같았다.

"많은 생각을 했다. 지금 포로가 잡혀있는 이유는 전쟁 때문이지 않던가. 너희가 아군이라는 걸 증명하면 된다."

"어떤 방식으로 말이지?"

"겐포 족장의 목을 가져와라."

겐포는 버그베어와 전쟁 중인 고블린 부족이었다.

두 종족의 무력차가 있으니 적어도 숫자가 1.5배 이상 되지 않는 이상에야 전쟁에 응해줄 리 없었다.

어림잡아도 고블린의 숫자는 300이상. 부족 한가운데로 쳐들어가서 족장의 목을 가져온다는 건 불가능에 가까웠다.

"헛소리 집어치워!"

말도 안 돼는 제안에 지훈이 탁자를 내려쳤다.

쾅 하는 소리가 방 안에 날카롭게 튀었다.

"불가능한 조건도 아니다. 지금 겐포의 전사들은 모두 전선에 있다. 전선을 빙 돌아 후방으로 진입하면 군락에 무혈입성 할 수 있을거다."

"그럼 직접 가지 왜 우릴 보내지?"

그가쉬는 잠시 침묵했다.

"우리 부족에 남은 각성자는 이제 가벡 하나다. 반면 겐포쪽은 적어도 다섯 이상 남은 것 같더군."

얘기를 들어보니 가벡은 고블린들이 우회타격을 할 거란 소식을 듣고 매복하던 중이라고 했다.

"그 다섯도 거의 다 전선에 있다. 군락에는 부상자와 여자밖에 남아있질 않아."

찜찜했다.

겨우 용병일 때문에 남의 전쟁에 끼어드는 것도 그랬고, 허접해 보이는 전략도 전부 말이다.

"고민할 시간이 필요하다."

셋은 다시 공터로 나와 말을 주고받았다.

"찜찜해. 너희들 생각은 어떠냐?"

"배신하는 게 좋아 보입니다. 여긴 하나라는데 굳이 각성자 다섯이나 있는 고블린한테 갈 필요가 있어요?"

타당한 의견이었다.

그가쉬 말에 의하면 현재 클랜 내 각성자는 가벡 하나다.

가벡은 제대로 된 장비도 없었고, 들고있는 총도 샷건 하나가 다였다.

반면 지훈의 무기는 빈토레즈. F급 아티펙트를 종잇장처럼 관통하는 물건이다.

접근을 허용하지 않고 중거리에서 저격한다면 가벡은 손쉽게 제압할 수 있는 상대였다.

'하지만 문제가 많다.'

첫째로, 버그베어는 오크처럼 다크비전(밤눈)을 가진 종족이었다. 지훈이야 그나마 경험이 있지만, 칼콘과 민우의 경우 잠입에 익숙하지 않다.

게다가 현재 칼콘의 장비는 갑옷이었는데, 움직일 때 마다 너무 큰 소음을 발생시켰다.

'포로 하나가 반병신이라 데려가려면 무조건 칼콘이 있어야 하는데… 그럼 소음은 어쩌지?'

소음을 위해 갑옷을 벗겼다가 잠입에 실패하면, 총에 대한 방비가 전무했다.

그렇다고 민우 하나 데리고 가자니 못마땅했다.

부상당한 포로는 누가 업는단 말인가?

둘째로, 이동 수단이었다.

현재 렌트한 SUV는 지뢰 때문에 앞쪽 크랭크가 작살나서 버려두고 온 상태가 아니던가. 걸어서 도망가야 했다.

버그베어들의 말을 탈취할 순 있겠으나, 문제는 승마였다.

지훈은 켄타우로스 말곤 말 따위 본 적도 없었고,

칼콘 역시 보병 출신이라 기대하기 어려웠으며,

민우는…

셋째는 이블 포인트였다.

문을 열어 준 상대의 등에 칼을 박는다?

명백한 배신이었다. 이런 짓 했다간 포인트가 몇이나 오를지 짐작할 수 없었다.

현재 포인트는 72.

만약 포인트가 18 이상 오른다면 죽어야 했다.

포로를 구했으니 어느 정도 상쇄될 수도 있고, 식인을 하는 종족 특성상 버그베어를 죽여도 포인트가 오르지 않을 가능성도 있긴 했지만, 결과를 알 수 없으니 꺼림직했다.

그 외 칼콘과의 관계악화나, 포로 처형 등의 가능성도 있었기에 전체적으로 어려운 조건이었다.

'쌍.'

한숨에 짜증을 담아 내뱉었다.

"난 차라리 고블린 쪽에 잠입하는 게 더 좋을 것 같아."

칼콘의 의견 역시 타당했다.

첫째로, 그가쉬의 말에 의하면 현재 겐포측 각성자는 대부분 전선에 나가있다고 했다.

군락 내에 들어간다면 손쉬운 싸움이 될 터였다.

둘째로, 이블 포인트에 신경 쓰지 않아도 됐다.

물론 남의 전쟁에 제 3자가 끼어들어 깽판을 놓는 셈이니 조금 정도는 오르겠지만, 인명구출이라는 동기 때문에 어느 정도 상쇄 될 터였다.

셋째로, 고블린은 약한 종족이었다.

아무리 숫자가 많다한들, 고블린은 버그베어와 비교해 굉장히 약한 종족이었다. 게다가 이쪽은 강력한 각성자(지훈)가 있음은 물론 장비까지 출중한 상황이다.

경비 몇 정도는 방해가 되질 않았다.

그가쉬와 겐포, 단순 비교로는 후자 조건이 좋았다.

"둘 다 매력적인 의견이긴 한데, 잠시 생각 좀 더 해보자."

가까운 벽에 기대 담배를 물었다.

'아예 돌아가는 방법도 있다.'

손해가 막심했으나 분명 가능한 방법이었다.

첫째로, 그가쉬의 태도가 의심스러웠다. 첩자라고 생각했다면 아예 처음부터 죽였을 수도 있었을 텐데, 왜 살려뒀을까.

애초에 거래를 위한 카드로 남겨뒀을 수도 있었다.

둘째로, 일을 완료해도 저쪽에서 배신할지도 몰랐다.

현재 버그베어와 인간 사이엔 종족동맹이 없다.

정부나 조직 단위로 나서서 박살내면 모를까, 개인 간 다툼에는 그 어떤 외고, 정치적 문제도 발생하지 않는다.

이는 곧 그가쉬가 단물만 빼먹고 배신을 할 수 있을 가능성이 있음을 의미했다.

'그냥 돌아갈까?'

가장 안전한 선택지였다.

하지만 동시에 가장 손해가 되는 선택지였다.

이 의뢰를 위해 갑옷이 아닌 방탄복을 구입했음은 물론, 오는 길에 차까지 박살냈다.

그러니 여기서 나가려면 걸어가거나, 핸드폰으로 구조대를 불러야 했다.

'3명 구조면… 대충 2000만 원인가.'

거기다 장비 값, 렌트카 보험, 배상금 등 기타 잡비까지 포함하면 돈이 거의 억 단위로 날아간다.

만약 여기에 포로를 버리고 갔다는 명분으로 이블 포인트까지 오른다면?

최악의 수였다. 포기하는 건 안됐다.

담배 필터를 씹으며 욕설을 내뱉길 몇 분.

"겐포 쪽을 친다. 차라리 그 쪽이 나아보여."

"아쉽지만 형님이 그렇다면 어쩔 수 없죠."

"잘 생각했어, 지훈. 이쪽이 뒤탈없고 좋아보여."

결국 겐포 부족을 습격하는 쪽으로 의견이 모아졌다.

'물론 그가쉬, 네가 원하는 대로 꼭두각시마냥 움직여 줄 생각은 없다. 이쪽도 그에 합당한 조건을 내걸어야겠어.'

만약 이후 배신을 한다고 해도 상관 없었다.

그 때는 행동에 대한 명분이 생기니, 배신에 대한 끔찍한
악몽을 선사해 주면 됐다.

아마 클랜의 핵심 인물인 그가쉬와 가벡만 처리해도 충분
하리라.

권능의 반지

26화. 일이 틀어지기 시작하다

지훈이 내건 조건은 다음과 같았다.

1 - 그가쉬 클랜의 각성자 가벡이 안내역으로 동행
2 - 포로를 감옥이 아닌 주택에 연금.

만약 위험한 임무라면 그가쉬가 가벡을 내어주지 않을 터였고, 다녀오는 동안 포로들의 피로도 줄일 수 있었다.

거짓말은 아니었는지, 그가쉬는 흔쾌히 가벡을 붙여줬다.

일행은 겐포 부족 군락으로 향했다.

겐포 부족은 의외로 그가쉬 클랜과 가까운 곳에 자리 잡고 있었다. 가벡 말에 의하면 걸어서 3시간 정도면 도착한다고 했다.

근데 독특한 점이하나 있었는데, 바로 밤이나 새벽이 아닌 아침에 출발한다는 거였다.

"밤에 가는 게 더 좋지 않나? 아침은 위험할 텐데."

질문에 가벡이 가시나무를 잘라내며 답했다.

"고블린은 야행성 종족이다. 밤눈은 굉장히 밝지만 아침에는 멀리 보질 못한다."

원리는 알 수 없었으나 고블린은 빛이 과도할 경우 앞을 잘 보지 못했다. 온 세상이 하얗게 보였기 때문이다.

오크나 버그베어 역시 다크비전(밤눈)을 갖고 있긴 했으나, 낮에 보지 못할 정도로 심각하진 않았다.

많은 학자들은 고블린의 선조가 오랜 동굴 생활을 했기 때문이라고 주장했으나, 아직까진 가설에 그쳤다.

걸어서 이동하길 약 2시간 반. 민우가 고통을 호소했다.

"무릎이 아파요… 조금만 쉬었다 가요."

평소 운동을 잘 하지 않는 현대인들 같은 경우, 갑자기 급격한 운동을 할 경우 슬개골에 염증이 생기는 경우가 있었다.

특히 비만이 동반될 경우 하중이 심해져 더더욱 그랬는데, 민우가 딱 그 케이스였다.

아마 현재 체중도 간신히 버티는 데 거기에 방탄복 포함 온갖 도구들을 짊어지고 있으니 한계에 도달한 모양이었다.

"여긴 위험해. 고블린들이 순찰을 도는 장소다."

"조금만 더 버텨 볼게요."

울먹이는 표정이 애처로워 보였다.

지훈은 그런 모습을 보며 이번 임무 끝난 뒤 민우에게 체력 단련을 시켜야겠다고 마음먹었다.

"운동 좀 해라. 뒤처지면 못 챙긴다."

덧붙여 한 소리 하려는 순간 총 소리가 들려왔다.

타- 앙.

소리를 신호로 일동이 몸을 숙였다.

'소리가 가깝다. 교전인가?'

숨죽이고 기다렸으나, 추가 총격은 없었다.

단순 오발이거나 야생 짐승에게 쏜 듯 싶었다.

"벗어나자. 고블린 녀석들이 순찰을 도는 것 같다."

가벡이 상체를 숙이곤 최대한 조용히 이동했다.

언제 어디서 적이 튀어나올지 알 수 없는 상황이 지속되자 온 몸이 곤두섰다.

게다가 빈토레즈가 가벼운 총이라 한들, 총알 포함 3kg 넘는 쇳덩이였다. 계속 들고 있자니 손에서 쥐가 날 것 같았다.

그러다 문득 이상한 소리가 들렸다.

- 빌어먹을 박쥐. 잘못하면 잡아먹힐 뻔 했어.

- 이거 어떡하지? 분명 주변에서 총 소리를 들었을 거야.

– 놓고 갈 순 없어. 동료들이 굶주렸다고.

– 빨리 해체해서 들고 가자.

마치 칼과 칼을 비비는 것 같은 기괴한 목소리. 그르렁 거리는 것 같은 버그베어의 것과는 판이하게 달랐다.

'고블린인가. 인원은 둘 같다.'

지훈은 왼 주먹을 들어 올렸다. 멈추라는 신호였다.

– 왜?

– 고블린이다. 현재 박쥐 시체를 해제하고 있다.

가벡이 무슨 뜬금없냐는 소리냐는 표정을 지었다.

현재 가벡의 각성 등급은 E등급. 지훈이 D급 각성자라는 사실을 몰랐기에 나온 반응이었다.

– 1시 방향. 거리는 약 500M 전후. 인원은 둘.

– 확실한가?

– 장담하지.

현재 진행방향과 딱 맞물어졌다.

이대로 가다간 마주칠게 뻔했다.

가벡이 이를 꽉 깨물었다.

– 싸우면 주변에 있는 순찰대가 몰려온다. 피해야 해.

– 굳이 그럴 필요는 없을 것 같군.

가벡은 피하자는 의견을 냈지만 지훈은 거절했다.

이동 중 적의 순찰대를 만난 것으로 봤을 때 가벡 역시 적의 순찰 지역과 시간을 정확하게 알진 못하는 것 같았다.

더 이상 가벡을 믿기 어려웠다. 괜히 더 시간을 지체했다가 밤이 오면 외통수나 다름없었다.

– 처리하고 간다.

– 어떻게?

지훈은 들고 있던 빈토레즈를 두드렸다. 소음기 일체형에 아음속탄을 쐈기에 소음이라면 둘째가면 서러운 녀석이었다.

– 가벡. 네 총엔 소음기가 없으니 뒤로 물러서라. 칼콘, 민우 따라와.

지훈을 필두로 일행이 웅크린 채 앞으로 나아갔다.

원래대로였다면 가시 돋친 식물들을 전부 잘라내며 가야 했지만, 지금은 소음상 그럴 수 없었다.

거치적거리는 풀과 나무들을 최대한 걷어내며 전진했다.

어느 정도 다가가자 비각성자인 칼콘과 민우의 귀에도 고블린 소리가 들릴 정도로 가까워졌다.

"얼마나 남았어?"

"거의 다 끝났어. 조금만 기다려."

고블린들은 털 달린 가죽 옷을 입고 있었다. 그 모습이 꼭 산적처럼 보였다. 게다가 광원을 차단하기 위해서인지 눈에는 선글라스를 착용하고 있었다.

– 쏠까?

– 기다려. 너랑 난 각자 좌우로 흩어지고, 민우는 거기서 대기해.

스윽, 스윽, 스윽.

둘이 움직이며 작은 소리가 났지만 바람에 묻혔다.

셋 다 자리를 잡자 칼콘과 민우가 지시를 기다렸다.

지훈은 칼콘과 민우에게 오른쪽 녀석을 쏘라고 지시했다.

– 대기.

왼손을 들어 쫙 편 후.

– 발포.

주먹을 꽉 쥐었다.

퓨퓨퓨퓨퓽퓽!

퓨퓨퓽! 퓨퓨퓽!

퓽!

두 고블린이 풀썩 쓰러졌다.

민우는 풀 오토 그대로 연사했고, 칼콘은 점사로 두 번 끊어 쐈다. 반면 지훈은 단 발로 정확하게 고블린의 머리를 맞췄다.

쓰러진 걸 확인하자마자 지훈이 달려 나가, 쓰러져 있던 고블린들을 확인 사살했다.

아무런 반응 없는 게 일격에 즉사한 듯싶었다.

지훈이 민우의 어깨를 두드렸다.

"잘 했어."

"감사합니다."

"근데 앞으론 총알 아껴. 될 수 있으면 점사나 단발로 쏴."

상황을 정리하고 있자니 뒤에서 가벡이 다가왔다.

"솜씨 좋군."

"겨우 이 정도로 놀랐다간 머지않아 심장마비로 죽을걸."

농을 건네자 웃음이 돌아왔다.

"군락까지 얼마나 남았지?"

"얼마 남지 않았다. 10분 정도."

시체를 숨기는 것 보다 발각되기 전에 본진을 터는 게 나아 보였다. 일행은 시체를 내버려 두고 전진했다.

연녹색을 띈 기분 나쁜 강을 건너, 문명의 손길이 분명한 나무 다리를 건넜다.

이후 다시 길이 아닌 숲으로 이동했다. 드문드문 농작지가 보였지만 일을 하는 고블린은 보이질 않았다.

"근데 고블린들은 덫을 놓지 않은 모양이군?"

차를 타고 오다가 지뢰를 밟았던 게 떠올랐다.

그 덕에 전면 오른쪽 크랭크축이 작살이 났고, 왼쪽 프레임과 문은 전부 찌그러졌다.

'배상하려면 돈 장난 아니게 깨지겠네. 빌어먹을.'

"아니. 전부 내가 보고 피해온 거다."

가벡은 가슴을 쫙 펴곤 자랑스럽게 얘기했다.

여태까지 오며 지훈과 칼콘은 발견하지 못했지만, 올가미 덫부터 꼬챙이, 낙석 온갖 종류의 함정이 산재해 있었다.

그나마 다행인 건 지뢰가 없었던 것일까?

'아무리 내가 각성했다고 한들, 덫 때문에 수세에 몰렸다간 아무것도 못하고 죽을 수도 있다.'

앞으로 대인전투가 예상될 땐 덫에 대한 대비책을 준비해야겠다고 마음먹는 지훈이었다.

그러는 사이 일행은 겐포 부족의 군락에 도착했다.

겐포 부족 군락은 굉장히 독특했다.

집들이 전부 작았는데 꼭 놀이터 장난감 집 같았다.

건축 양식은 버그베어와 달리 나무보단 식물을 더 선호하는 듯 집 자제가 거의 다 식물 줄기로 지어진 듯 싶었다.

- 진입한다.

- 알겠다.

밝은 대낮.

시간은 약 오후 1~2시.

인간에게 있어선 한참 행동할 시간이었지만, 야행성 종족에게 있어선 가장 깊이 잠들 시간이었다.

햇빛이 쨍쨍한 길을 조심스럽게 걷고있는 모습이 묘했다.

- 족장의 집은 어디지?

- 군락 중앙에 있다. 20분 정도 이동해야 해.

털과 굳은살 가득한 손가락이 타 건물보다 높게 올라간 건물을 가리켰다.

- 저기 먼저 가지.

- 안 돼. 일단 부상병들 쉼터 먼저 친다.

거래와는 다른 내용에 지훈이 얼굴을 찌푸렸다.

그가쉬와 지훈 사이에 있던 거래는 '겐포의 목을 가져오라' 였지 '겐포 부족을 말살하라' 가 아니었다.

- 거긴 왜?

– 완치되면 다시 총을 들 놈들이다. 지금 없애야 한다.

– 개소리 집어치워. 그건 너네 사정이지, 내 알 바 아니다.

– 거부권은 없다. 가야 해.

가벡이 으르렁거렸다.

부족에 대한 충성심이 강하니, 강력한 아군이 있는 지금 적의 뿌리를 뽑고 싶은 거겠지.

하지만 그건 버그베어 얘기고, 지훈일행은 말 그대로 이방인이었다. 이 전쟁에 동참하고 싶지 않았다.

가벡과 지훈 사이에 날카로운 말들이 오고갔다.

부스럭.

저벅 저벅, 저벅.

갑자기 바로 옆에 있던 움막에서 고블린이 튀어나왔고, 서로를 헐뜯던 가벡과 지훈은 동시에 움직임을 멈췄다.

"오줌…"

고블린은 졸린 눈을 부비며 움막 구석으로 향했다.

딱 지훈이 있는 쪽이었다.

일행이 눈만 굴려 고블린을 쳐다봤다.

어린 녀석인지 아기처럼 배가 툭 튀어나왔고, 성체 고블린에 비해 팔 다리가 짧은 녀석이었다.

어린 고블린은 성큼성큼 걸어 지훈 바로 앞까지 다가왔다.

일행과 어린 고블린의 거리는 1M.

싸늘했다.

'죽여야 하나?'

도망가기엔 이미 너무 깊은 곳 까지 들어왔다.

여기서 저 녀석이 일행을 발견하고 비명이라도 질렀다간 전면전이 벌어질 게 불 보듯 뻔했다.

그나마 다행인 건 아침이라 눈이 어두운지, 어린 고블린이 일행을 발견하지 못했다는 사실이었다.

쉬이-

조르르…

어린 고블린은 움푹 팬 구덩이에 볼일을 보곤, 대충 흙을 덮었다. 그리고 돌아가려는 찰나…

빠직.

가벡이 바닥에 있던 나뭇가지를 밟았다.

어린 고블린의 고개가 일행에게로 돈다.

어린 고블린이 잘 보이지 않는지 눈을 찌푸린다.

지훈은 왼손을 조심스럽게 들어 올렸다.

칼콘이 MP5를 고블린에게 겨눴다.

"뭐지?"

어린 고블린이 눈을 부빈다.

지훈의 손이 파르르 털린다.

주먹을 쥘 준비를 한다.

칼콘의 손가락 역시 고민한다.

가벡이 놀라서 날뛰는 숨을 참는다.

"잘못 봤나. 에잇-취!"

어린 고블린이 재채기를 했다.

어린 고블린이 등을 돌려 움막으로 향했다.

어린 고블린이 사라졌다.

– 푸하!

– 위험했어.

– 다행이다… 다행이야.

– 소리 낸 새끼 누구야!

지훈이 눈을 부라리자 가벡이 슬쩍 고개를 돌렸다.

– 이 개새끼야. 줄초상 날 뻔 했잖아!

– 미안하군.

확실하게 일을 처리하기 위해선 부상자를 처리하고 가는 게 옳았지만, 그러기엔 뒷맛이 썼다.

이블 포인트는 물론이고, 의뢰와 상관없는 자들은 죽이는 동시에, 일방적인 학살이었다.

– 집어치워. 우린 부상자 죽일 생각 없으니까, 하고 싶으면 겐포 목 따고 나서 너 혼자 해. 알겠냐?

가벡이 고개를 푹 숙였다. 더 이상 고집을 부렸다간 쓸 대 없는 위협만 늘린다는 사실을 깨달은 것이었다.

– 그럼 바로 겐포에게 가겠다.

가는 도중 몇몇 고블린을 만나긴 했지만 발각되진 않았다.

군락은 굉장히 넓었지만, 돌아다니는 사람은 거의 민간인 뿐. 그가쉬 말대로 병력은 대부분 전선에 있는 모양이었다.

겐포 족장의 집에 거의 다 도착했을 때 쯤이었을가?

순찰을 도는 고블린을 발견했다.

권능의 반지

27화. 겐포 부족

NEO MODERN FANTASY STORY

- 앞에 순찰. 어떻게 할 거지?

- 일단 지나가길 기다린다. 아직 시간은 충분하다.

해가 지려면 적어도 5시간 이상 남았다.

발각되기 전에 굳이 시체를 만들 필요는 없었다.

- 지훈. 저거 선글라스 쓰고 있어. 위험해.

고블린에게 있어서 선글라스는 일종의 나이트비전 같은 존재였다. 너무 밝은 광원을 억제해 좀 더 잘 볼 수 있게 해주는 도구였다.

그 말은 곧 아침이라 한들 어렴풋이는 보일 정도로 시야가 회복된다는 말이었다.

- 걸리면 내가 쏜다. 주변 경계해.

아무리 소음기를 달았다지만, 일반탄을 쓰는 MP5는 생각보다 큰 소음이 났다. 혹여 선잠을 자고 있던 고블린이 깨어날 가능성이 있었다.

반면 빈토레즈의 아음속탄은 여타 다른 무기보다 소음이 약 반 이하였다.

지근거리가 아닌 이상에야 알아들을 수 없다.

고블린은 본진에 적이 있을 거란 생각은 전혀 하지 못했는지 여유로운 자세로 길을 돌아다니고 있었다.

이내 고블린은 방향을 틀었고, 일행이 숨어있던 골목길 어귀까지 다가왔다.

지훈의 총구가 고블린에게 향했다.

현재 고블린의 무기는 이름 모를 수제 권총과 검 한 자루가 다였다. 하지만 철로 된 갑옷을 입고 있는 모습에서 저 녀석이 고블린이라는 것을 얼핏 짐작할 수 있었다.

저벅, 저벅, 저벅.

잘 걷던 고블린이 갑자기 걸음을 멈췄다.

언젠가 느꼈던 이름 모를 섬뜩함이 느껴졌다.

마치 누군가가 등 뒤에 칼을 들이대는 것 같은 느낌.

불안함과 비슷했으나, 분명 그것과는 본질이 다른 감각.

'이능 발동. 집중.'

지훈은 바로 집중 이능을 발동했다.

쏴아아아아.

정신이 극도로 날카로워짐에 따라 몸에서 피가 흐르는 소리가 들려왔다. 시야가 조금씩 점멸되더니 이내 목표, 고블린 밖에 보이질 않게 됐다.

언제라도 방아쇠를 당길 수 있게 숨을 멈췄다.

얕게 흔들리던 총구가 고정됐다.

'허튼 짓을 하면 바로 쏴 주마.'

고블린은 슬쩍 주변을 훑곤 자연스럽게 몸을 돌렸다.

한 열 걸음 쯤 걸었을까?

집중 된 청각이 숨 들이마시는 소리를 포착했다.

바로 호루라기였다.

일행을 안심시키고 호루라기를 불 생각이었던 것!

'불 게 놔둘쏘냐.'

고블린이 날 숨을 내뱉는 동시에

휘…

푸슉!

풀썩.

– 이능이 상승했습니다. F 등급 (7) = > F 등급 (8)

호루라기 소리가 끊기며 고블린이 나무토막처럼 쓰러졌다.

집중을 해제하자 가벼운 어지럼증이 느껴졌다.

– 칼콘. 가서 시체 가져와.

칼콘이 조심스럽게 움직여 시체를 짊어지고 돌아왔다.

정확하게 목에 명중했다.

'다행이야. 좋은 이능 덕을 봤군. 그리고 능력치도 상승했으니 앞으로 자주 사용해야겠어.'

사용 후 어지럼증만 제외한다면 정말 매력적인 이능이었다.

– 시체는 어떡해?

– 어차피 족장 집에 코앞이다. 주변에 버려 둬.

굳이 시체를 수습할 필요도 없었다. 잘 보이지 않는 곳에 던져 놓은 후 돌입 전략을 짜기 시작했다.

"앞에 있는 저 커다란 건물이 겐포의 집이다. 옆에 있는 건 병영이야."

아무리 대다수의 병력이 전선에 가있다고 한들 군락을 지킬 병력까지 없진 않을 것이다.

만약 일이 틀어질 경우를 위해 대비를 해둬야 했다.

가벡이 이것저것 주의사항을 말해줬지만, 딱히 신경 쓰이는 부분은 없었다.

"그 외 알아둬야 할 사항이 있나?"

"아마 겐포가 폭발물을 들고 있을 거다. 조심해."

폭발물. 굉장히 곤란한 얘기였다.

비록 화염저항을 가지고 있다고 한들 폭발 자체에 저항이 있는 건 아니었다. 바로 옆에서 폭탄이 터졌다간 사지가 날아가거나, 충격에 쓰러질 수밖에 없었다.

그 사이 공격 받는다면 얄짤없이 맞아야했다.

"그럼 칼콘과 내가 족장에게 가지. 둘은 병영을 맡아."

가벡과 함께하라는 말에 민우가 울상을 지었다.

"제, 제가요?"

"문제 있냐?"

"버그베어잖아요. 어떻게 믿어요?"

"동료 버리고 가자고 하는 새끼보단 믿음직해 보인다. 닥 치고 따라가."

그렇다고 그냥 보냈다간 변사체가 될 것 같았다. 민우의 손 에 수류탄을 건넸다.

"쓸 줄 아냐?"

"영화에서 본 적은 있어요."

그대로 뒀다간 사람 잡을 것 같았기에 설명해 줬다.

"안전핀 뽑고 던지면 돼. 던지기 직전까지 안전 손잡이 꽉 쥐고 있어라. 그거 놓치면 터진다, 알간?"

안전 손잡이를 놓친다고 해도 바로 터지진 않았지만, 혹시 나 싶어 그렇게 말해뒀다.

민우는 겁을 잔뜩 집어먹었는지 힘차게 고개를 끄덕였다.

뿐만 아니라 칼콘도 민우에게 뭔가를 더 건네줬다.

"가져가 난 하나면 충분해."

MP5용 탄창이었다.

아무리 힘이 좋다지만 방패를 든 상태로 MP5를 재장전 할 수도 없었거니와, 칼콘도 총격보단 근접전을 선호했다.

"자, 그럼 돌입하기 전에 마지막으로 점검한다. 잘 들어."

[팀]

지훈과 칼콘은 겐포 족장,

민우와 가벡은 병영으로 향한다.

[겐포 족장 팀]

1 – 지훈이 먼저 문을 열고 섬광탄을 던진다.

2 – 칼콘이 방패를 앞세워 탄막을 저지하고, 지훈이 뒤에서 엄호한다.

3 – 난전이 됐을 경우 지훈 역시 근접전으로 돌입한다.

[병영 팀]

1 – 가벡과 민우는 병영 입구로 향한다.

2 – 지훈이 섬광탄을 사용하길 기다린다.

3 – 소리에 놀라 뛰쳐나온 적들을 민우가 사살한다.

4 – 놓친 적들은 가벡이 처리한다.

"다들 잘 해라. 살아서 보자."

지훈이 일행의 눈을 각자 한 번씩 마주쳤다. 특히 민우와는 조금 더 오래 마주쳤다.

그 모습에 못미더웠는지, 가벡이 민우에게 넌지시 물었다.

"수류탄 잘 던질 수 있겠나?"

민우의 표정이 하얗게 탈색됐다.

사용자가 되기에 앞서 피해자가 됐던 경험이 있던 까닭이었다. 중배와 함께 있었을 때, 민우는 수류탄이 터지며 사람 하나가 그대로 증발하는 걸 목격했었다.

"무, 무시하지 마! 잘할 수 있어."

"그 말에 책임지길 바란다."

"자. 그럼 출발하지."

지훈이 족장 집으로 향했다.

고블린 기준으로 엄청나게 큰 문이 나타났다.

'천장이 낮아서 고생할 일은 없겠군.'

지훈은 돌입 준비를 하곤 칼콘을 쳐다봤다.

"준비 됐냐?"

"응. 충분해."

칼콘이 방패 스위치를 누르자 차작! 하는 소리와 함께 방패 가 쫙 펴졌다. 오른손엔 흉측한 둔기를 들고 있었다.

고블린 입장에선 엄청나게 위압적으로 보일 것 같았다.

"간다."

섬광탄 핀을 뽑음과 동시에 문을 활짝 열었다.

그 짧은 순간 안에 있던 고블린들을 모두 눈으로 훑었다.

'하나, 둘, 셋, … … ….'

총 일곱이었다.

겐포로 보이는 녀석은 왕좌같은 의자에 앉아있었고, 넷은 구석에 있는 짚단에서 자고 있었으며, 한 녀석은 보초를, 마 지막 녀석은 겐포와 이야기를 하고 있었다.

"계객?"

본진 한가운데 나타난 인간의 모습이었다. 문지기는 아닌 밤중에 홍두깨라도 본 듯 당혹감을 감추지 못했다.

톡, 토르르르…

그 사이 지훈은 바로 섬광탄을 던졌다.

"수류탄!"

문지기의 외침과 동시에 깨어있던 셋이 몸을 숨겼다.

파– 앙!

◈

파– 앙!

섬광탄이 터진 시각. 병영 앞.

'나오면 쏜다, 나오면 쏜다, 나오면 쏜다. 나오면…'

민우는 긴장감에 온몸을 떨고 있었다.

지금은 실수해도 지켜 줄 사람이 아무도 없었다. 그는 곧 실수 한 번이 죽음과 직결될 수 있음을 뜻했다.

가벡은 사선에서 벗어난 채 검을 고쳐 잡았다.

민우와 비교했을 때 퍽 안정 된 자세였다. 어차피 이런 전투는 수십 번도 넘게 경험했기에, 그에게 있어선 쉬운 전투에 속했다.

섬광탄 소리에 놀란 건지, 병영에서 고블린이 튀어나왔다. 알몸에 칼만 든 상태였다.

퓨퓨퓨퓽!

방아쇠 한 번에 네 발이나 되는 총알이 뿜어져 나갔다.

그 중 두발이 명중. 고블린이 바닥에 쓰러졌다.

'총알 아껴야 돼. 조종간 단발!'

민우가 조종간은 단발로 놨다.

그 사이 고블린 둘이 연달아 달려나왔고…

풍! 풍! 풍!

비록 급소는 아니었으나 나란히 총에 맞고 바닥에 누웠다.

세 명이나 당하고 나서야 고블린도 정신을 차렸는지 방패를 들고 나왔다.

'나무방패로 총알을 막겠다고? 어림없는 소리.'

상싱적으로 쇠가 나무를 뚫지 못할 리 없었다. 민우는 바로 방아쇠를 당겼다.

풍– 팅!

하지만 상식과 달리 탄환은 나무에 도탄됐다.

'이게 뭐…?'

아티펙트였다.

얼이 나간 민우와 달리, 가벡은 도탄을 보자마자 바로 상황을 파악하곤 왼손에 E급 단도를 거내 들었다.

'내가 나설 차례군.'

가벡이 바로 방패를 든 고블린에게 달려들어…

퍽!

몸무게를 잔뜩 실은 발차기를 꽂아 넣었다.

"칼콘 진입해!"

칼콘이 문을 발로 차며 진입했다. 섬광탄이 제대로 먹힌 건지, 문을 열자마자 경계사격이 날아오진 않았다.

쿵! 쿵! 쿵! 쿵!

칼콘이 마치 멧돼지마냥 돌진했다.

"아, 아악. 안 돼!"

고블린은 그런 칼콘을 발견하고 도망치려 했지만, 보폭 차이 때문에 그럴 수 없었다.

빽!

칼콘이 방패로 후려치자, 샌드백 터지는 소리와 함께 문지기가 붕 떠올랐다.

엄청난 힘!

아무리 비각성자라 해도 칼콘은 오크였다.

높은 신진대사와 힘을 가진 종족인 만큼, 체급 차이가 심함 고블린 따위 돌진으로 날려버릴 수 있었다.

지훈은 칼콘이 진입함과 동시에 지원사격을 개시했다.

목표는 누워있던 고블린이었다.

퓽! 퓽! 퓽! 퓽!

일격에 처리하지 않아도 상관없었기에 신체 부위 중 아무데나 노리고 쐈다. 현재로선 움직이지만 못하게 해도 충분했기 때문이었다.

이제 남은 적은 둘.

겐포 족장과, 정체 불명의 고블린만 남았다.

⊕

가벡의 발차기에 방패병이 그대로 바닥에 고꾸라졌다.

아티펙트를 들고 있는 걸로 보아 각성자 같았으나, 안타깝게도 가벡도 각성자였다.

혹!

가벡이 쓰러진 방패병의 다리를 잘라낼 생각으로 검을 휘둘렀다. 하지만 민첩한 종족인 고블린답게 피해버렸다.

"방패 사라졌다! 쏴!"

퓽! 퓽! 퓽!

탄막을 막아주던 방패병이 사라졌기에, 입구에 있던 고블린들이 피떡이 됐다. 지원 병력이 사라졌기에 가벡은 다시 방패벽에게 달려들었다.

바람을 가르는 사선 베기!

방패병은 재빨리 방패를 들어 막았다.

쿵! 하는 소리와 함께 방패병의 자세가 무너졌다. 가벡은 그 순간을 놓치지 않고 왼손 단도를 혹처럼 찔러 넣었다.

사각에서 날아오는 죽음의 일격!

경험이 적었다면 단숨에 목이 꿰뚫렸겠지만, 고블린 역시 만만찮은 상대인지 옆으로 굴러 피해버렸다.

'입구를 막게 둘 순 없지!'

하지만 가백의 목적은 사살이 아닌 시간 끌기.

그런 의미에서 가백의 승리였다.

가백은 그대로 바닥을 구르던 녀석을 있는 힘껏 차버렸고, 방패병은 1M 가량 날아갔다.

"병영 안에 수류탄 까!"

"아, 알겠어!"

◈

콰— 앙!

멀찍이서 수류탄 터지는 소리가 났다.

무슨 일이 생기진 않았을까 하는 생각이 들었지만, 지금은 남 걱정할 때가 아니었다.

"인간? 오크? 너희는 뭐지!"

겐포가 자리에서 일어서서 버럭 소리를 질렀다.

원래 전투 중 대화를 좋아하지 않는 지훈이었으나, 기습을 위해 적당히 받아줬다.

"곧 죽을 양반이 그런 건 알아서 뭐하게?"

"그가쉬가 보낸 용병이냐?"

"맞아. 왜?"

"녀석이 제시한 것의 두 배를 주겠다."

조약한 협상에 웃음이 나왔다.

창조주가 아닌 이상에야 불가능한 조건이었다.

"안타깝게도 그건 너희가 줄 수 없는 거거든. 더 매력적인 제안 없어?"

지훈은 그 말을 마지막으로 방아쇠를 당길 준비를 했다. 베스트 타이밍은 딱 젠포가 입을 열 때였다.

"네가 원…."

퓽!

퍽!

원래대로라면 족장이 피를 쏟으며 쓰러져야 했거늘, 젠포 옆에 서있던 정체 불명의 고블린이 막아버렸다.

'이런 쌍!?'

다행히 완벽하게 막아낸 것은 아니었는지, 고블린의 손에서 피가 흘러 내렸다. 그 모습으로 추측건데 손에 총알이 박힌 것 같았다.

'이 새끼는 또 뭐야!'

총알이 다시 한 번 제 성능을 내지 못했다는 사실에 지훈은 머리가 지끈거렸다. 포미시드 때의 기억 때문 이었다.

"대화 중 공격하다니! 비겁한 놈!"

"지랄하고 앉아있네. 내가 뒤질 판에 그딴 게 어디 있어."

"아버지. 제가 저 들의 목을 가져오겠습니다."

"가라, 아들아!"

철컥 철컥 철컥!

갑옷을 입은 고블린이 칼콘에게 달려들었다.

들고 있는 무기는 조악한 철검이었지만, 웬지 모르게 위험한 냄새가 났다.

권능의 반지

28화. 팀플레이(1)

NEO MODERN FANTASY STORY

- 전방 강화계 이능 사용 감지!
- 상대의 육체가 강화됩니다!

'이능력자!?'

지훈 같은 특이 케이스를 제외한 일반적인 경우. 각성자들은 C등급이 되면 이능력을 얻을 수 있었다.

이는 곧 저 고블린 역시 C등급 이상이란 말이었다.

"칼콘, 피해!"

"겨우 고블린이잖아. 괜찮아!"

피하라고 소리쳤지만 칼콘이 무시했다.

덩치가 있는지라 고블린 따위 아무렇지도 않을거라 생각한 모양이었다.

'방패로 막고 한 번 후려치면 끝날 거야.'

칼콘이 달려오는 고블린을 가로막았다.

마치 거대한 벽이 생겨난 것 같은 착각.

우월한 체급 차와 아티펙트로 무장한 칼콘이었다. 웬만한 적에게 질 거란 생각은 들지 않았다.

깡!

쩌적!

프스스스스!

하지만 검 한 번 받아내자 생각이 달라졌다.

'무, 무슨 힘이 이렇게 세!'

겨우 50kg도 안 돼는 녀석에게 맞았는데, 30cm쯤 뒤로 밀려났다. 게다가 검을 받아낸 방패는 쩍 하고 이까지 나갔다.

"각성자!?"

칼콘이 그제야 지훈의 뜻을 알아채곤 슬금슬금 뒷걸음질쳐서 거리를 벌렸다.

"왜 남의 전쟁에 끼어들지?"

"구할 사람이 있다."

"그 과정에서 남이 얼마나 죽든 상관없다는 건가?"

씁쓸한 질문이었다.

"도덕책 읊는 소리 그만 하지. 피차 피곤한데."

고블린이 다시 칼콘에게 달려들었다.

"칼콘, 최대한 버텨! 내가 엄호한다!"

고블린은 전력으로 가겠다는 듯 도약 공격을 시도했다.

첫 일격이야 충격지점이 낮았으니 그나마 버틸 수 있었던 것. 어깨 주변을 맞았다간 그대로 고꾸라질 터였다.

'때리게 내버려 둬선 안된다!'

지훈은 급히 조종간을 연사로 놓고 그래도 쭉 갈겼다.

표표표표표!

티팅!

많은 탄환 중 딱 두 발만 명중했고, 그나마도 갑옷과 저항에 막혀버렸지만 그걸로도 충분했다.

아무리 강하다고 한들 물리학을 무시하고 공중에서 받은 충격까지 버틸 도리는 없었다.

고블린은 엉뚱한 방향으로 날아갔다.

"칼콘 이리와!"

이번엔 무시하지 않고 곧바로 칼콘이 지훈에게 달려왔다.

"저 새끼 위험해 보인다. 섣불리 다가가지 마."

"알겠어!"

더 이상 칼콘이 버티는 사이 쏘는 방법은 먹히질 않았다. 전략에 수정을 가해야 했다.

'폭발 탄환을 써볼까?'

애매했다.

칼콘이 휩쓸릴 가능성은 물론, 건물 높이가 낮기 때문에 천장이 무너져 내릴 위험도 있었다.

결국 빈토레즈를 내려놓고 등에 매고있던 C등급 창. 여왕의 은혜를 꺼냈다. 길이가 약 1m 50cm밖에 되지 않는 단창

이었지만, 그걸로도 충분했다.

'고블린의 체구가 작은 만큼 리치도 짧을거다.'

"창이라니. 진심이야?"

"어차피 총으론 못 죽여. 빈틈 노릴 자신도 없다."

집중 이능을 쓰면 가능 하겠지만, 만약 그 사이 저 녀석을 끝내지 못한다면 도리어 이쪽이 당할 수밖에 없었다.

"Koor puu(나무 껍질)."

마법을 완료하자 지훈과 칼콘의 몸에 나무껍질이 돋아났다.

비록 나무로 만든 얇은 막이라 할지라도, 없는 것 보다는 나을 것이다.

지훈은 살짝 정보창을 확인했다.

[정보]
저항 : D 등급 (15+5)

나무껍질의 영향으로 저항이 5 증가, 현재 D등급이 된 상태였다.

'이 정도라면 저 무식한 일격도 어느 정도 버틸 수 있다.'

"간다 칼콘. 앞뒤로 둘러싸서 상대한다!"

"알겠어!"

타탓!

지훈과 칼콘이 동시에 고블린에게 다가갔다.

실력차가 월등하면 모를까, 혼자서 둘을 상대하긴 어려웠다. 특히 앞뒤로 둘러싸고 사각에서 내지르는 일격은 등에 눈이라도 달리지 않은 이상은 피할 수 없기 때문이었다.

"크엑!"

고블린도 그 사실을 알았기에 거리를 벌렸다.

누구 하나라도 달려들면 그대로 전투가 시작 될 아찔한 상황. 하지만 지훈은 섣불리 행동하지 않았다.

'어차피 시간 끌어봐야 불리한 건 저쪽이다.'

시간을 끌면 분명 가벽과 민우가 지원을 와 줄 터였다.

✧

수류탄이 터짐과 동시에 병영이 초토화가 됐다.

움막 자체가 반 쯤 날아갔을 정도였다.

"나는 방패병을 맡는다! 너는 계속 경계해!"

"걱정 마!"

민우는 이제 좀 안정됐는지, 바닥에 풀썩 엎어졌다.

엎드려 쏴 자세를 취한 후 빠른 속도로 재장전 했다.

"끄어어…!"

장전이 끝나자마자 병영 안에서 고블린이 튀어나왔다.

부상을 입었기에 이탈하려는 시도로 보였지만, 채 도망가기도 전에 총알이 틀어박혔다.

이제 남은 건 방패병 뿐.

민우는 고민했다.

'도와줘야 하나?'

맞출 수 있다면 좋았지만, 자칫 잘못하면 가벡이 맞을 수도 있었다.

챙- 챠장! 뻑!

민우는 빠른 속도로 치고 박는 둘을 바라봤다.

방송 혹은 영화로만 봤던 각성자 간 전투였다.

겨우 F급~E급 남짓한 각성자들의 싸움임에도 전투 경험이 거의 없는 민우로썬 궤적을 따라잡기도 힘들 정도였다.

'그만 두자. 지금 내가해야 할 건 경계다.'

껴 봐야 도움 될 게 없음을 스스로가 제일 잘 알았다.

민우는 고개를 돌리곤 다가오는 녀석이 있는지 경계했다.

얼마 후 덜 자란 고블린 하나가 검을 들고 머뭇거리는 모습을 발견할 수 있었다.

"꺼져!"

죽일 생각은 없었기에, 소음기를 제거하고 위협사격을 몇 발 쐈다. 날카로운 파공성이 울리자 녀석은 겁먹고 도망쳤다.

가벡은 고블린 너머로 민우를 쳐다봤다.

병영 정리가 끝난 것처럼 보였다.

'그럼 나도 제대로 해야겠군.'

이제 방해받을 위험이 사라졌기에, 가벡은 바로 방패병에게 들러붙었다. 아니, 정확하게는 방패병의 방패에 들러붙었다고 해야 옳겠다.

"캬각! 뭐야!"

여태껏 견제만 하던 가벡이 방패로 찰싹 달라붙자 방패병은 당황했다. 그가 가진 아티펙트는 방패 뿐, 들고 있던 단검은 일반 무기였다.

"꺼져!"

있는 힘껏 방패를 휘둘렀지만, 몸무게가 족히 2배는 차이나는 거구가 쉽게 떨어질 리 없었다.

방패병은 어쩔 수 없이 단검을 휘둘렀지만, 그나마도 가벡의 아티펙트에 막혀버렸다.

아찔한 힘겨루기!

가벡의 아티펙트와 방패병의 단검이 동시에 떨렸다.

끼긱– 쨍!

얼마 지나지 않자 방패병의 단검이 깨져버렸다. 당연한 결과였다.

"깍!"

유일한 공격수단이 사라졌다는 좌절도 잠시.

방패병의 어깨에 가벡의 검이 깊게 틀어 박혔다.

"꺽…."

가벡이 검을 뽑아냄과 동시에 방패병이 피분수를 내뿜으며 쓰러졌다.

"끝났군. 이제 겐포 족장 쪽으로 가자."

그 시각.

지훈과 칼콘은 여전히 고블린과 대치중이었다.

결국 칼콘이 참지 못하고 방패를 앞세워 달려들었다.

"그워워억!"

평소 아담한 말투와 다른, 오크로서의 함성이 울려 퍼졌다.

고블린은 칼콘을 확인하자마자 바로 검을 휘둘렀다.

방패와 검의 충돌!

쩍!

하지만 검은 방패를 뚫지 못하고, 그대로 '박혀버렸다.'

나름대로 힘을 실은 일격을 날린 듯싶었지만, 방패만 베어
내 도리어 검이 박혀버린 것이었다.

칼콘은 칼이 박힌 걸 확인하자마자 방패를 휘둘렀다.

제 아무리 각성자라 한들 자세가 제대로 잡히지 않은 상태
에서 밀어버리면 넘어질 수 밖에 없었다.

이 사실을 고블린도 알았기에, 고블린은 깔끔하게 검을 포
기하고 물러났다.

"죽어!"

무장 해제된 적은 이빨 빠진 호랑이와 다름 없었기에 칼
콘이 메이스를 휘둘렀다. 흉측한 쇠뭉치가 하늘을 날았다.

머리를 목표로 한 횡격!

하지만 고블린은 허리를 숙여 피한 뒤 달아났다.

"어딜 가나!"

아니, 달아나려고 했다.

뻑!

지훈이 휘두른 창이 고블린에게 그대로 직격, 입고 있던 갑옷이 박살났다. 과연 C급 아티펙트였다.

신금속으로 만든 조악한 탄두 따위와는 비교도 할 수 없는 효과였다.

"끄어어억!"

파편과 함께 날카로운 비명이 튀었다.

갑옷이 박살날 정도로 강력한 일격이었으니, 착용자에게도 큰 충격을 줬을 터.

그걸 증명하기라도 하듯, 고블린의 팔이 부러져 있었다.

'끝났군.'

이 대 일 상황에서 한 손을 쓰지 못하는 부상이었다.

이미 승기는 이쪽으로 기울었다.

"이봐, 살아있나!"

게다가 이젠 병영 정리를 끝마친 가벡과 민우까지 합류했다. 겐포와 그 아들의 표정에 그림자가 드리웠다.

"거의."

칼콘이 짧게 대답하곤 다시 메이스를 휘둘렀다. 이에 고블린은 다른 한 팔로 흘려낸 뒤, 굴러서 피했다.

"뭐야! 내 껀 왜!"

E급 아티펙트의 최후였다.

"그래봐야 구석에 몰린 쥐다. 천천히 요리해."

가백과 지훈까지 합세해 고블린을 구석에 밀어 넣었다.

더 이상 도망갈 곳이 없을 때.

목소리가 들려왔다.

"그만!"

겐포였다.

그는 어디서 꺼냈는지 RPG를 들고 있었다. 게다가 현재 장착되어 있는 탄두는 파쇄탄.

여기서 저걸 터트렸다간 겐포 포함 저항력이 낮은 자들은 모조리 죽을 수밖에 없었다.

아들이 휩쓸릴까 쓰기 주저한 물건을 꺼내든 모습에서 비장함이 흘렀다.

반면 지훈 일행은 싸늘하게 식었다.

지훈이야 저항으로 버티면 죽진 않을 터였고,

칼콘 역시 방패로 막으면 큰 피해는 피할 수 있었다.

문제는 민우와 가백이었다.

저걸 맞았다간 무조건 육편이 된다.

"이제 그만해라. 더 이상 했다간 발사하겠다."

칼콘이 지훈의 눈치를 살폈다. 말 한마디만 하면 바로 무시하고 돌격하겠다는 기세였다.

하지만 지금은 물러나야 할 때였으므로 고개를 저었다.

"지금 그걸 쐈다간 너도 죽을 텐데?"

"상관없다. 어차피 너희는 내 아들을 죽이고 그 다음으로 날 죽일 걸 알고 있다."

지훈은 긍정을 담은 침묵을 돌려줬다.

"너희가 원하는 건 종전이겠지. 그래. 우리가 졌다. 내 목숨을 가져가라."

엄청난 제안에 가벡이 동공이 부풀어 올랐다.

"목숨을 그냥 주진 않을테고, 조건은?"

"내 아들을 목숨. 그리고 평화."

평화라는 말에 입을 다물고 있던 가벡이 고함을 질렀다.

"웃기지 마라! 이 전쟁으로 죽어간 동료가 수십이다. 평화가 온다면 그 동료들의 죽음은 도대체 뭐가 된단 말인가."

"너야말로 동료들을 사지로 내몰고 있구나, 어린 버그베어여. 애초에 이 전쟁의 원흉이었던 녀석들은 첫 전투에서 죽었다. 어찌 더 이상 명분 따윈 없고 증오만 가득한 전쟁을 계속하려 하는가?"

"죽어간 동료들의 넋이 아직도 매일 밤 꿈에서 울부짖는다. 그런 반쪽짜리 승리로는 내 동료들을 위로할 수 없다!"

지훈은 살짝 곤란한 표정을 지었다.

사정을 깊게 알 순 없었지만, 될 수 있으면 좋은 방향으로 끝내고 싶었다.

"나도 겐포 의견에 동의한다. 이미 많은 이들이 죽었다. 더 이상 전쟁을 지속해야 할 이유라도 있나?"

"명예다."

명예라는 말에 지훈이 한숨을 푹 내뱉었다.

'개미새끼도 명예 운운하더니, 다들 미쳐 돌아가는군.'

"명예고 나발이고 다 죽어나는데 그게 무슨 소용이야! 얼마나 더 뒤져야 만족하겠냐, 앙?"

지훈의 고함에 겐포와 가벡 둘 다 입을 다물었다.

말로는 명예를 부르짖는다고 한들, 이미 속으로는 이 전쟁이 두 군락간의 감정싸움으로 변했다는 걸 알기 때문이었다.

지금에 와선 결국 이 전쟁은 길 잃은 분노와 상처받은 승리밖에 낳질 못하게 되버렸다.

"저 인간의 말이 옳다. 이젠 이 끔찍한 전쟁을 끝내야 할 때가 왔다. 우리가 졌다. 내가 모두 책임지지. 날 죽여라."

"네가 죽인다고 이 전쟁이 끝날 것 같은가? 네가 그런 제안을 해도 결국 결정을 내리는 건 우리 클랜장이다."

겐포는 씁쓸한 미소를 지었다.

"괜찮다. 적어도 내 아들과, 내 부족이 살아남을 수 있는 일말의 희망이라도 생기는 걸로 만족한다."

결국 겐포의 동의로 이 전쟁의 막이 내렸다.

겐포의 아들은 끝까지 부르짖으며 저항했지만, 아무것도 할 수 없었다.

"언제 어디서부터 잘못됐던가. 마지막 가는 길 그게 너무나도 아십구나."

가벡의 칼에 의해 겐포가 최후를 맞이했다.

죽음에도 담담한 표정이었다.

권능의 반지

29화. 팀플레이 (2)

NEO MODERN FANTASY STORY

일행은 젠포의 시체를 들고 가 종전을 알렸다.

이에 그가쉬는 만족스럽다는 표정으로 포로를 내어줬다.

종전까지도 스파이라는 의심을 거두지 않은 것 같았지만, 이미 전쟁이 끝난 시점인지라 더 이상 아무런 의미가 없기 때문이었다.

"괜찮소?"

여자 둘이 지훈에게 달려들어 여태껏 참아왔던 눈물을 터트렸다.

"고맙습니다. 정말 고맙습니다…."

다행히 젠포 부족에 다녀온 사이 큰 일이 벌어진 것 같진 않았다. 하지만 문제가 하나 있었다.

"근데 경수가 많이 아파요… 도와주세요…."

부상을 입은 남자의 상처가 심각했던 것.

이에 지훈은 그가쉐에게 치료를 요청했지만, 묵살 당했다.

첩자였을지도 모르는 인물을 치료해 줄 순 없다는 이유에서였다.

"이 미친 새끼가! 약속이 다르잖아!"

"난 포로를 해방한다고만 했지, 원래 상태로 돌려놓겠다는 말은 하지 않았다. 약속엔 문제가 없지 않은가?"

더 이상 따져봐야 해결 될 일이 아니었기에 지훈은 뒤로 물러섰다.

"형님, 어떡하죠? 이대로 내버려 두면 삼일도 못 버틸 것 같은데요."

엎친 대 덮친 격으로 현재 일행의 차는 지뢰를 밟아 망가진 상태였다. 가장 가까운 병원까지 걸어간다면 적어도 일주일 이상 걸어야 했다.

하지만 이럴 경우를 대비해 준비해 둔 물건이 하나 있었다.

"사 두길 잘했네."

지훈은 품에서 핸드폰을 꺼내들었다.

"지훈, 핸드폰 샀어?"

"혹시 몰라서 구조대 호출용으로 하나 사났었다."

칼콘과 민우가 환호성을 질렀다.

구조대가 오는 사이 가벡이 슬쩍 다가와 말을 걸었다.

"훌륭한 싸움이었다, 인간."

"너도 나쁘지 않더군."

가벡이 지훈의 상완을 주먹으로 툭 쳤다.

처음엔 시비라도 거나 싶었지만, 전사로서 인정한다는 표시라고 했다.

이에 지훈 역시 가벡의 상완을 툭 쳤다.

"다음에 다시 봤으면 좋겠군."

"여기 전화는 없어 보이지만, 혹시라도 전화기 있으면 전화 해라. 찾아오면 적당히 관광 정도는 시켜주지."

지훈은 가벡에게 전화번호를 건네줬다.

구조대를 기다릴 동안 민우가 주변 식물들을 조사해 보고 싶다고 말했다. 위험한 얘기였기에 말렸으나, 가벡이 안내역으로 동행해서 그냥 보내 줬다.

사고를 칠까 싶은 우려가 들었지만, 날려버렸다.

'저번보다 나아졌으니 괜찮겠지.'

총 고장 났다고 징징대던 저번과 비교해서, 부쩍 성장한 모습을 봤기 때문이었다.

구조대는 약 10시간 정도 후에 도착했다.

다행히 가벡이 그가쉬 몰래 응급처치를 해준 덕에 남자는 위기는 넘길 수 있었다.

출장, 의료, 구조에 차량 견인가지 요청했기에 추후 청구될 가격에 머리가 지끈지끈해왔지만, 일단은 사람을 살리기 위한 선택이었기에 어쩔 수 없었다.

'구조대 청구 비용은 저쪽이 부담하겠지.'

보건데 교수는 뒤에 정부를 업고 있는 듯 했다. 구조비 정도야 어떻게 해 줄 수 있겠지.

'이번에도 목숨 걸고 온갖 기행을 다 했네.'

지훈은 차량 좌석에 몸을 뉘였다.

렉카 조수석인지라 진동이 심했지만, 피로 때문인지 엄청나게 편안하게 느껴졌다.

잠들려는 찰나, 반지에서 목소리가 들려왔다.

− 과정이 폭력적이긴 했으나, 위험을 무릅쓰고 사람을 구조함은 물론, 평화로운 방법으로 종전을 시도하셨습니다. 이에 따라 이블 포인트가 5 감소했습니다. 확인해 주십시오.

− 티어가 올랐습니다. 확인해 주세요.

구조는 돈 때문에 했고, 종전 역시 더 이상 싸우고 싶지 않았기에 한 거였지만 결과적으론 선행이 된 모양이다.

'확인이나 해볼까.'

지훈은 정보창을 열었다.

[정보]

이름 : 김지훈

종족 : 인간

이블 포인트 : 67 (−5)

등급 : C 등급 1티어 (+1)

보너스 점수 : 1

이능 점수 : 1

근력 : E 등급 (15)

민첩 : E 등급 (15)

저항 : E 등급 (15)

마력 : E 등급 (11)

이능 : F 등급 (8) (+1)

[이능력]

집중 (F랭크) : 순간적으로 집중력을 극대화 합니다. 사용 시 주변의 시간이 느려지며, 하나 혹은 여러 대상에 집중할 수 있습니다.

사용 후 얼마간 극심한 피로를 느끼며, 연속 사용 시 부작용이 있습니다.

이블포인트는 착실하게 깎여가고 있었고, 티어가 하나 상승함게 따라 C등급이 됐다.

'그러고 보니 순찰돌던 놈을 잡았을 때 이능도 올랐었다.'

지훈은 보너스 점수를 이능에 투자했다.

아무래도 순간적으로 강력한 힘을 낼 수 있는 이능이 제일 쓸만하다는 판단에서였다.

– 반영되었습니다.

이능 : F등급(8) = 〉 F등급(9)

'근데 등급이 C인데 능력치는 왜 다 E야.'

보통 인간의 경우 모든 능력치가 고르게 분배되어 있기에 자기 등급과 티어에 비해 능력이 낮은 게 정상이었다.

예를 들어 포미시드 같은 경우 등급에 비해 저항이 높았지만, 다른 능력들은 훨씬 낮았다.

또한 오크의 경우 근력과 민첩 능력이 월등했지만, 오크는 정말 특이케이스가 아닌 한에는 마력 능력을 가질 수 없었다.

하지만 등급에 비해 능력치가 딸린다는게 기분 나쁜 건 어쩔 수 없었다.

'집에 돌아가면 헬스나 격투기라도 배우던가 해야지. 쯧.'

지훈은 능력치 배분을 마치고 창을 닫으려는 찰나, 이상한 걸 하나 발견했다.

바로 이능 점수였다.

– 점수를 배분하거나, 새로운 이능을 선택해 주십시오.

새로운 이능!

지훈의 눈이 흥분으로 부풀어 올랐다.

재능이 이능에 몰려있는 종족 혹은 개체를 제외하곤, 보통 각성자들은 C등급이 되면 이능을 얻을 수 있었다.

원래대로라면 개인의 능력 및 활동 양식에 따라 무작위로 나타났지만, 반지는 이번에도 '선택' 하라고 말하고 있었다.

　　그 말은 곧 능력뿐만이 아니라 이능 역시 원하는 대로 고를 수 있다는 말이었다.

　　– 추후 등급이 오를 경우 이능 점수를 추가로 획득 하실 수 있습니다. 또한 경험 혹은 기타 행위를 통해 무작위 이능을 각성 혹은 수련할 수 있습니다.

　　– 또한 이능 능력의 등급이 올라갈 경우 이능력을 레벨업 할 수 있는 점수를 얻습니다.

　　현재 이능 점수는 9점.

　　등급이 10 단위로 바뀌니 1만 더 올려도 이능 점수를 하나 더 얻을 수 있다는 말이었다.

　　'고를 수 있는 이능엔 뭐가 있지?'

　　– 강화계, 방출계, 마력계, 변이계 이능이 있습니다.

　　강화계는 말 그대로 신체 능력을 강화하는 이능이었다.

　　몸의 신진대사를 낮추거나, 집중력을 강화시키는 이능부터 몸을 불리거나 근육을 키우는 능력 등이 있었다.

　　방출계는 외부에 간섭할 수 있게 해주는 이능이었다.

손을 대지 않고 물체를 움직이는 염력, 빙결, 발화 등의 초능력이 대부분 방출계에 속했다.

마력계는 마력에 관련 된 이능이었다.

마나를 대폭 늘려주거나, 영창을 할 필요가 없게 만들어 주거나, 마법의 위력을 대폭 늘려주거나 하는 등 화력 하나는 끝내주는 이능이었다. 하지만 마법사를 제외하곤 그다지 쓸 일이 없었다.

변이계는 신체 자체를 바꿔버리는 이능을 말했다.

손톱을 날카롭게 만든다거나, 온 몸에 비늘이 돋게 한다거나, 광합성을 하게 해주거나 하는 등이었다.

강화계가 원래 있었던 육체를 베이스로 단순 강화만 제공하는 반면, 변이계는 사용자의 육체 자체를 변이시킨다는 차이점이 있었다.

'잠깐만. 신체 변이는 뭔데? 그럼 난 이미 변이계 이능도 가지고 있었던 거야?'

설명을 듣고 있자니 문득 이상한 점이 떠올랐다.

현제 지훈은 재생과 화염 속성 변이를 갖고 있었다.

– 아닙니다. 신체 변이와 변이계 이능은 다릅니다. 모든 이능은 발동형이며, 지속 시간에 차이가 있으나 최대 하루를 넘지 못합니다.

게임으로 따지자면 엑티브와 패시브의 차이였다.

모든 계통의 이능력은 엑티브로 자기가 원할 때 마다 발동을 할 수 있는 능력이었고,

신체 변이는 기본적으로 적용되어 있는 지속형 능력이었다.

지금으로썬 각성자 기술이 발달하지 못해 정밀검사 외엔 신체 변이를 확인할 길이 없었다.

그나마 신체 변이로 유명한 건 보사(BOSA)출신 외래 연구원이 있었다. 그는 B등급 헌터로 현재 10가지도 넘는 신체 변이를 가지고 있었다.

'그 정도면 인간이 아니라 다른 종이라고 봐야지.'

실제로 어느 정도 변이가 겹칠 경우, DNA 재결합이 이뤄지기에 다른 종족이 된다고 봐야 옳았다.

현재 신체 변이와 유전에 대한 상관관계 연구가 이뤄지고 있다는 괴소문이 간혹 들리긴 했지만, 사실을 확인할 길은 어디에도 없었다.

'뭘 고를까.'

강화, 방출, 마력, 변이 모두 매력적으로 보였다.

강화 같은 경우 젠포의 아들을 봐서 알 수 있듯, 짧은 시간 동안 육체를 강화시킬 수 있는 강력한 이능이었다.

실제로 젠포의 아들도 이능 발동 후 아음속탄(9X39mm)을 튕겨내지 않았던가.

현대 화기에 저항이 생긴다는 건 굉장한 의미였다.

더 이상 엄폐가 필요 없어지는 것은 물론, 사소한 공격 따위 무시해도 상관없을 정도로 강해진다.

'그래봐야 폭탄은 못 버티지만.'

방출 역시 매력적이긴 매한가지였다.

손이 닿지 않는 곳에 간섭할 수 있는 능력을 가질 경우 활용할 수 있는 게 무궁무진하게 많았다.

방출계 능력자는 굉장히 희귀한 관계로 방송 말고는 단 한 번도 못봤으나, 그 대접이 마법사만큼 후한 게 보통이었다.

마력은 지훈에게 있어선 그다지인 선택이었다.

마법을 쓸 수는 있었으나 전부 단순한 것들뿐이었다. 보조 수단 그 이상으로 끌어올릴 필요는 없었다.

변이는…

'괴물 되는 것 같잖아. 싫어.'

그냥 싫었다.

이후 강화계와 방출계를 쭉 훑어봤다.

'그나마 쓸 만한 건 가속이랑 염력 정도인가.'

가속은 아주 짧은 시간동안 사용자의 속도를 높여주는 이능이었다.

하지만 동시에 심장 박동, 두뇌 활동 역시 가속되기에 남발 했다간 부정맥, 뇌출혈 등의 위험한 부작용을 낳을 수도 있었다.

염력은 손을 이용해 멀리 있는 물건을 움직일 수 있는 능력이었다.

랭크가 강해질 경우 돌진하는 적을 막거나 본인을 들어 올리는 등 엄청난 짓도 가능했지만, 안타깝게도 저랭크에선 쓸 곳이 없었다.

'탄창 좀 쉽게 갈자고 이능 투자하는 건 좀 아닌 것 같다.'

결국 지훈은 가속을 선택했다.

– 이능력을 얻었습니다. 확인해 주십시오.

[이능력]

가속 (F랭크) : 사용 시 사용자의 신체를 가속합니다.

내장기관 역시 가속화되기 때문에 장기 사용 시 심부전, 부정맥 등의 부작용이 올 수 있습니다.

또한 가속 상대로 무리한 운동을 할 경우 근육이 파열될 수 있으니 주의하십시오.

짜릿했다.

C등급 밖에 되질 않았는데도 이능이 2개나 있질 않던가?

배운 기념으로 시험 삼아 발동해 봤다.

'가속 발동.'

심장이 터질듯이 뛰기 시작했다. 온 몸의 혈관이 부서지기라도 할 듯 혈액이 미친 듯이 지훈의 구석구석을 뛰어다녔다.

'기분 좋은데?'

창밖을 바라봤지만 안타깝게도 풍경이 느리게 지나가거나 하진 않았다. 하지만…

훅! 훅! 훅! 훅!

단지 주먹을 휘둘렀을 뿐인데도 광풍이 휘몰아쳤다.

이 정도라면 백병전에서 엄청난 위력을 보여줄 터.

결과는 대 만족이었다.

'역시 훌륭한 선택이었다.'

만약 저기에 집중 이능까지 더해진다면?

후폭풍은 엄청날 테지만, 이능 지속시간 만큼은 엄청난 속도와 컨트롤을 얻을 수 있었다.

'해제.'

이능을 해제하자 가슴이 살짝 뻐근했다.

갑작스런 심박 변화로 인한 심장통 같았다.

'주의해서 써야겠군.'

호흡을 가다듬으며 몸을 안정시켰다. 렉카를 몰던 직원이 눈을 동그랗게 뜨고 물었다.

"우와, 속도 봐. 각성자예요?"

"맞소만?"

"몇 급이에요?"

대답하려는 찰나 뒤에서 고함이 들려왔다.

"새끼야. 그런 거 함부로 묻지 말라고 했냐, 안했냐. 지금 고객님 피곤해서 쉬려고 하시는데 네가 왜 방해해!"

운전자의 사수로 보였는데, 기관총좌를 잡고 있던 사람이었다. 렉카에도 기관총좌가 달려있다니, 과연 세드 전용 렉카가 아닐 수 없었다.

"죄송합니다. 이 녀석이 신참이라서…."

"아니오. 말 몇 마디 한다고 뒤지는 것도 아니고. C등급."

렉카 직원이 작은 탄성을 내뱉었다.

"저 C등급 각성자 처음 봅니다… 이따가 사진 좀 같이 찍어주시면 안돼요?"

기분이 묘했다. 여자한테 번호를 따일 때도 이런 기분이었던가?

"됐소. 계집애도 아니고 사진은 무슨."

렉카 직원은 울상을 지었다.

동경과 부러움.

참 낯선 감정이었다.

하지만 동시에 기분 좋기도 했다.

권능의 반지

30화. 종전 그리고 이능

NEO MODERN FANTASY STORY

서울 개척지의 한 유명 병원.

"어찌 감사의 말씀을 드려야 할지… 너무 고맙습니다."

"감사합니다!"

"저희 생명을 살리셨어요!"

교수와 두 조교가 고개를 숙였다.

"돈 받고 한 일이오. 감사 필요 없소."

고개를 돌리자 교수와 조교가 머쓱한 표정을 지었다.

"그럼 바로 보수에 관한 말을 드리고 싶은데…."

교수가 제안한 보수는 2억.

세 명 다 돌아왔으니 깎일 것도 없었다.

혹 부상을 빌미로 흥정이 돌아올까 싶어 바짝 긴장했다.

"저건 우리가 한 거 아니니까, 보수 까자는 얘기는 하지 마쇼. 그리고 저 인간 살려야해서 어쩔 수 없이 구조대 불렀으니까 그 가격도 그쪽이 부담하고. 알겠소?"

속사포처럼 휘몰아치자 교수가 살짝 굳었다가 풀어졌다.

"예, 당연히 그건 저희가 부담해야죠. 위에 물어보니 렌트카 배상비도 저희가 내드릴 수 있을 것 같습니다. 제가 묻고 싶은 건…."

현찰이냐 계좌 이체냐였다.

계좌로 받는 게 편했지만 현금을 선택했다.

돈 문제는 워낙 민감하기 때문에 바로바로 나누지 않으면 뒷 말이 나올 수 있기 때문이었다.

약 1시간 후, 지훈은 교수에게서 보수를 받을 수 있었다.

오만 원권 지폐 40뭉치. 정확히 2억이었다.

그 외에도 교수는 사람 팔뚝만한 돌덩이를 건넸다.

"근데 이건 뭐요?"

"가시산맥에서 구한 원석 샘플입니다. 연구 완료되면 시중에 유통될 거니, 값 비싼 물건이 될 수도 있을 겁니다."

"이런 거 줘봐야 장식물로 밖에 않쓰니까 가져가쇼."

"사람 성의라 보고 받아 주십시오."

교수가 사람 좋은 웃음을 지었기에, 어쩔 수 없이 받아들였다.

"근데 민우 이 새끼는 어디 갔어?"

"몰라. 잠시 각성자 물품 거래소 간다고 하던데? 아마 기다리면 올 거야."

현상금을 가로채려던 전과가 생각났기에 기분이 나빴다.
돌아오면 한 소리 해야겠다고 마음먹었다.

호랑이도 제 말 하면 온다고 했던가?

채 커피 한 잔 다 마시기도 전에 민우가 웬 백팩을 메고 나
타났다.

"그거 뭐냐?"

"정산금입니다."

쌩뚱맞은 소리에 고개가 돌아갔다.

민우가 구조대를 기다리는 동안 식물 어쩌고 하며 밖에 나
갔다 왔던 사실이 떠올랐다.

"뭐 또 이상한 나물이라도 캤냐?"

"뼈살이 꽃 기억 하십니까?"

"그게 왜?"

"찾았죠."

더 말할 것도 없었는지, 민우는 백팩 지퍼를 열었다.

쫘악!

안에 황금빛 지폐가 가득했다.

"거래가 5980만원. 세금이랑 수수료 총 33% 떼서 4007만
원 되겠습니다."

"와 이 새끼! 쓸만하네!"

칼콘이 환호성을 지르며 민우의 등을 토닥거렸다.

"근데 이걸 왜 여기로 가져온 거냐? 너 혼자 캤으니까, 그

냥 꿀꺽해도 됐을 텐데?"

민우가 잠시 머뭇거리다 대답했다.

"만드라고라 때… 전 한 거 아무것도 없는데도 정산금 1/3
로 나눠 주시지 않았습니까. 저 그렇게 의리 없는 놈 아닙니
다."

순간 '그런 새끼가 사람 버리고 도망가잔 얘기를 하냐?'
라는 말이 목구멍 까지 올라왔지만 꾹 눌렀다.

원래 사람이란 실수도 하고, 바보 같은 짓도 하면서 성장하
는 거였다.

'새끼, 컸네.'

픽 웃음이 나왔다.

"고맙다. 그럼 잘 받고, 정산 시작하자."

테이블에 셋이 둘러앉았다.

[정산 결과]

획득.

의뢰 성공 보수 : 2억 원.

뼈살이 꽃 : 4007만 원.

지출

구조대 호출 비 (렉카 포함) : 2930 만 원. (의뢰인 지불)

렌트카 수리비 + 보험료 : 492만 원. (의뢰인 지불)

총액.

2억 4천 7만원 획득.

[배분]

[지훈]

현금 8002만원 수익.

– 장비 손상 : 없음.

– 부상 : 없음.

– 능력 : 티어업 14번, 이능 1 증가. [가속] 이능력 획득.

– 기타 : 가벡과의 친분.

[칼콘]

현금 8002만원 수익

– 장비 손상 방패의 이가 나감.

– 부상 : 꿈에 대한 그리움(만드라고라 전투 후유증)

– 능력 : 각성자에 대한 경각심, 대 각성자 전투 경험

[민우]

현금 8002만원 수익.

– 부상 : 무릎 슬개골 부상.

– 능력 : 총기 숙달. 전투 경험. 인성 성숙.

"자, 이번에도 죽을 똥 싸느라 수고했다."

"에이 뭘. 지훈이 다했지."

칼콘이 씩 웃으며 지훈의 어깨를 두드렸다.

"아니. 칼콘 너 없었으면 나 어떻게 됐을지 모른다."

겐포의 아들은 그만큼 강적이었다.

포미시드 때처럼 근접해서 폭발탄환을 썼으면 어찌 가능성이 있을지는 모르겠지만, 분명 목숨 걸고 노름질 하는 꼴임엔 틀림없었다.

"민우 너도 수고했어. 병영 쪽 잘 처리했다."

"히히, 아닙니다."

쑥스러운지 민우가 머리를 긁적거렸다. 처음으로 받은 인정이기 때문이었다.

"일정 끝났는데 어떡할래. 이대로 해산, 아니면."

"술! 고기! 여자!"

칼콘의 강력한 주장을 따라, 해산하기에 앞서 술집으로 향했다. 물론 옆에 여자가 있긴 했으나, 퇴폐 업소는 아니었다.

워낙 고기를 좋아하는 칼콘이었던 만큼, 룸살롱 안에 희안한 풍경이 펼쳐졌다.

"미친놈아, 뭔 룸살롱에서 통 돼지 바비큐야!"

바로 안주로 통 바비큐를 시킨 것.

웨이터는 그런 안주 없다며 기겁을 했지만, 칼콘이 웃돈을 준다고 말하자 어떻게든 구해왔다.

홀복 입은 접대부, 독한 양주, 노래와 춤 그리고 바비큐가 섞인 술자리가 이어졌다.

"자, 오늘 수고들 했고. 사고치지 말고 다음에 보자."

취한 사람은 아무도 없었다.

위험천만한 세드에서 취객으로 돌아다녔다간 수명이 10년
은 족히 단축된다는 사실을 알았기에, 각자 주량에 맞춰 먹었
기 때문이었다.

셋은 서로에게 손을 흔들곤, 각자 집으로 향했다.

◈

"왔어?"

집에 들어가자 동생이 반겨줬다.

쇼파에 앉아서 담배를 피우며 TV를 보고 있었다. 표정이
나 행동이 정상인걸로 봤을 때 까트는 아닌 것 같았다.

"다녀왔다."

피로와 술기운 범벅이라 피곤했다. 방탄 외투를 대충 집어
던지곤 쇼파에 몸을 던졌다.

지훈이 옆에 앉자, 지현은 슬그머니 지훈 뒤로 향해 어깨를
주물렀다.

악력이 약해 시원하진 않았지만, 내버려 뒀다.

"나 약 거의 다 먹었어."

단가가 꽤 쎈 약이라 소량만 사놨기 때문이었다.

"어떡해. 좀 아껴 먹을까?"

"아끼지 마. 이참에 검사 받으러 병원도 한 번 다녀오자."

다행이라는 듯 지현이 씩 웃었다.

"나 빨리 병 나았으면 좋겠다."

동감이었다. 지현에게 다시 일상을 선물해 주고 싶었다.

하지만 거친 풍파에 담금질 된 지훈에게 있어 그런 표현을 하기란 굉장히 어려웠기에, 과격한 방법으로 돌려말했다.

"그런 말 하기 전에 담배나 끊지?"

"피 굳는 병이랑 담배가 무슨 상관이야, 싫어. 이거라도 없으면 어떻게 버티라고."

"됐다. 됐어. 이제 약 많으니까 까트만 하지 마라."

"걱정 붙들어 매셔."

픽 웃음이 나왔다. 가벼운 침묵.

"나 없는 동안 별 일 없었고?"

"오빠 찾는 전화 왔었어. 여자던데?"

여자라는 말에 고개를 갸웃거렸다.

과거 술집 기도를 했을 때 몇 알긴 했었지만 지금까지 연락하는 사람은 아무도 없었다.

'갑자기 연락해선 사람 죽여 달라지만 안았으면 좋겠군.'

전화를 받은 입장에서 답을 안할 순 없었으므로, 지현이 적어놓은 메모대로 전화번호를 눌렀다. 핸드폰이었다.

삑, 삑, 삑.

뚜- 뚜르르- 뚜르르-

"여보세요?"

들어본 적 없는 맑은 목소리였다.

이쪽은 유선이지만 저쪽은 휴대전화다.

연락처를 저장해 놨을게 분명했기에 바로 본론부터 물었다.

"누구쇼?"

"여동생 분이 메모 안 해놨나 봐요?"

메모는 해 놨다. 단지 이름이 적혀있질 않았다.

"처음 보는 번호인데, 누구고 무슨 용무요?"

"딱딱하기는."

여자는 살짝 삐쳤는지 흥 소리를 냈다.

겪어보지 못한 상황에 화를 내야하나, 한 발 물러서야 하나 고민했하길 잠시.

"백시연이에요. 왜 저번에 카페에서 만났잖아요."

지훈은 그제야 상대방이 누군지 기억해 낼 수 있었다.

카페에서 마법 연습할 때 연락처를 줬던 여자였다.

희미하게나마 언젠가 같이 밥 먹자고 했었던 게 기억났다.

"우리 밥 먹을래요?"

"지금은 피곤해. 잘 거요. 다음에 다시 전화하쇼."

밥이고 나발이고 지금은 쓰러질 정도로 피곤했다.

'어차피 자기가 좋으면 나중에 다시 연락하겠지.'

시연은 끊어진 전화를 보며 허탈한 표정을 지었다.

'이 사람 도대체 뭐야?'

마법사라서 고리타분한 학자인줄 알았는데, 예상을 깨는 사람이었다. 웬지 더 알아보고 싶어지는 시연이었다.

저녁쯤 다시 전화가 걸려왔고, 결국 주말에 저녁을 약속을 잡았다.

그 날 심야.

시체 구덩이.

칼콘과 민우가 저녁 약속이란 말에 웃음을 터트렸다.

"우와 정말? 지훈이 데이트를?"

"형님 여자 친구 없었어요?"

"쉿, 조용히 해 새끼들아. 다 들리잖아!"

조소 섞인 웃음을 흘리는 둘에게 지훈이 소리를 질렀다.

소란이 일자 호기심이 생겼는지 주인이 얼굴을 비췄다.

"들어보니 우리 지훈이 한테 여자 친구가 생겼나봐?"

"아니. 곧 생길 것 같아!"

"하도 안 만들어서 이쪽인줄 알았는데, 역시 노말?"

주인은 아쉬운지 콧소리를 냈다.

무슨 소린가 싶어 민우가 되물었다.

"이쪽이라뇨?"

"게이, 새끼야. 게이."

저 말은 곧 주인도 게이라는 말이었기에, 민우가 묻기 위해
기울였던 몸을 뒤로 쑥 뺐다.

"정상인거 알고 있으면서 그딴 농담 그만하지?"

"호호, 놀려먹는 게 재밌는 걸 어떡해. 나 말고 지훈을 탓
하라고."

주인이 느릿느릿한 손길로 지훈의 어깨를 쓸었다.

그 행동이 꼭 여자처럼 부드러웠다.

"그래서, 어떤 여잔데?"

"몰라. 그냥 직장인 같았어. 핸드폰 갖고 있더라."

"부잔가보네."

별 감흥 없는 반응이었다. 여자가 돈이 많으면 뭐하겠는가, 어차피 결혼하기 전엔 내 것 아니었다.

오히려 돈보다 중요한 건 따로 있었다.

"얼굴이랑 몸매는요?"

"예뻐?"

"고와?"

바로 외모였다.

"누가 고추 아니랄까봐 바로 물어보는 거 봐라. 그리고 석 중 할배도 아니고 고와는 또 뭐야?"

투덜거리면서도 시연에 대한 기억을 곱씹었다.

살짝 웨이브진 갈색 머리에선 샴푸와 향수가 섞인 기분 좋은 냄새가 났었고,

핏이 잘 맞는 블라우스와 H룩 스커트로 이뤄진 오피스룩은 당장이라도 흐트리고 싶은 배덕감을 자극했다.

나이는 약 스물 예닐곱.

얼굴은 눈이 컸던 것만 기억났으며, 몸매는 괜찮았다.

'몸매가 좋지 않았으면 애초에 딱 붙는 옷을 안 입었겠지.'

"그냥저냥. 예쁜 편?"

민우가 박수를 짝 쳤다.

"대애박. 약속 언제에요?"

"이번 주말. 왜?"

"콘돔 사가는 거 잊지 마세요."

콘돔이라는 말에 어이가 없어졌다. 겨우 밥 한 번 먹으러 가는데 도대체 콘돔이 왜 나온단 말인가?

"너는 뇌에도 좆이 달려있냐? 생각하는 수준 하고는."

"아닙니다. 형님, 보세요. 마법 보여 달라고 했잖아요. 진짜 마법을 보고 싶었으면, 밤이 아니라 낮에 보자고 했을 걸요? 이거 백방 그린라이트라니까요."

그럴싸한 의견이었다. 이에 다른 사람의 의견도 궁금했기에 슬쩍 칼콘 쪽으로 시선을 돌렸다.

"글쎄? 교미야 발정기 왔을 땐 아무나 붙잡고 하는 거고, 평상시엔 암놈 수놈 마음 맞으면 그냥 하는 거지. 낮이랑 밤이 무슨 상관이야? 하려면 아침에도 할 수 있잖아."

다른 종족 아니랄까 상상을 초월하는 답변이 돌아왔다.

"어머. 난 근육남이 좋더라. 이쪽은 어때?"

주인은 칼콘의 오픈마인드가 마음에 들었는지 추근덕댔지만, 칼콘이 우람한 주먹에 입을 다물었다.

"인터넷에 하프 오크 여자 얘기가 왜 그렇게 많은가 했더니 저런 이유였나보네요."

민우는 알아듣지 못할 소리를 하며 픽 웃었다.

"됐다. 너희들한테 얘기한 내가 병신이지, 병신."

지훈은 맥주만 연거푸 마셨다.

집에 가는 길에 강도를 마주쳤다. 어째 낯이 익었다.

바로 저번에 만났던 양아치들이었다.

입고 있는 옷까지 죄다 털린 주제 배운 게 없었나보다.

"가진 거 다 내놔!"

여전히 손에는 식칼이 들려있었다.

"너네 아직도 이 짓거리 하고 다니냐?"

양아치들이 머뭇거렸다.

"우, 우리 알아?"

"저번에 나한테 털린 거 기억 안 나지?"

양아치들의 얼굴이 순식간에 싸늘하게 식었다.

옷까지 다 털린 날 이후 아무것도 안하다, 오늘 다시 시작한 거였는데… 딱 지훈을 만나버린 양아치들이었다.

참 운도 억세게 없었다.

"야, 튀어!"

승산이 없는 싸움이라 판단한 걸까? 양아치들이 전력으로 도망치기 시작했다.

"그렇지 않아도 고민거리 하나 있는데 잘 됐다. 몸이나 풀어 볼까."

지훈은 바로 가속 이능을 발동하고 달리기 시작했다.

성난 정의가 밤을 질주했다.

- 이블 포인트가 1 감소했습니다.

- 민첩이 상승했습니다. E등급 (15) = 〉 E 등급 (16)

권능의 반지

31화. 처음 보는 번호

NEO MODERN FANTASY STORY

별 다른 일 없이 평화로운 일상 속. 시간이 빠르게 흘렀다.

이것 저것 편안히 쉬는 사이 주말이 됐다.

지훈은 시연에게 전화를 걸었다.

뚜르르- 뚜…

전화음이 채 2번도 울리기 전에 받는다.

전화 예절 참 마음에 드는 여자다.

"오늘 약속 확인 좀 하려고 걸었소."

"7시요. 그러고 보면 장소를 안 정했네. 어디서 볼래요?"

그거 물어보려고 든 전화다.

"그러게. 어디서 보고 싶소?"

"서구가 좋아요. 저 서구역 주변에서 자취 하거든요."

자취라는 말에서 묘한 유혹의 냄새가 나는 건 왜일까?

"그럼 거기 주변에서 봅시다."

유혹에 이끌린 대답은 아니었다. 단지 아무 생각 없이 서구역 주변에서 산다기에 그러자고 했다.

'어차피 동구에선 여자랑 갈만한 식당 찾기도 어렵다.'

"서구역에서 7시에 봐요. 저 정문에 서 있을 게요."

"그 때 봅시다."

별 생각 없이 전화를 끊고 밖으로 나갈 준비를 했다.

꾸며 입고 나갈까 몇 초 정도 고민하다 그만뒀다.

결국 평소대로 하의는 워커에 빈티지한 청바지, 상의는 무지 티셔츠와 가죽재킷을 걸치곤 약속 장소로 향했다.

날씨가 좋았다.

⊕

서구.

개척시대의 전쟁과 투쟁의 흔적이 남아있는 동구와는 다른, 현대적인 느낌이 강한 곳이었다.

이에 동구민들은 왜 동구가 낙후지구로 남아있어야 하냐며 언성을 높였다. 하지만 땅이 넓은 세드에서 굳이 재개발을 해야 할 필요는 없었기에, 정부는 이를 무시했다.

'10년 쯤 지나면 모를까, 아직은 안 될걸.'

지금도 북구가 신설되고 있는 상태였다.

새로운 도시 계획을 하는 쪽이 재정비보다 여러모로 싸게 먹히니 어쩔 수 없는 상황이었다.

'더러워서라도 이사해야지, 쯧.'

지훈은 슬쩍 예금을 생각했다.

좀 더 노력한다면, 서구 중앙은 아니더라도 외곽 지역 아파트 정도는 구할 수 있을 것 같았다.

물론 지현의 병을 고치는 게 우선이었지만 말이다.

'잠깐만. 그 여자 서구역 주변에 산다고 하지 않았던가?'

― 서구역 주변에서 자취 하거든요.

핸드폰을 들고 있는 것도 그렇고, 서구역 주변에 집을 얻었다는 것도 그렇게 보통 사람은 아닌 것 같아 보였다.

'뭐 얘기하다 보면 알 수 있겠지.'

부자라고 주눅이 든 것은 아니었다. 단지 사소한 궁금증이 생겼을 뿐이었다.

"왔어요?"

서구역에 도착하자 시연이 활짝 웃으며 인사했다.

시원해 보이는 하늘색 원피스와 웨지 힐을 신은 상태였다.

살짝 백치미 있어 보이는 언행과 달리 꽤 과감한 성격인지, 앞뒤가 많이 패여 있는 원피스였다. 덤으로 옆트임까지 들어가 있어서, 그녀가 움직일 때 마다 새하얀 허벅지가 살짝 살짝살짝 드러났다.

"반갑…"

TV에서 말고는 저런 옷 입은 사람을 단 한 번도 본 적 없었기에, 대놓고 위아래로 훑었다.

"옷 어때요? 대만 개척지 갔을 때 사왔어요. 차이나 드레스 같고 예쁘죠?"

앞트임, 뒤트임, 옆트임 다 들어간 드레스에, 시연의 몸매 굴곡에 전부 드러났다. 보기는 좋았지만 지훈은 되려 눈을 찌푸렸다.

"겁도 없군. 돌았소?"

"갑자기 왜요?"

"여기 온 지 얼마나 됐소?"

"두 달 쯤 됐어요."

비록 서구역 주변에 경제주체가 밀집되어 있기 때문에 치안에 각별한 신경을 쓴다지만, 분명 지구보다는 훨씬 위험한 장소였다.

강도, 강간, 살인. 피해자 올림픽 그랜드 슬램 까지는 아니어도 앞에 두 개는 충분히 벌어질 수 있는 곳이었다.

"앞으로 절대 이렇게 입고 다니지 마쇼. 특히 밤에는 더더욱. 발정난 개 달라붙기 딱 좋아 보이네."

지훈은 입고 있던 쟈켓을 벗어 시연에게 덮어줬다. 옷에서 담배 냄새가 났는지 시연이 살짝 얼굴을 찌푸렸다.

"고마워요, 근데 쟈켓에서 냄새난다… 담배 펴요?"

"하루 두 갑. 왜?"

"나는 담배 피는 남자 싫더라."

"담배 피는 남자도 네가 싫다니까 걱정 마쇼."

여태껏 만났던 남자들과는 다른 불친절한 태도에 시연은 뽀로통했지만, 이내 미소를 지었다.

'겉은 툴툴거려도 속은 친절한 사람이네.'

묘한 기분이었다.

분명 말에는 가시가 잔뜩 돋쳐있었지만, 그 본질에는 친절이 숨어 있었다. 과격한 친절이랄까?

시연은 덮고 있는 쟈켓을 여몄다.

"근데 우리 어디 가요?"

"네가 만나자고 했는데 내가 그걸 어떻게 알겠소?"

지훈과 시연을 쳐다봤다.

시연이 고개를 갸웃거렸다.

"그러게요? 만났던 사람들은 전부 다 알아와서 버릇 됐나 봐요. 미안해요."

"알면 됐소. 그래서 어디 좋은 가게 있소?"

시연은 자기가 가봤던 가게들을 살짝 떠올렸다.

최근에 갔던 곳이었는데, 이탈리안 쉐프가 운영하는 곳이라 맛이 퍽 괜찮은 장소였다.

"혹시 파스타 좋아해요?"

"아니."

보통 남녀가 처음 만나는 경우 싫어도 좋다고 하거나 거절하더라도 에둘러 한다.

들도 보도 못한 직설적인 반응에 시연이 버벅거렸다.

'이런 남자는 또 처음이네.'

평범한 여자였다면 뭐하는 인간인가 싶을 반응이었지만, 시연은 도리어 호기심을 느꼈다.

"그럼 우리 랍스타 먹을래요?"

"나 갑각류 알레르기 있어서 싫소. 그리고 그거 비싸잖아?"

과거야 해로를 통해 수입하면 됐으니 괜찮았지만, 지금은 지구의 해로가 모조리 막한 상태였다.

까닭에 어쩔 수 없이 포탈 여러 번 드나들며 유통하기 때문에 수입품은 눈이 팍 튀어나올 정도로 비쌌다.

이후 여러 가지 선택지가 나왔지만 모조리 거절했다.

딱히 마음에 드는 선택지가 없었기 때문이었다.

"뭐 그렇게 까다로워요? 그냥 술이나 먹죠."

술이라는 말에 지훈이 씩 미소를 지었다.

"마음에 들어. 현명한 선택이군."

결국 둘은 가까운 삼겹살 집으로 자리를 잡았다.

삼겹살.

과거 몬스터 브레이크 전엔 국민 음식일 정도로 흔한 음식이었지만, 식량난이 심해진 지금은 부자가 아니면 구경하기 힘든 음식이 됐다.

과거엔 지훈도 멀리서 바라만 보며 침만 꿀떡 삼켰지만, 헌팅으로 큰돈을 만질 수 있게 된 지금은 아무런 문제가 되질 않았다.

'보급용 음식으론 영양이 부족하단 말이지. 잘 챙겨먹어야 한다.'

정부에선 영양소가 고루 들어간 좋은 음식이라고 주장했지만, 받는 입장에선 어딘가 부족해 보였기 때문이다.

고기가 도착하자 시연이 고기를 집어 불판 위에 올려놨다. 경험이 없는지 살짝 어색한 모습이었다.

답답했다.

"내가 하지."

지훈이 시연 손에있던 집게를 뺏겨 고기를 불판 위에 차례로 올려놨다.

지글지글…

"술은 뭐?"

"맥주가 좋아요."

"맥주 드쇼. 난 소주 하지."

주문을 하자 소주, 맥주가 한 병씩 테이블에 올라왔다.

각각 잔에 술을 따르곤 가볍게 짠 하고 부딪혔다.

한 번에 털어 넣자, 소주 특유의 알콜향이 느껴졌다.

꼴깍, 꼴깍, 꼴깍.

시연도 애주가였는지, 200cc 한 컵을 그대로 털어넣었다.

'여자가 뭔 술을 저렇게…'

문득 술 마시는 모습을 보다 목젖에 눈이 갔다.

맥주를 삼킬 때 마다 위 아래로 얕게 진동하는 그 모습이 이상하게 야릇해 보였다.

"커흠."

"왜 그래요. 오늘 술 잘 안 받나 봐요?"

"그런 거 아니니 신경 끄쇼."

목젖 쳐다봤다고 할 순 없었기에 대충 둘러댔다.

초면인 남녀가 다 그렇듯, 둘은 술과 고기를 사이로 서로에

대한 얘기를 나눴다.

이름, 사는 곳, 하는 일 등.

그 모습이 마치 소개팅을 하고 있는 것 같았다.

"우와, 진짜 헌터에요?"

"뭐가 신기하다고 그렇게 놀라나? 거리만 봐도 개나 소나

헌터인데."

"그래도요. 아는 사람 중엔 처음이란 말이에요."

"그러는 당신은 뭐해서 밥 벌어 먹고 사는데?"

"저 보사 다녀요. 연구원이에요."

신선했다.

'그냥 부잣집 딸인가 싶었는데, 보사 연구원이라?'

보사(BOSA)는 유명한 헌팅 서포트 기업으로, 유명한 과학

자 집단이었다. 헌터들의 능력치 측정 기계를 발명한 것은 물

론, 세드에 대한 거의 모든 연구는 보사에서 이루어 진다고

봐도 옳았다.

그만큼 보사는 아이덴티티 같이 모든 사람들의 우상이었

고, 영웅이었으며, 선망의 대상이었다.

'그래서 서구 주변에 살았던 건가.'

보사에서 일하는 말단 직원이 연봉 1억을 가뿐히 넘었으니,
연구원이라면 상상을 초월하는 돈을 벌 게 당연했다.

"이번에 세드로 넘어왔어요. 원래 지구에 있고 싶었는데, 다
들 싫다고 빼서 돌고 돌다 혼자사는 제가 걸렸죠 뭐."

"불쌍하군."

지훈은 시큰둥한 표정을 지었다.

보사 연구원이라길래 신선하긴 했지만, 그것도 잠시였다.

그래봐야 남이고, 타인 아니던가?

앞으로 안 볼지도 모르는 사이에 높여줄 필요 없었다.

소주 2병과 맥주 3병이 더 돌았다.

시연은 취기가 올라오는지, 발그레한 표정으로 말했다.

"그래서 좀 외로워요. 아는 사람도 없고. 집도 횅하고."

"힘내쇼. 사는 게 다 그렇지 뭐."

영혼 없는 위로보단, 술 한잔 채워주는 게 익숙했기에, 지
훈은 시연의 잔에 맥주를 채워줬다.

이후 이쪽 잔에 소주를 따르자 시연이 신기한 듯 쳐다봤다.

"근데 소주 맛있어요? 난 쓰던데."

"맛으로 먹는 건 아니지만, 그럭저럭."

"한 번 먹어볼래요."

"술 약하면 먹지 마쇼. 모르는 것 같으니 하는 말인데, 세드
에선 취객이 밖에 나돌아 다니면 백에 백 강도 만난다."

술이 꽤 오른 걸까?

시연의 볼이 발그레해 보였다.

"지금 걱정해 주는 거에요?"

귀엽게 생긴 주제에, 얼굴엔 여우같은 웃음을 지었다. 그러면서 테이블 아래론 발로 슬쩍 지훈의 다리를 쓸었다.

"헛소리. 전날 같이 술 먹었던 사람 이름을 다음날 뉴스에서 듣기 싫을 뿐이오."

"친절하네요. 고마워요."

도대체 어디로 들으면 친절해 보이는 지 알 수 없는 말이었음에도, 시연은 씩 웃음을 지었다.

지훈은 그 모습을 보고 시연이 술에 취했다고 생각했다.

"보니까 이미 술 된 것 같은데, 그만 드쇼."

"싫어요. 맛있어."

시연이 헤~ 웃으며 맥주를 들이키곤, 혀로 입술을 핥았다.

붉은 입술 위로 분홍색 혀가 미끄러졌다.

"나 많이 외로운가봐. 집에 가기 싫어요."

"그 상태로 밖에 5분만 나돌아 다녀 보쇼. 뒤에 남자들이 드글드글 쫓아오는 거 보면 당장 들어가고 싶어질 거요."

"지훈씨 있잖아요. 뭐가 걱정이야."

지금이야 같이 있지만, 지훈은 술자리 끝나면 바로 집으로 향할 생각이었다.

"뭔 개소리요. 난 이거 다 마시면 바로 집 갈 건데?"

"아 몰라! 그냥 나랑 있어요."

살짝 머리가 아파왔다.

상황을 보니 외로워서 술을 잔뜩 마신 모양인데, 취해버린 모양이다.

'이걸 어쩐다?'

버리고 가자니 다음날 변사체로 발견됐다는 뉴스 나올까봐 신경 쓰였고, 술 깰 때 까지 데리고 있자니 시간이 아까웠다.

"개소리 집어치우쇼. 내가 왜 당신이랑 같이 있소? 오늘 두 번째 본 사인데."

"치. 밖에 위험하다면서. 내가 위험해져도 상관없어요?"

어이가 없어져 되물었다.

"솔직히 말하자면 상관없지. 그리고 밖에 있는 사람들보다 내가 더 위험한 사람이란 생각은 안 해봤소?"

"거짓말. 이렇게 친절한 늑대가 어디있어."

시언은 그렇게 말하며 덮고 있던 쟈켓에 얼굴을 부볐다. 그 모습이 어딘가 모르게 가르릉거리는 고양이 같아 보였다.

그리고 지훈은 고양이를 싫어했다.

'술을 누구한테 배워서 주사가 이따구야. 저러다 큰 일 한 번 당해봐야 정신 차리지. 쯧.'

남자라면 대충 쓰레기통에 처박아 놓고 집으로 갔겠지만, 여자라서 차마 그럴 수 없었다.

'오늘만 챙겨줄까.'

결국 지훈은 울며 겨자 먹기로 말했다.

"술 깨러 갑시다. 너무 많이 먹었네."

"싫어!"

히히 웃으며 자연스럽게 말을 놓는 시연이었다.

"그럼 나보고 어쩌라고?"

"우리 집 가까운데… 라면 먹고 갈래?"

산 넘어 산이었다.

32화. 내가 더 위험한 사람인데?

NEO MODERN FANTASY STORY

시연이 웃었다.

취기가 올랐는지, 그녀 어깨에서 쟈켓이 흘러내리며 새하얀 목과 쇄골이 드러났다.

새하얀 백치미와 취기로 인한 무방비함이 겹쳐지자, 형언할 수 없는 매력이 뿜어져 나왔다.

당장이라도 모르는 척 키스하면 받아줄 듯, 쇄골에 입을 맞추면 금방이라도 교성을 내뱉을 듯, 그랬다.

'뭐 저렇게 무방비해.'

가슴 구석에서 배덕감이 고개를 들이밀며 '해 봐. 괜찮을 걸?' 하고 유혹했지만, 애써 쳐냈다.

"정신나갔구만. 정신 차리쇼. 어디 잘못된다니까!"

"나 오늘 사실은 조금은 잘못될 각오 하고 나왔는데? 너무 외롭잖아…."

말문이 턱 막혔다.

"오늘 우리 두 번째 보는데 지금 뭔 소리 하는 거요?"

"두 번째 만나면 서로 잘못되면 안 돼는 거야?"

그런 거 없다.

서로 마음만 맞으면 되는 거 아니던가?

사람이라 한들 동물이었다.

아무리 사회에 맞춰졌다 한들 수컷과 암컷이다. 남녀 사이에 흐르는 미묘한 본능까지 억제할 순 없었다.

"세상이 미쳐 돌아가니, 다들 맛이 가는구만."

"맞아. 미친 세상이니까 이 정도는 괜찮을 거야."

헛소리 그만하고 나가자고 말하려는 순간…

덥썩.

시연이 지훈의 멱살을 붙잡고 그대로 입을 맞췄다.

마치 입술이 녹아들어가는 것 같은 착각.

깜짝 놀라 입을 열자, 시연의 혀가 파고들어왔다.

저항하려 밀어냈으나, 혀와 혀가 얽힐 뿐 효과는 없었다.

얼마 만에 키스를 한 건지 기억도 나질 않았다.

단지…

부드러운 시현의 혀도,

립스틱과 화장품 향이 나는 시현의 얼굴도,

움직일 때 마다 살짝 살짝 닿는 시현의 가슴도,

얽매듯 다리 사이로 밀고 들어오는 시현의 무릎도,

거친 키스 후 내뿜는 알코올 향이 섞인 시현의 날숨도.

모두 뇌가 녹아버릴 정도로 기분 좋았다.

"쑥맥처럼 굴더니, 키스는 잘하네?"

"무슨 소리. 저항한 거다."

툭 튀어나온 칭찬이 부끄러웠기에, 시연의 이마를 집게손가락으로 가볍게 밀었다.

"이제 가자."

"뭔 소리야. 어딜?"

"우리 집. 나 자취한다고 말했잖아. 안 갈 거야?"

이미 이성 따위는 키스와 동시에 녹아 없어졌다. 서로의 마음을 확인한 시점에서 더 이상 얌전 떨 필요는 없었다.

지훈은 긍정을 닮은 침묵을 건네곤, 계산을 위해 계산대로 향했다.

"얼맙니까?"

"32만 9천원입니다."

지갑을 열어 카드를 꺼내려는 찰나…

툭.

콘돔이 떨어졌다.

갑작스런 움직임에 시연과 지훈의 눈이 동시에 콘돔으로 향했고, 판이한 반응을 불러왔다.

'저, 저, 저딴 게 왜 내 지갑에 들어있어!'

지훈은 심장에 입에서 튀어 나올 것 같을 정도로 놀랐고,

"얌전한 척 하더니. 거짓말쟁이."

시연은 입에 여우같은 미소를 띄웠다.

"잠깐. 오해다. 이건 오해야."

"그럼 저거 뭐야? 풍선껌이야? 비타민?"

포장지에는 유 니드 어스, You need us 라고 이름은 정말 끝내주게 잘 지은 유명 콘돔 브랜드가 떡 하니 적혀있었다.

빼도 박도 못 하는 외통수.

굳어버린 머리로 갑자기 쌩뚱 맞은 기억이 하나 떠올랐다.

– 지훈형님, 저 지갑 한 번 봐도 되요?

민우가 워낙 떼를 쓰기에 잠깐 보여줬는데, 그 사이에 콘돔을 넣어놓은 모양이었다.

"대책 없는 남자보단 차라리 준비 된 남자가 좋아."

다행히 시연은 픽 웃고 말았다.

약 15분 후.

집으로 향하는 길.

가게에서 벗어나자 취기와 함께 없어진 듯, 성적 긴장감도 서서히 옅어졌다. 이내 둘 사이엔 어색한 기류만 남았다.

"지금이라도 괜찮아. 원래 사람이 외로우면 이런 저런 말 할 수도 있는 거니까, 실수였으면 물러도 된다."

시연이 부끄러운지 고개를 살짝 숙였다.

"갑자기 그런 건 왜 물어봐…"

"술기운 날아간 거 안다. 점잔 그만 떨고 솔직히 말해."

"조금 막나간 것 같긴 해…."

애초에 예상한 결과였다.

아무런 접점 없이, 두 번 만난 남녀가 잠자리를 갖는 것 자체가 현실적으로 어려운 일이었다.

"그럼 집에만 데려다 줄게. 그 상태로 혼자 돌아다니면 큰일 난다. 그리고 앞으로 술 좀 적당히 부어라, 지지배야."

시연이 작게 고개를 끄덕였다.

둘이 나란히 거리를 걸었다.

전기를 아끼기 위해 가로등 사이가 퍽 멀어 드문드문 어둠이 깔려 있었다. 거기다 나돌아 다니는 차와 사람까지 없으니 꼭 영화 속 한 장면 같아 보였다.

"아, 보름달이다."

문득 시연이 멈춰 서서 하늘을 올려다봤다.

항상 삶에 치여 사느라 언제 하늘을 올려다봤었는지 기억도 나질 않거늘, 오늘은 무슨 바람인지 자연스럽게 고개를 들어 올렸다.

솨아아아─

마치 쏟아져 내릴 듯 수 없이 많은 별들이 반짝였고, 그 사이로 보랏빛 달과 붉은색 달이 나란히 떠있었다.

"오늘이 더블 루나구나… 진짜 예쁘다."

개척 초기에 실컷 봤던 광경이었기에, 지훈은 하늘은 슬쩍 훑기만 하곤 시연을 쳐다봤다.

하늘을 올려다보는 그녀의 눈이 반짝거렸다.

마치 달과 별과 하늘을 담은 듯 순수한 모습이었다.

'예쁘네.'

그 모습이 싸움과 피로 얼룩진 자신과는 어울리지 않은 것 같이 가슴 한켠이 묘하게 쓰렸다.

'어차피 지나가는 인연이다. 게다가 나는 외줄타기 인생이고, 저 여자는 보사 연구원이다. 사는 세계가 다른 사람을 건드려봐야 좋을 거 하나도 없어.'

고개를 돌려 시연에게 들리지 않을 작은 한숨을 내뱉었다. 그럼에도, 그럼에도. 웬지 모르게 눈동자가 계속 시연에게 끌리는 건 왜일까.

실컷 구경을 하고서야 다시 걸었다.

서로의 거리가 애매했기 때문일까?

걸음마다 서로의 손등이 살짝살짝 스쳤다.

시연의 손은 실크처럼 부드러웠다.

'미치겠네 진짜.'

이성과 본능이 서로 쥐어뜯고 싸우길 몇 분.

결국 이성의 끈이 뚝 끊어졌다.

'이제 아무것도 모르겠다.'

덥썩.

본능에 이끌려 손을 붙잡아 버렸다.

"어?"

시연은 놀란 듯 눈을 동그랗게 떴으나, 별 말 하진 않았다.

거절인지 승낙인지 알 수 없는 애매모호한 태도.

마음을 알아보기 위해 손을 움직였다.

단순히 잡고 있던 손을 움직여, 서로 손바닥을 맞댔다.

그리곤…

검지를 그녀의 손가락 사이로 밀어 넣었다.

"아…!"

놀랐는지 작은 신음이 새어나왔다.

반사적 저항이 잠시 있었으나, 말 그대로 잠시였다.

부드러운 느낌과 함께 쑥 들어갔다.

누군가 말하길 처음이 어렵다고 했다.

처음이 어렵다고, 그 다음 부턴 아무런 저항 없이 중지, 약지, 새끼 순으로 들어가 깍지를 낄 수 있었다.

형언할 수 없을 정도로 부드러웠다.

하지만 마음 한편이 부족했다.

'민망해서 그대로 있는 걸 수도 있다.'

확신이 필요했다.

꾹!

지훈이 손을 꽉 쥐어 신호를 보냈다.

만약 관심이 없다면 모르는 척 지나갔을 터였다.

부드러운 시연의 손바닥에 지훈의 손가락이 파고들었다.

시연은 조심스럽게 지훈을 쳐다봤다.

그리곤…

답을 보내줬다.

꾹.

승낙이었다.

그렇게 서로 손에 땀이 날 때 까지 깍지 꽉 쥐고 걷다보니, 어느새 시연의 집에 도착할 수 있었다.

아파트였는데, 단지를 보고 있자니 서울로 돌아온 것 같은 기분이 들었다.

서로 말 없이 터벅터벅 걸어서 아파트 안으로 들어갔다.

"뭐야, 엘리베이터 없어?"

"응. 세드에 오래 살았다며 아파트는 처음 인가봐?"

"동구에는 이런 건물 없어."

엘리베이터가 있어야 할 공간에 휑한 공간 하나만 있을 뿐이었다. 마치 만들다 만 것 처럼 보였다.

"따라와."

시연이 먼저 그 공간 안에 들어가며 지훈을 끌어당겼다.

"14층."

말이 끝남과 동시에 몸이 붕 뜨는 것 같은 기분이 들었다.

훅!

바람 스치는 소리와 함께 눈앞의 환경이 휙 틀어졌다.

공간이동이었다.

"신기하네."

"나도 처음엔 신기했는데, 매일 쓰다보니까 익숙해졌어."

긴 복도를 따라 많은 집들이 쭉 늘어졌다. 시연의 집은 맨 끝이라고 했다.

거의 다 왔기에 최대한 빨리 데려다 주려 발걸음을 재촉했지만, 웬일인지 시연이 따라오질 않았다.

아쉬워하는 것 같았다.

어쩔 수 없이 시연에 맞춰 느긋느긋 걸었지만, 그나마도 잠시. 현관문 앞까지 도착해 버렸다.

"도착했네…."

시연이 고개를 푹 숙이곤 말을 흐렸다.

"들어가라."

지훈이 깍지를 풀고 뒤로 돌았다.

아니 돌려고 했다.

하지만 시연이 손을 꽉 쥐고 놓아주지 않았다.

무슨 할 말이 있는 걸까?

"있잖아… 너는 원래 두 번째 보는 사람하고 키스해?"

"무슨 개소리야. 네가 했잖아."

"몰라. 그냥 묻는 말에 대답해."

"아니. 그렇지는 않아."

"그럼 왜 했어?"

"그러니까 네가 먼저…."

시연이 버럭 소리를 질렀다.

"너는 여자가 먼저 키스하면 다 받아 주는 사람이야?!"

"아니."

"그럼 나랑 키스 왜 계속 했어. 안 떼고?"

결정적인 순간임을 알았다.

여기서 어떤 말을 하느냐에 따라 그녀의 집으로 함께 들어갈지, 왔던 길을 홀로 돌아갈지 정해진다.

고민됐다.

어떤 말을 하면 그녀와 함께 할 수 있을지는 안다.

하지만 그렇다고 거짓말을 하고 싶지는 않았다.

"괜찮아 보였으니까. 좋았으니까."

솔직한 마음을 털어놨다.

몇 점 짜리 대답이었는지는 몰랐다.

다행히 정답에 가까웠는지, 시연은 만족스런 표정으로 팔을 끌어 당겼다.

조금만 움직여도 입술과 입술이 맞닿을 듯 가까운 거리.

서로의 코끝만 호흡에 따라 조금씩 부딪혔다.

"있잖아… 나 그냥 오늘 잘못 될래."

"후회 할지도 몰라."

"네가 그랬잖아. 세상이 미쳐 돌아간다고. 그런 세상에 산다면 한 번 쯤은 미쳐보는 것도 괜찮잖아?"

평소 내뱉던 말버릇이 남의 입에서 나오니 우스웠다.

"그래. 한 번 쯤은 미쳐보는 것도 괜찮겠지."

대답이 마음에 들었는지 시연이 활짝 웃었다.

집 문이 열렸고, 둘이 안으로 들어갔다.

문이 닫히자마자 지훈은 그대로 시연을 벽에 밀어붙여 입을 맞췄다.

어떤 연구결과에 따르면 성생활에 가장 열정적인 사람은

운동선수도, 매춘부도, 예술가도 아닌 고학력자(박사, 석사, 연구원)라고 했었다.

지훈은 그 말이 딱 맞다고 생각했다.

– 근력이 1 상승했습니다. E등급 (15) => E등급 (16)
– 민첩이 1 상승했습니다. E등급 (16) => E등급 (17)

✦

'사고 쳤다.'

자고 일어나서 처음으로 든 생각이었다.

기억이 날아갈 정도로 알콜에 버무려 진 건 아니었으나, 분위기에는 잔뜩 취해 있었다.

덕분에 둘 다 땀에 흠뻑 젖을 때 까지 뒹굴었다.

지훈이 슬쩍 일어나 침대 옆을 살폈다.

"응—."

시연은 아직 꿈속을 유영하고 있는 듯 싶었다.

다시 누웠으나 잠이 오질 않았기에, 대충 일어나 주변을 정리했다.

널브러져 있는 옷가지를 보면 시연이 충격 받을까 싶은 배려에서였다.

그 다음은 아침을 차리기 위해 집 안을 돌아다녔다.

'이사한지 얼마 안돼서 그런가 휑하네.'

여자 집을 자주 가보진 못했지만, 다들 이렇진 않았다.

집에는 그 흔한 TV나 라디오도 없었고, 있는 가전기기라 곤 냉장고와 전자레인지가 다였다.

'뭘 여자 집 냉장고에 라면하고 즉석 밥밖에 없어.'

탐탁지 않았으나 남의 인생 신경써줄 여유는 없었기에 불평 없이 라면과 즉석 밥을 꺼냈다.

냄비에 물을 적당히 받은 뒤, 가스레인지 위에 올렸다. 즉석 밥은 전자레인지에 돌렸다.

33화. 외통수

보글보글!

끓는 물에 면과 스프를 넣고 휘휘 젓길 몇 분.

라면 냄새에 잠이 깼는지, 시연 목소리가 들려왔다.

"일어났네."

"속은 좀 어때?"

"쓰려…"

물이라도 건네줄까 싶어 뒤로 돌자, 나체가 눈에 들어왔다.

적당히 보기 좋을 정도로 봉긋 솟은 가슴과, 유려한 곡선을 그리는 허리 그리고 섹시함을 뿜어내는 골반까지.

옷 위로 봤을 때도 좋다고 몸매가 느꼈지만, 실제로 보니 또 새로웠다.

"옷 좀 입지?"

천장을 바라보며 말했다.

"어차피 어제 볼 거 다 봤잖아."

"그건 그거고, 이건 이거지."

시연은 주섬주섬 속옷을 입곤, 쓰레기통을 뒤졌다.

"뭐 찾아?"

"콘돔."

"그건 왜?"

"마법사의 정액에는 미량의 마력이 흐른대. 궁금해서 조사해 보려고. 마침 도구도 여기 있고."

누가 연구원 아니랄까봐 참 연구원다운 말이었다.

"밥 먹고 해라. 비위 상한다."

"그럴까? 원랜 아침 안 먹는데, 다른 사람이 해주니까 또 맛있어 보이네."

"웃기는 소리. 내가 해서 맛있는 거겠지. 아무한테나 해주는 요리 아니니까 영광으로 알아."

"겨우 라면 갖고?"

"싫으면 말던가."

"아, 너무해!"

"그만하고 와서 들어."

테이블 위로 조촐한 식사가 차려졌다.

한 동안 후루룩 거리는 소리만 났다.

몸을 섞고 나서 정이 든 건지, 아니면 마음에 들었기에 몸을 섞은 건지는 알 수 없었으나, 시연이 라면을 먹는 모습이 예뻐 보였다.

'은근히 귀엽네. 백치미도 있어 보이고.'

꼭 말 잘들을 것 같은 강아지 같은 느낌이랄까?

"있잖아, 나 각성자랑 한 건 처음이다?"

"그래? 어땠는데."

"나 앞으로 일반인이랑은 못할 것 같아…."

"푸읍!"

정정한다.

저건 강아지 탈 쓴 여우다.

"참 그런 얼굴로 위험한 말 아무렇지도 않게 한다."

"사실이잖아. 원래 과학자는 사실을 말하는데 망설임이 있으면 안 돼. 직업병 같은 거야."

식사가 끝난 후, 시연은 진짜 마력 검사를 실시했다.

"진짜 마력이 흐르는구나… 신기하다. 한 번 봐볼래?"

궁금하긴 했으나 비위가 상할 것 같아 그만뒀다.

"최근에 마법사의 아이는 실제로 마력을 각성하기 쉽다는 연구 결과가 있다는 논문을 봤거든. 참 신기해."

순간 지훈은 전날 시연과 만나기로 했던 이유가 '마법을 보여주기 위해서'였다는 게 떠올랐지만, 굳이 말하진 않았다.

"저건 뭐야?"

연구 테이블을 훑다 독특하게 생긴 물건을 발견했다.

리더기처럼 생긴 물건. 각성자 능력 감지기였다. 하지만 지훈이 알던 것과 다른 모습이었다.

"이번에 새로 나온 시제품이야. 한 번 써볼래?"

"그러던가."

바코드마냥 위 아래로 훑자, 삑 하는 소리가 나며 정보가 나타났다.

[정보]

등급 : C 등급

근력 : E 등급 (16)

민첩 : E 등급 (17)

저항 : E 등급 (15)

마력 : E 등급 (11)

이능 : F 등급 (9)

잠재 : S 등급 (!@#$//)

이전 버전과 다르게 정확한 수치까지 찍혀 있었다. 하지만 아직 단순 검사만으로 티어까지 알아내는 건 무리였는지, 티어는 나타나 있질 않았다.

"이거 뭐야. 잠재가 왜이래?"

잠재 등급이 깨져 나오자 시연이 고개를 갸웃거렸다.

'기계로는 확인 가능할까 싶었는데, 아쉽군.'

반면 지훈은 원래부터 알고 있었던 터라 그냥 유야무야 넘어갔다.

"근데 너 C등급이었어?"

각성자라고 말만 했지, 등급까진 제대로 말을 하지 않은 상태였다.

"대박… 나 C등급 각성자 처음 봐."

"마법도 그렇고 C등급도 그렇고. 넌 죄다 처음이지?"

가벼운 핀잔에 속이 상했는지 시연이 독을 머금었다.

"응, 홍콩도 처음 가봤어."

"컥!"

역시 얕볼 수 없는 여자다.

"하나 줄까? 시제품이긴 해도 어차피 상급 헌터들 사이에선 자주 돌아다니는 것 같던데."

"막 줘도 상관없어?"

"뭐, 남자 친… 잠깐만."

시연이 말을 하다 멈췄다.

비록 어제 몸을 섞었고, 지금 연인처럼 함께 있다고 한들 둘의 관계는 아직 정립되지 않았다.

시연은 확답을 원했다.

"우리 무슨 사이야?"

이번엔 지훈도 말을 멈췄다.

"글쎄?"

"야! 죽을래?"

확답 없이 고개를 갸웃거리자 시연이 그대로 멱살을 잡았다. 처음 키스했을 때와는 사뭇 다른 완력이었다.

"네가 생각하기엔 우리 무슨 사인데?"

"…몰라."

피식 웃음이 나왔다.

하는 짓을 보면 엄청나게 여우면서, 이럴 때 보면 또 아무것도 모르는 숙맥이었다.

굳이 대답해 줄 필요 없이, 머리만 쓰다듬었다.

"아 뭐야, 대답은 왜 안 해줘."

"굳이 말이 필요해?"

"원래 여자는 확신이 필요한 거야."

그 말에 지훈은 시연의 귀에 뭐라 속삭였다.

시연의 얼굴이 붉게 물들었다.

"여기, 가져가. 시제품이라 판매점에서 수리 안되니까, 부숴지면 나한테 가져오면 돼."

"잘 쓸게."

지훈은 감지기 시제품을 짐에 챙겨 넣었다. 그러고 있자니 시연이 뭔가 잊었다는 듯 물었다.

"근데 우리 어제 마법 보여준다고 만난 거 아니었나?"

"그랬지."

"나 마법 못 봤어, 보여줘. 연구하고 싶단 말이야."

별 문제 없는 부탁이었기에, 빠르게 몇 번 보여줬다.

핸드폰 대리점.

시연과 지훈이 핸드폰을 둘러보고 있었다.

연락하기 힘들다는 이유로 시연이 핸드폰을 개통하라고 재촉했기 때문이었다.

"어떤 폰으로 보여 드릴까요?"

"혹시 이걸로 개통할 순 없소?"

저번에 구조대 호출용으로 샀던 선불폰을 내밀었다.

사실 기능 면에선 스마트폰이 훨씬 더 좋았으나, 안타깝게도 험한 일을 하는 헌터들에겐 맞질 않았다.

헌팅 과정에서 험난한 지형을 돌아다니는 건 물론, 전투를 해야 할 경우가 많기 때문이었다.

우주선 통제 컴퓨터가 DOS(도스)를 쓰듯, 여러 기능이 있는 스마트폰 보단 단순 내구성이 좋은 피쳐폰이 더 좋았다.

"스마트 폰이 좋지 않아? 영상통화도 되고…."

"헌팅하다 부서지면 안 돼. 구조대 호출해야 할 경우도 있으니까 단단한 게 좋아."

시연은 자기 의견이 묻히자 볼에 바람을 불어넣었다. 그 모습이 복어처럼 보여 살짝 쓰다듬어 주고 싶었다.

지훈이 시연의 머리 위에 손을 얹었다. 쓰다듬는 것보단 머리를 헝크는 것에 가까웠지만, 시연은 그저 기분 좋은 듯 웃기만 했다.

"금방 개통해 드리겠습니다. 시간 좀 걸리니까 앉아서 기다려 주시면 됩니다."

금방이라도 다리가 풀릴 것 같은 시연에게는 희소식이었다.

그녀는 가까운 쇼파로 오종종 다가가 풀썩 주저앉았다.

"왜 그래 다리 아파?"

"아픈 건 아닌데…."

"어디 봐봐."

다친 건 아닐까 싶어 바로 그녀의 다리를 잡았다. 별 다른 외상은 보이질 않았다.

"그런 거 아니라니까."

"그럼 왜 그러는데?"

차마 아침 먹고 했던 운동 때문이라고는 죽어도 말을 할 수 없는 시연이었다.

쇼파 앉아 이런저런 대화를 나누며 시간을 보냈다.

얼마 후 아이덴티티 직원으로 보이는 남자가 들어왔고, 이것저것 만지는 가 싶더니 주문을 영창했다.

"avamine(개통)."

주문 이후 신기하게도 핸드폰이 작동되기 시작했다.

시연은 신이 나서 제일 먼저 자기 전화번호를 저장했다.

"잊어버리지 마. 연락 자주하고, 알겠지?"

"너 일하는데 어떻게 자주 연락해. 말이 되는 소릴 해라."

"자유출근인데? 실적만 채우면 안 가도 돼. 집에서 일 해도 상관없고."

열정페이와 낮은 임금으로 유명한 한국과는 동떨어진 얘기에 입이 떡 벌어졌다. 연봉 5억 받는 사람이 자유출근이라니?

'이래서 다들 보사, 아이덴티티 하는 구만.'

어떻게 해서든 지현을 보사 혹은 아이덴티티에 입사시켜야겠다고 마음은 순간이었다.

핸드폰을 개통하고 밖에 나오자 시연이 물었다.

"이제 뭐할 거야?"

"글쎄. 집에 가봐야지. 외박 했으니까 동생이 기다릴 거야."

"나도 같이 가자."

잠시 고민했으나, 이내 거절했다.

─ 우와, 대박. 보사 다닌데. 그런 언니가 왜 이딴 놈을 만나요? 나한테만 말 해봐요, 협박당했죠?

안 봐도 비디오였다.

거절의 뜻을 비치자 시연이 아쉬운지 끙 소리를 냈다.

"소개시켜주기엔 좀 이른 것 같다."

"왜, 내가 부끄러운 거야?"

아니. 도리어 자랑스러웠다.

다만…

"내가 부끄럽다."

너저분한 집은 물론이오, 가더라도 여동생이 무슨 짓거리를 할 지 전혀 예상할 수 없었다.

시연은 당연히 이해하지 못했기에 계속 질문을 던졌으나,

대답 해주진 않았다. 그걸 마지막으로 여자 친구와의 달콤한
시간을 끝내고 집으로 돌아갔다.

⊕

걱정할거란 예상과 달리 지현은 시큰둥한 표정을 지었다.

"왔어?"

"기껏 너 때문에 일찍 들어 왔구만, 걱정도 안 되냐?"

픽 웃는 소리가 돌아왔다.

"아니 이 동네에서 제일 위험한 사람이 누군데, 내가 누굴
걱정해?"

차마 부정할 수 없었다.

심지어 지현이 길에서 시비가 붙었다가도, 지훈 이름만 나
오면 상대방에서 꼬리를 말아버리는 일이 부지기수였으니 말
다했다.

게다가 각성까지 했으니 도시 내에서 위험할 일은 전혀 없
다고 봐야 옳았다.

"너 오늘 뭐하냐."

"아무것도 없어. 왜?"

"병원 가자."

방 안 공기가 순식간에 싸늘하게 식었다.

"싫어."

지현은 병원이 싫었다.

지금이야 지훈이 벌이가 좋으니 어떻게 될지 몰랐으나, 여태껏 병원에 갔을 때 마다 항상 같은 얘기만 들었기 때문이었다.

– 미안합니다. 지금으로써 저희가 해드릴 건 아무것도 없습니다. 의료 기술이 더 발달하거나, 마법사를 찾아가셔야….

어차피 점점 줄어가는 수명, 굳이 제 발로 찾아가 얼마나 남았는지 확인하고 싶진 않았다.

"개네 맨날 앵무새마냥 똑같은 말만 하잖아."

"그래도 가봐야 뭐가 어떻게 되는지 알 거 아냐."

"싫어, 안 가."

"지랄하지 말고 따라 와."

마음 같아선 질질 끌고라도 가고 싶었으나 참았다.

지훈 역시 지현이 어떤 기분인지 어렴풋 알기 때문이었다.

"요즘 약 계속 먹고 있으니까 괜찮을 거야. 그리고 당장 죽을병도 아니라서 괜찮잖아?"

현재 지현이 앓고 있는 병은 한국명 혈석화, 세계명 스토닝 (Stonning)이었다.

네윔이라 불리는 바위게(Stone crab)에 의해 옮는 병으로, 피가 서서히 굳어가는 증상을 가진 병이었다.

현대 의학으로썬 완치가 불가능했으며, 네윔톨이란 약품을 먹어 병의 악화를 늦추는 정도만 가능했다.

"지금은 가서 상황만 볼 거고, 급하다 싶으면 바로 마법사 찾아갈 거야."

마법사라는 말에 지현의 고개가 휙 돌아갔다.

혈석화를 치유할 수 있는 방법이 딱 하나 있었는데, 그게 바로 마법이었다.

소위 치유사로 불리는 이들이 마법을 이용한 전문 의료 행위를 했는데, 현대 의학으로 치료할 수 없거나 고통을 원하지 않는 이들이 많이 찾았다.

"지, 진짜?"

"어."

"치유사한테 치료 받으려면 많이 비싸잖아…."

문제는 바로 가격이었다.

치유사라는 직업이 나타난 지 얼마 되지 않았기 때문에, 제도적 정비는 물론 가격 평준화까지 이뤄지지 않은 상황이었다.

보험은 기대할 수도 없었고, 가격은 부르는 게 값이었다.

"그런 거 걱정하지 마라. 나중에 보사나 아이덴티티 취직해서 갚으면 된다."

"내가 어떻게 가. 말도 안 돼는 소리 하네."

진심으로 내뱉은 말이었지만, 지현은 농담으로 들렸나보다.

"어쨌든, 가자. 이제 맘 좀 생겼나?"

"그렇게까지 말한다면 뭐, 못이기는 척 가줄게."

"개소리 그만하고 빨리 와라."

다행히 검사 결과 심각한 수준은 아니었다.

혈석화는 총 세 단계로 구분되는데, 다음과 같았다.

가벼운 답답함을 느끼는 정도로 그치는 초기.

혈관이 막히기 시작해서 온 몸에 멍이 드는 중기.

내장 기관이 막혀서 서서히 죽어가는 말기.

다행히 지현은 중기에서 멈춰있었다.

"일단 네윔톨만 잘 드신다면 별 문제는 없을 겁니다."

과거엔 참 듣기 싫은 말이었지만, 지금은 다행으로 들렸다.

예전에는 약을 살 돈이 없으니 서서히 죽어가라는 말로 들렸지만, 지금은 그깟 약 마음만 먹으면 얼마든지 살 수 있기 때문이었다.

"그럼 이제 치유사 찾아가 보자."

"응!"

몸에 드문드문 멍이 있긴 했으나, 지현이 활기차게 웃었다.

그 모습을 보자 가슴 어딘가가 뭉클해지는 지훈이었다.

⊕

"대충 어떻소?"

치유사는 소견서와 검사 결과를 보더니 턱을 쓸었다.

"중기네요. 왜 이렇게 될 때 까지 내버려 둔 겁니까?"

대답이야 간단했다. 돈 때문이었다.

조금만 생각해 보면 유추할 수 있는 답이었기에, 살짝 화가 났다.

아마 치유사는 마법을 배웠다는 이유 하나로 가난 따윈 접해보지도 못했고, 공함할 수도 없는 사람이리라.

"이 쪽 사정이니 알 거 없고. 치료 할 수 있소, 없소?"

"있습니다. 근데 좀 오래 걸릴 겁니다."

설명에 따르면 한 번에 치료할 수 없다고 했다.

혈석화 치료는 바이러스 중화와 채혈이 동시에 이뤄지는데, 한 번에 많은 양을 뽑으면 환자가 사망할 수 있기 때문이었다.

"시간은 상관없소. 된다니 다행이군."

들었던 대로 치료비는 총 2억 조금 넘게 나올 거라고 말했다. 그나마 다행은 것은 각 치료시마다 분할 납부 방식이었다는 것이었다.

"오늘 당장 치료 시작합시다."

많은 액수였지만 고민할 것 없었다.

치료는 약 30분 정도 걸렸다.

물리치료 받는 것처럼 가만히 누워있는 게 다였다.

"신기해. 하나도 안 아파."

"다행이네. 어디 불편한 곳은 없고?"

지현은 팔에 있던 멍 자국을 주물러봤다.

평소라면 작은 덩어리들이 잡혀야 했는데 온데간데없이 사라져 있었다.

"우와… 없어졌어. 나 진짜 낫고 있는 거야?"

현실감이 없는지 지현이 멍한 표정을 지었다.

그도 그럴 법 한 게, 약물 치료, 수술치료도 없이 가만히 누워있는데 병이 호전됐다. 꿈이라도 꾸는 기분일 것이다.

"응. 계속 받으면 완치될 거야."

지훈은 그런 지현의 어깨를 두드렸다.

권능의 반지

34화. 우리 무슨 사이야?

NEO MODERN FANTASY STORY

헌팅을 갈 때 마다 죽을 고비를 넘겨서 그랬을까?

일상의 평화는 너무나도 짧게 느껴졌다.

'벌써 마지막으로 헌팅 나간 게 이주일 전인가.'

슬쩍 예금 잔고를 확인했다.

핸드폰, 지현이 치료비, 약 등으로 돈을 꽤 썼음에도 아직 7000 정도 남아있었다.

'다달이 돈 나갈 거 생각하면 빠듯하다.

특히 치료비가 분할 납부라 다행이었다. 일시불이었다면 지금이라도 당장 헌팅에 나갔어야 했다.

그 뿐만 아니라 이사를 가기 위해서라도 아직 벌 돈은 많이 남았다.

'거기다 장비 바꿀 때 나갈 돈도 생각하면… 빠듯하네. 헌팅 자주 다니려면 차도 한 대 사야하고.'

어째 돈 빠져나갈 구멍은 블랙홀인데, 들어오는 구멍은 개구멍이었다.

'어차피 언제 뒤질지 모르는 인생이다. 혼자서 고문하고 있지 말자.'

지훈은 쇼파에 푹 누워버렸다.

편안함도 잠시. 공허함이 찾아왔다.

비각성자였을 때는 매일 밤 돈을 벌기 위해 나갔거늘, 이렇게 푹 쉬고 있으니 뭘 해야 할 지 막막했다.

'강박증도 아니고. 쯧.'

본디 일 할 때는 개미가, 쉴 때는 베짱이가 되라고 했다.

지훈은 오늘 하루를 어떻게 써야 나중에 돌아 봤을 때 후회 안하고 잘 놀았다고 할 수 있을지 생각해 봤다.

'여자 친구는 엊그제 봤고, 칼콘 불러내서 술 먹는 것도 이제 물린다.'

게다가 칼콘은 요즘 여자 친구 본다고 바빠서 연락도 잘 안됐다. 그렇다고 일 외적인 일로 시체 구덩이나 석중을 찾아가기도 뭣했다.

'갔다가 괜히 귀찮은 일 떠안을라.'

생각하다보니 마땅한(가는 모르겠지만, 어쨌든) 인물이 하나 떠올랐다.

우민우였다.

만드라고라 때 무능했던 점이나, 현상금 때문에 퍽 좋게 보이진 않았지만 분명 같은 팀원이었다.

'그리고 이번엔 잘 처리했기도 하고.'

앞으로도 같이 헌팅을 다닐텐데, 어색한 사이로 남을 순 없었다. 친해질 필요가 있었다.

'얘기나 좀 해볼까.'

생각이 들자마자 바로 전화를 걸었다.

"나다."

"네가 누군… 아, 예. 형님."

아직까지 지훈의 전화가 익숙하지 않나보다.

"뭐하냐?"

"그냥 집에 있습니다. 인터넷 검색하면서 서류 작업하고 있어요."

"간다."

"어디를요?"

"네 집."

"예? 아니 뭐 그렇게 뜬금없이 찾아오신다고….."

"뭘 놀라. 밤꽃 냄새 안 나게 휴지통이나 비워봐."

민우는 오는 길이 힘들다며 밖에서 보자고 했지만, 깔끔하게 무시해 버렸다.

지훈은 양손에 곽 휴지와 비타민 음료 박스. 그리고 콘돔을 들고 임대 아파트 준변을 서성였다.

1105동이라 듣긴 했지만, 어째 찾을 수가 없었다.

'아파트가 뭐 이렇게 많아.'

동 확인 하느라 하도 고개를 들어 목이 다 아플 정도였다.

그도 그럴 게, 이 임대 아파트는 개척지 안정화 후 대규모 인구 유입을 대비한 일종의 벌집이었다.

단지가 상상을 초월할 정도로 클 수 밖에 없었다.

SF영화 속에 갇힌 것 같은 기분이 들기도 잠시.

지나가는 사람 붙잡고 물어보기도 하고, 안내 표지판을 훑으며 찾아가 보려고도 했지만…

'미친. 미로도 아니고 이게 뭔….'

결국 길을 잃어 버렸다.

이대로 미아 행세를 할 순 없었으므로 민우에게 전화했다.

뚜르르— 뚜르—

청소를 하고 있는지 착신음이 길게 이어졌다.

"나다."

"네, 형님. 아직 출발 안하셨어요?"

아직 핸드폰을 산 걸 몰랐기에 집에서 전화한 줄 안 모양이었다.

"여기가… 대충 2209동인데, 도대체 어디로 가야 되냐?"

"핸드폰 사셨어요?"

"전화비 많이 나온다. 빨리 길이나 말해."

"2000단위 안내 표지판 앞에서 기다려 주세요. 제가 금방 갈게요."

온다고 했으니, 굳이 엇갈릴 필요는 없었다.

안내판 앞에 있는 벤치에 앉아 담배를 뜯었다.

 – 주의 : 세드 예방접종을 받지 않은 사람…… 질병에 노출 될 위험…… 의사와 상의……

근래에 새로 개량 된 세드산 담뱃잎으로 만든 담배였다. 여타 다른 담배에 붙어있는 주의사항 외에도 마력 알러지 관련 사항이 붙어있는 걸 보니, 마력공정도 들어간 듯 싶었다.

'그래도 그렇지 뭔 담배 한 갑에 15만 원이나 해.'

비싸서 마음에 들진 않았지만, 새로 나왔다기에 작은 사치 한 번 부려 본 참이었다.

부스럭.

찌익-

포장을 뜯곤 손목 스냅을 이용해 담배를 흔들었다. 이후 한 개비 들어 입에 물었다.

멘솔이었기에, 대강 입술로 훑어 캡슐을 찾은 뒤 이빨로 꽉 물었다.

톡!

"후흡- 하아."

마치 시가라도 문것 마냥 깊은 향이 느껴졌다. 박하향 비슷한 냄새가 폐를 한 바퀴 돌더니, 온 몸에 퍼져나갔다.

맛있다.

'이래서 다들 세드산, 세드산 노래를 부르는구만.'

돈 나갈 곳 많아서 자주 피우진 못하겠지만, 가끔씩은 사다

펴야겠다고 마음먹었다.

느긋이 두 개비 정도 태우자 저 멀리서 자전거가 보였다.

"여기 계셨네요. 많이 헤매셨죠?"

"뭐 이렇게 넓어. 짜증나게."

민우는 머쓱하게 웃기만 했다.

나름대로 입주민 및 방문객을 배려하기 위해 색과 블럭을 나눠놓긴 했지만, 초행자 입장엔 다 비슷해 보일 뿐이었다.

"가시죠."

민우가 자전거 뒤에 달린 짐칸을 두드렸다.

지훈이 눈썹을 굳혔다.

"지금 나보고 거기 타라고?"

"조금 멀어서요."

머릿속에 우락부락한 남자 둘이서 자전거를 타고 가는 장면이 떠오르자, 뭔가 닭살이 돋았다.

"미친놈아, 멜로 영화도 아니고 무슨 다리털 숭숭 난 남자 둘이서 자전거를 같이 타?"

"형님, 걸어가면 30분 넘게 걸려요."

결국 어쩔 수 없이 자전거 뒷좌석에 앉았다. 약 5분쯤 지났을까, 오르막길에서 민우가 헉헉거리기 시작했다.

"괜찮나?"

"예. 헉. 괘차. 헉. 나요."

말과 달리 전혀 괜찮지 않아 보이는 표정이다.

더 이상 됐다간 별 것도 아닌 일에 애 잡을 것 같아서 멈춰 세웠다.

'매일 집에서 뒹굴고만 있나 체력이 뭐 이리 저질이야.'

결국 민우를 뒤쪽으로 옮겼다.

"오르막길 많은데 괜찮으시겠어요? 저 무거울 텐데…."

"알면 살 좀 빼, 새끼야. 그러다 자살숲 같은 데서 낙오돼면 그냥 죽는 거야."

굳이 남 인생에 이래라저래라 하지 않는 지훈이었지만, 지금은 예외였다.

같은 배를 탄 입장이었다. 조금만 걸어도 무릎이 고장 나서야 기동력이 많이 떨어질 수밖에 없었다.

험한 지형 이동할 때 마다 들쳐 메고 갈 수도 없는 노릇이었기에, 이 문제는 필히 해결돼야 했다.

"에이, 형님이 구해주시겠죠."

민우가 픽 웃었다.

"지랄 똥을 싸고 앉아있네. 내가 왜?"

"사람 구하는데 이유가 어디 있나요."

언젠가 지훈이 한 말을 그대로 읊는 민우였다.

"그치. 사람 구하는덴 이유가 없지. 돼지 말고 사람."

"아, 형님. 저 돼지 아니지 말입니다?"

"됐고, 진짜 운동해라. 그러다 훅 간다."

진심을 담아 한 마디 해주곤 길을 물었다.

"어느 쪽?"

"이제 우회전해서 계속 직진만 하면 됩니다."

지루한 풍경을 보고 있자니 가벼운 궁금증이 생겼다.

'세게 밟으면 속도 얼마나 나오려나?'

뭐든 겪어보는 게 제일이라고, 바로 행동으로 옮겼다.

"속도 좀 낸다. 꽉 잡아라."

"예."

민우는 까짓거 자전거 속도가 얼마나 나오겠냐는 생각으로 안장만 슬쩍 잡았다.

물론 실수였다.

후우웅- 우- 우- 우- 웅!

처음엔 그냥 바람이 조금 세지나보다 했거늘, 어째 속도가 줄어들 생각은 안하고 계속 늘기만 했다.

그 결과 가벼운 미풍은 곧 질풍이 됐고, 머지않아 광풍으로 변했다.

"아악! 형님. 잠시 만요! 잠시! 잠시! 너무 빠르잖아요!"

"뭐라고? 안 들려!"

"스톱! 빨라요! 빠르다고!"

뒤에서 뭐라 말하는 것 같았지만 들을 수 없었다.

"빠르니까 좋지 않냐!?"

거의 모든 남자들은 DNA속에 질주본능이라도 있는 것 마냥 스피드를 즐기기 마련이었다.

근데 그것도 적당한 수준이어야 재밌지…

후- 우- 우- 웅!

자전거로 시속 80km를 밟으면 또 달랐다.

얼마나 빨랐는가 하면 벌써 차를 네 번이나 추월했다.

'조금만 더 속도를 내 볼까.'

지훈은 그걸로도 부족했는지, 가속 이능을 발동했다.

자전거에서 내리고 나서 한 동안 헉헉대야겠지만, 어차피 비전투시엔 감당할 수 있을 정도니 괜찮았다.

'어차피 이능 연습도 필요했다. 잘 됐네.'

"가자, 가자, 가자!"

"아아악! 미친놈아, 너무 빠르잖아!"

이미 공포에 겁을 상실한 민우가 반말로 소리를 질렀다.

"앞에 방지턱! 방지턱! 아아악. 방지턱 있다고!"

속도를 낸 건 좋았지만, 너무 냈던 걸까?

제어할 수 없는 수준에 이르렀다.

"하하하! 까짓거 날아 보자!"

덜컥!

부- 웅!

자전거 바퀴가 방지턱을 밟음과 동시에 하늘로 날았다.

"아-싸!"

"사- 람- 살- 려!"

체공시간 약 5초. 환희와 공포가 교차됐다.

- 민첩이 1 상승했습니다. E등급 (17) = 〉E등급 (18)

10평 남짓했음에도, 굉장히 쾌적해 보이는 집이었다.

깔끔한 성격인지, 바닥을 슥 훑어도 남자 집에 흔히 보이는 구불구불한 털도 한 올 보이지 않았다.

"들어오세요…."

민우가 토할 것 같은 표정을 지었다.

자전거 타고 도로를 달렸을 뿐인데도 티그림 숲이나 가시 산맥을 헤쳐온 기분이 들었기 때문이었다.

"선물이다. 뭐 필요한지 몰라서 대충 준비했다."

오는 길에 사왔던 휴지와 음료를 내려놓았다.

남자 혼자 사는 집에 휴지를 건네주니 분위기가 잠깐 이상 했지만, 피차 그런 거 신경 쓰지 않았기에 정말 잠시였다.

"좋네. 이거 가구는 전부 빌트인이야?"

"예. 엄청 편해요. 몸만 왔어요."

이주민을 대상으로 한 임대아파트의 특징이었다.

지구에서 짐을 들고 오면 세금이 장난 아니게 붙었는데, 이 에 그냥 모든 아파트를 빌트인으로 만들어 버렸다.

보급형이라 내구도에만 치중 된 물건들이었지만, 성능 역시 못 써줄 정도는 아니었기에 불평을 하는 사람은 적었다.

"침대는? 너 바닥에서 자냐?"

지훈은 주변을 훑다가 침대가 없는 것을 발견했다. 침대가 없으니 10평도 굉장히 넓어 보였다.

다음 집에는 침대 말고 접이식 침낭이나 이불만 놓고 살까 하는 찰나, 민우가 성큼 다가왔다.

쑤욱.

장롱으로 뵈던 걸 당기자 침대가 튀어나왔다.

"오. 여기 월세 얼마냐."

마침 이사할 생각도 하고있던차라 물어봤다.

"아직까진 적응기간 남아서 50만 원요. 근데 다음 분기부터 적응기간 끝나서 300만원으로 뛰어요."

거주기간 중이라는 전제 하에 정말 싼 가격이었다.

아무리 인구가 줄어들어서 집 가격이 싸졌다고는 한들, 그래도 여전히 인구 3500만은 거뜬히 넘기는 대한민국이었다.

그 상황에서 개척지의 중심부인 서구의 아파트가 저 가격이라는 건 정말 대단한 거였다.

"저도 결혼해서 여기 정착이나 할까봐요. 애 셋 낳으면 20년 동안 공짜라던데⋯."

인구 부양 정책의 결과였다.

몬스터 브레이크 아웃과 종족 전쟁으로 엄청난 인구가 한꺼번에 사라지면서, 정부에 빨간등이 켜졌다.

이에 정부는 뒤늦게나마 인구 부양 정책을 펼쳤으나, 이미 미친 듯이 오른 물가와 살기 척박한 환경으로 인해 출산율이 곤두박질 친 후였다.

학자들은 이 상태로 50년이 지나면 러시아나 일본같은 국가에 흡수합병 될 수도 있다고 부르짖었지만, 뭐 제 살기 바쁜 국민 입장에선 별 관심 없는 소리였다.

"너 진짜 지구 안돌아 가냐? 이 위험천만한 곳이 뭐가 좋다
고 들러붙냐. 빨리 돌아가라."

못마땅해서 한 말은 아니었다.

진심에서 나온 말이었다.

아무리 방송과 미디어가 세드를 포장하고, 실제로 유익한
물건들이 수확된다고 한들 세드가 위험천만한 장소라는 사실
은 변하지 않았다.

헌팅 한다고 하루하루 목숨 걸고 살아갈 바에야, 차라리 지
구에서 평범한 삶을 사는 게 훨씬 나았다.

특히 일반인은 더더욱.

"가봐야 석사 테크 타서 학자 되거나, 보사 취직하려고 몇 년
더 공부할 텐데… 뭐 하러 그렇게 기를 쓰나 싶어서요."

민우가 한숨을 푹 내쉬었다.

"공부하려고 태어난 것도 아닌데, 철들고 나서 한 거라곤
공부밖에 기억나질 않아요. 지금 와서는 제가 그 공부 하고
싶은지도 모르겠고… 형님은 어떻게 생각하세요?"

"내가 어떻게 알아 새끼야. 근데 하나 확실한 건, 헌팅 한
다고 나대다 콱 뒈져버리면 병신 되는 거야. 될 수 있으면 지
구 가서 공부나 해라. 그리고 너 군대는 어쩔 건데?"

"아마 여기서 헌팅 라이센스따서 정산 세금 많이 내면 면
제 해준대요. 그거 노려야죠 뭐."

무거운 화제를 꺼내고 싶지는 않았으나, 어쩌다 보니 진로

상담 같은 분위기가 됐다.

얘기를 들어보니 처음이야 학비 때문에 어쩔 수 없이 온 것 같았지만, 와서 살다보니 그럭저럭 좋다는 내용이었다.

게다가 지구만 생각하면 몬스터 아웃브레이크 때 카즈가쉬 클랜(오크 종족 최대 군벌)에 부모를 잃었던 게 생각나 싫다고도 했다.

순간 카즈가쉬라는 말에 칼콘이 떠올랐지만, 굳이 언급하진 않았다.

'그래서 칼콘이 위험할 때 그냥 버리고 가자고 한 건가.'

비록 칼콘이 직접적으로 민우의 부모를 죽인 원수가 아니라고 한들, 오크라는 이유 하나로 미웠으리라.

"그냥. 복잡하네요. 모르겠어요."

"그래서, 그냥 여기 있겠다고?"

"가봐야 할 것도 없어요. 이미 대학에서 배울 건 다 배웠고요. 대학 졸업장 따자고 돌아가기도 그렇잖아요."

"네가 결정해야지. 내가 이러래 저러래 할 수 있는 문제가 아니라고 본다."

어차피 꼰대마냥 떠든다고 변하는 건 없었다.

민우는 성인이었고, 제 선택에 책임을 질 나이였다.

"역시 여기 있는 게 더 좋을 것 같아요. 많이 부족하지만, 앞으로 잘 부탁드립니다."

"됐어, 새끼야. 죽지나 마."

이후에도 잠시 삶에 대해 이야기를 했다.

"인터넷 들여났다며. 저거야?"

컴퓨터 위에 웬 분홍색 보석이 빙그르르 돌고 있었다.

"아, 예. 한 번 보실래요?"

가서 마우스를 흔들어 보니, 한 웹페이지가 나타났다.

대한민국 각성자 보조 넘버 원 포탈. 헌터즈.

지구에서 보던 웹페이지와는 사뭇 다른 모습이었다.

세드의 인터넷은 소모용 마석을 이용한 데이터 충전제였는데, 그 가격이 살벌해서 페이지에 그림 한 장 없었다.

"도대체 얼만데?"

"꽤… 비싸요."

말투로 보건데 핸드폰보다 더 나가는 것 같았다.

지훈은 웹페이지를 뒤적거려봤다. 글자만 가득해서 가독성은 떨어졌지만 분명 유익한 정보임에는 틀림 없었다.

"근데 여긴 뭐하는 데냐? 네가 왜 이걸 보고 있어."

"일거리 찾아보고 있었습니다. 용병 길드에서 받는 일이나 길드 비정규직은 전부 위험하잖아요. 그래서 저희 인원이나 실력에 알맞은 헌팅거리 찾고 있었어요."

저 말을 들으니 엄청나게 기특해졌다.

총도 못 쏘고, 동료를 버리고 가잔 말이나 하는 모자란 녀석으로 봤는데, 역시 정보 쪽은 뛰어났다.

"잘 했다."

어깨를 팡팡 두드리자 민우가 씩 웃었다.

"맞다. 혹시 사냥 가실 생각 없으세요?"

"무슨 사냥?"

보통 각성자들이 아티펙트 헌팅을 하든, 식물을 캐든, 용병 일을 하든 뭉뚱그려 헌팅이라고 말했다.

이 헌팅이 한국어로 사냥이었기에, 지훈은 정확한 뜻을 묻기 위해 되물었다.

"TV에서 최인석 쉐프가 페커리 요리한 거 보셨어요?"

페커리는 세드에서 사는 멧돼지였다.

"그게 왜."

"지금 그거 때문에 페커리 고기 수요가 장난이 아니에요. 지금 잡으면 엄청 비싸요."

지훈은 슬쩍 계산을 해봤다.

돼지고기가 아무리 비싸봐야, 만드라고라나 인명 구출 보상보다는 쌀 터였다.

"싫어. 뭔 어울리지도 않는 사냥이야."

"그러지 말고 정보 한 번만 봐보세요."

민우가 슬쩍 헌터즈 정보를 띄웠다.

[티그림. 페커리 사냥 허가.]

최근 생태계 파괴를 문제로, 티그림 자치구가 *페커리 사냥을 허가했다. 만드라고라 때 사망자가 많이 나온 까닭에 현상금은 걸지 않을 것 같다.

*페커리 : 페커리는 멧돼지과 짐승으로, 크기는 약 180~300cm, 체중은 200kg~500kg 정도 나간다. 입에 난 엄니를 무기로 돌진해서 공격한다.

가죽이 두꺼우나 소총탄을 튕겨낼 정도는 아니다. 하지만 덩치가 있어서 소총으로 잡기엔 탄약 소모가 심하다.

주로 가족단위 무리생활을 하며, 성체의 경우 인간을 피포식자로 인식하기에 도망치지 않고 먼저 공격한다.

[주석]

최근 TV에서 페커리 구이가 인기를 끎에 따라, 가격이 폭등할 조짐이 보인다.

[주석 2]

페커리 사냥꾼들이 몰리며 최근 페커리 서식지 주변에 사냥꾼을 노리는 강도들이 출몰하고 있다.

[주석 3]

최근 페커리 사냥꾼 사이에서 약 크기 5M 체중 800kg대의 거대 페커리가 발견됐다는 소문이 있다. (확인바람)

덧글 확인하기.

[광고] 신상입고! 최고의 밤을 선사하는 미약. 만드라고라 추출액 대량 입고!

"그러니까, 지금 이걸 사냥하자?"

"소총탄 먹힌다니까 그렇게 위험하지도 않아 보이구요."

슬쩍 생각에 잠겼다. 보통 개체 기준 크기 2.5M에 몸무게 350kg만 잡아도 웬만한 소형차 크기였다.

게다가 주석에 달린 소문의 5M짜리 페커리는 거의 탱크라고 봐도 무방할 정도였다.

"온전히 가져가려면 폭발물도 못쓰잖아."

"그렇겠죠?"

무조건 소총탄으로 잡아야 한다는 얘기였다.

'숨어 있다가 셋이서 나란히 갈기면 될 것 같기도 하다.'

"얼만데?"

"마리당 거의 3000요. 아마 가면 세 마리 정도 가져올 수 있을 거에요."

마리당 3000!

생각보다 훨씬 비싼 가격을 듣자 생각이 바뀌었다.

'그래. 어차피 허탕 치면 그냥 돌아오면 되는 거고, 만드라고라나 고블린 상대하는 것 보다 훨씬 안전할 거다.'

여태껏 목숨 걸고 나갔으니, 적당히 긴장감을 풀어줘야 할 필요도 있어 보였다.

"나름 괜찮아 보이네. 칼콘 얘기도 한 번 들어보자."

칼콘 역시 여자 친구 때문에 마침 돈이 필요하던 터라 괜찮다는 대답이 돌아왔다.

권능의 반지

35화. 날아서 가는 집들이와 멧돼지

NEO MODERN FANTASY STORY

일행은 페커리 사냥을 준비하기 위해 총포상에 모였다.

"이야, 팀 꾸렸다더니 진짜였어?"

승호는 칼콘과 민우를 쳐다보고 픽 웃었다.

지훈과 승호는 오래 전부터 알던 사이인지라, 승호는 칼콘의 존재를 몰랐던 까닭이었다.

"그냥저냥. 그리고 빈토레즈 쓸 만하더라."

여태껏 다뤄 본 총기 중 제일이었다.

갑옷을 관통하는 위력은 말할 것도 없고, 조준경에 소음기까지 일체형이라 굉장히 편리했다.

그나마 총알이 무겁다는 단점이 있긴 했지만, 어차피 헌팅 나갈 때 100발 이상은 잘 들고 다니질 않았다.

"거봐. 괜히 제식 소총이 아니라니까?"

이에 SO80얘기를 꺼내려다 그만뒀다.

"오늘은 뭐 하러 왔는데?"

안부 인사가 끝나자 승호는 눈을 게슴츠레 떴다.

저번에 밑도 끝도 없이 찾아와서 폭발탄환 갈긴 전과가 있기 때문인 것 같았다.

"이번에 페커리 사냥 가려고."

페커리라는 말에 승호가 침을 삼켰다.

"야, 야. 진짜? 너 이 새끼 그거 잡으면 나도 고기 좀 떼 줘. 요즘 그거 돈 주고도 못 사먹는다. 내 딸도 지금 그거 한 번 먹고 싶다고 노래를 부른다니까?"

"뭐야, 밀반입 안 돼?"

보통 수요가 팍 오르거나, 가격이 요동칠 경우 세금을 떼기 위한 밀반입이 성행하는 게 보통이었다.

특히 무기류와 마약류가 그랬는데, 지금처럼 특정 음식도 그런 경우가 간혹 있기는 했다.

승호 역시 반쯤은 뒷골목에 발을 걸친 사람이라, 뒷구멍으로 구할 수 있을 터였다.

"에이, 무슨 소리야. 이 주변에 페커리 서식지라곤 티그림 자치구 영토밖에 없잖아."

페커리 서식지가 티그림에 가깝다는걸 떠올랐다.

엘프라는 종족 특성상 생태계에 엄청나게 민감했는데, 그 중에서도 제일 엄하게 다루는 게 바로 사냥이었다.

만드라고라 같은 특이 케이스는 제외하고는, 티그림 주변에서 사냥을 하기 위해선 반드시 자치 정부의 승인을 받아야 했다.

만약 불법 수렵 활동을 하다 적발될 경우 무력충돌은 당연하고, 최소 감금 심하면 강제 노역을 해야 했다.

"그래도 테이블 아래로 몇 개 돌지 않겠냐?"

"그럼 고기 옮긴다고 국도 타야 한다는 얘긴데, 대규모로 이동하면 백방 순찰대에 걸릴 테고. 그렇다고 소규모로 움직이면 켄타우르스 어쩔 건데?"

위험대비 수지가 맞지 않았다.

결국 정상적인 루트로밖에 페커리를 구할 수 없었고, 이에 따라 가격이 폭등한 거였다.

"어쨌든. 잡으면 조금만. 제발 나도 딸한테 멋진 모습도 보여주자, 앙?"

"그러게 누가 그 나이에 결혼해서 애 낳으래?"

"새끼, 그러지 말고. 좀!"

안달 난 승호의 모습에 지훈이 슬쩍 미소를 지었다.

"좋아. 그럼 고기 떼 주는 조건으로 총기 무상대여. 콜?"

"미친놈아, 그건 그거고 이건 이거지."

"쫄리면 뒤지시던가."

승호가 얼굴을 찌푸렸다. 아버지로서의 위상과, 무상 대여 시의 기회비용을 계산하는 것 같았다.

결국 승자는 위상이었다.

승호는 못마땅한 표정으로 물건들을 가져왔다.

"페커리면 중형 몬스터니까, 아마 이정도면 충분할 거야."

승호가 꺼내놓은 물건은 바로 K3와 모스버그였다.

K3는 한국군의 제식 기관총이었다. 길이 1M에 무게 7kg 짜리 경기관총으로, 기관총 주특기로 군대를 다녀온 사람은 누구나 다 아는 악명 자자한 무기였다.

5.56mm를 쓰며, 급탄도 200발 까지 들어가기에 화력 하나는 죽여줬다. 그럼에도 문제가 하나 있다면 들고 다니기에 너무 무겁다는 것 정도?

"근데 사냥에 뭘 기관총이야. 보통 엽총으로는 샷건 많이 쓰지 않아?"

"그건 한국에서 멧돼지 잡을 때 얘기지. 페커리 정도면 크기가 소형차인데, 언제 샷건으로 조지고 있냐."

자동 샷건으로 쏴도 연사가 부족했기에, 아예 기관총으로 긁는 게 답이라고 했다.

"그럼 저 펌프 샷건은 뭔데?"

"모스버그."

모스버그 샷건은 레밍턴, 윈체스터와 어깨를 나란히 하는 미국의 대표 샷건이었다. 12게이지 샷건 쉘을 쓰는 총기로, 군대부터 용병 심지어 민간까지 두루 사랑받았다.

"슬러그 탄 넣어 놨다."

흔히들 아는 샷건 탄환은 벅샷이었다. 벅샷은 쇠구슬 여러 개를 한 번에 발사하는 탄환이었다.

반면 슬러그는 샷건 쉘 안에 '커다란 구슬 하나'만 들어있다. 이를 통해 무자비한 운동 에너지로 대상을 박살낸다.

"샷건으로 저지하고 기관총으로 마무리 해."

이후 심박감지기를 요구해서 강제로 빌려(?)왔다.

승호는 심박감지기에 걸릴 정도면 육안으로 보일 거라고 얘기했지만, 지훈은 무시했다.

"장비 챙기고. 내일 동구 톨게이트에서 보자들."

고기 잊지 말라는 승호의 말을 뒤로하고, 일행은 밖으로 나갔다.

⊕

다음 날.

지훈은 화물차 한 대를 렌트해 톨게이트로 향했다. 장갑 없는 단순 운반용이었기에 비싼 가격은 아니었다.

약속 시간보다 일찍 도착했기에, 시연과 문자를 하며 시간을 보냈다.

– 나 사냥 좀 하고 올게.

보내자마자 바로 답장이 돌아왔다.

언제 봐도 참 마음에 드는 통신 예절이었다.

– 헌팅 가는 거야? 걱정 돼….

– 그냥 취미로 사냥 가는 거야. 걱정 마.

시연을 달래주기 위해 대충 취미라고 얼버무렸다. 이후 어제 뭐 먹었네, 뭐했네 같은 화제로 문자를 주고받고 있으니 칼콘과 민우가 도착했다.

"화물차네요?"

"돼지 가져와야 할 거 아냐. SUV로는 안 돼."

"그것도 그러겠네요."

반면 칼콘은 슬쩍 걱정스러운 표정을 지었다.

"보호 장갑 없네? 강도 만나면 어쩌려고?"

일반 차량 장갑은 소총탄에 그냥 관통됐기에, 습격을 우려하는 것 같았다.

"어차피 주변에 다 평야라, 수상해 보이는 놈들 오면 미리 저격하면 된다. 걱정 마라."

총도 어느 정도 다가와야 맞출 수 있는 물건이었다.

지훈은 지정사수 소총(빈토레즈)과 집중 이능을 가지고 있었으니 걱정할 것 없었다.

"자, 그럼 장비도 실고 출발하자."

지훈이 운전석에, 칼콘이 조수석에 앉았다. 민우는 중간에 꼈다.

"조, 좁은 것 같지 않아요?"

좌측에 호랑이, 우측에 근육돼지 끼고 있으니 그럴 법 했다. 지훈은 이에 짧게 일축해줬다.

"참아, 임마."

민우는 울상을 지었다.

"잡담 그만하고, 장비들 확인해라."

[장비]

[지훈의 장비]

무기.

여왕의 은혜 (C등급 아티펙트. 마법 강화 창)

글록 19 (마력 탄환 10. 소음기, 레이저 사이트 부착)

모스버그 산탄총 (슬러그 탄) (대여)

방어구.

방탄 외투 (E급 아티펙트, 위장색 도색)

전투용 워커 (일반 물품)

기타.

휴대전화

각성자 능력 감지기 (BOSA)

[칼콘의 장비]

무기.

K3 기관총 {5.56mm 일반탄(FMJ)} (대여)

방어구.

사슬 갑옷 (일반 물품)

가시 달린 그리브와 뾰족한 강철 신발 (일반 물품)

[민우의 장비]

무기.

빈토레즈 (OTN탄, 심박감지기 부착) (대여)

방어구.
보호경 (일반 물품)
방탄모 (일반 물품, 도색 없음)
방탄복 (일반 물품, 도색 없음)
운동화 (일반 물품)

공통적으로 방탄모는 쓰지 않았다. 목표가 맹수였기에 굳이 거추장스러운 걸 달고 있을 필요가 없었기 때문이었다.

같은 이유로 칼콘 역시 방패를 들지 않았다. 페커리의 공격을 방패로 막아봐야 소용없었기 때문이었다. 아예 돌진하기 전에 처리해야 했다.

지훈의 빈토레즈는 민우에게 빌려줬다. 민우가 산탄총 반동을 이기지 못할 것 같은 이유에서였다.

"근데 저거 뭐야? 보사라고 적혀있네."

칼콘이 감지기를 보며 물었다.

"각성자 감지기. 혹시 몰라서 가져왔다."

"우와, 진짜? 지훈. 나 한 번만 써 봐도 돼?"

여러 번 헌팅을 다녔으나, 각성과는 거리가 멀었던 칼콘이었다. 아무래도 각성자 흉내라도 내고 싶었나보다.

각성자 감지기에 일반인은 인식되지 않는 게 보통이었다.

지훈도 그 사실을 알았지만, 딱히 남의 기분을 상하게 만들고 싶진 않았기에 칼콘 말대로 했다.

"읽어 본다. 가만히 있어."

바코드 찍듯 칼콘의 몸을 슥 훑었다.

삐— 삐빅.

'인식된다?'

예상과 달리 감지기에 능력이 나타났다.

[정보]

등급 : 감지 불가

근력 : E 등급 (13)

민첩 : E 등급 (11)

저항 : F 등급 (3)

마력 : 감지 불가

이능 : 감지 불가

잠재 : 감지 불가

역시 비각성자였는지, 등급, 마력, 이능, 잠재 능력이 전부 감지 불가로 떴다.

'신기종에 추가된 기능인가? 쓸만 하겠는데?'

이는 곧 상대의 각성 여부 상관없이도 실력 가늠이 가능하다는 얘기였다.

단순 수치화한 데이터였기에 완벽한 가늠은 불가능하겠지

만, 싸워서는 안 될 상대를 걸러낼 순 있었다.

"뭐래?"

칼콘은 한글을 읽을 줄 몰랐다.

이에 간단하게 설명해 줬다.

"그 정도면 높은 거야?"

인간 성인 남성 기준, 비각성자의 근력과 민첩 평균이 F등급 (5) 정도였다. 이에 더해 지훈이 처음 각성했을 때 근력과 민첩이 각각 10과 11이었고 말이다.

'뭐야, 내가 갓 각성했을 때 보다 높잖아?'

종족차이였다.

원숭이와 고릴라의 힘이 다르듯, 인간과 오크의 신체 능력이 다를 수밖에 없었다.

애초에 힘과 체구를 위해 신진대사와 마력을 포기한 오크였다. 모든 가능성이 열려있는 인간과 육체 능력을 비교한다는 것 자체가 코미디였다.

"잠깐만. 그럼 시체 구덩이에서 팔씨름을 했을 때는 뭔데?"

분명 거의 이길 법 했을 때 쯤 테이블이 작살났다.

"힘 제대로 주면 지훈 팔이 부러질까봐 그랬지."

어이가 없어서 픽 웃고 말았다.

'칼콘 능력치가 생각보다 높다. 좀 더 의지해도 되겠어.'

여태껏 전방에 내세우면 크게 다칠까 우려했거늘, 이제 조금 더 믿어도 될 것 같았다.

"형님, 저도 한 번 찍어주세요!"

칼콘이 끝나자 민우가 달려들었다.

"새끼야, 너는 찍을 필요도 없어."

근육이 제 몸무게도 이기지 못해서 좀만 걸어도 무릎이 작살나는 민우였다. 찍어봐야 당연히 낮게 나올 텐데 굳이 사서 실망할 필요가 있을까 싶었다.

"마력이라도 있을지 누가 알아요?"

"하, 너한테 마력이 있으면 내가 차 내려서 5분 동안 달려서 따라온다."

"진짜죠? 후회하지 마세요."

"너 없으면 어쩔래."

"그건 그 때 보죠!"

민우가 기세등등하게 가슴을 쫙 폈다.

삐- 삐빅.

[정보]
등급 : 감지 불가

근력 : F 등급 (4)

민첩 : F 등급 (3)

저항 : Error (-2)

마력 : 감지 불가

이능 : 감지 불가

잠재 : 감지 불가

칼콘이 숫자를 슥 훑더니 웃음을 터트렸다.

"푸하하하, 저 녀석 셋이 덤벼도 날 못 이긴다는 얘기네?"

민우가 충격 받은 듯 입을 쩍 벌렸다.

"이, 이게 무슨 소립니까! 내, 내가 약골이라니."

"당연한 결과인데 왜 새삼스러운 표정을 짓고 있냐."

근력 4, 민첩 3. 일반인보다도 못한 수치였다.

"넌 개척지 돌아가는 순간 나랑 운동 좀 하자."

"무, 무슨 운동이요?"

"자전거 어떠냐."

어제 겪은 트라우마가 생각났는지, 민우는 자전거 얘기가 나오자마자 표정이 어두워졌다.

"형님…."

"왜."

"저 토할 거 같… 우욱!"

"야, 야. 이 미친 새끼야. 갈 길이 한참인데 여기서 토를 하면 어떡해!"

결국 갓길에 차를 세워, 한동안 민우가 속을 게워내는 것을 지켜봤다.

권능의 반지

36화. 민우와 칼콘의 능력

NEO MODERN FANTASY STORY

티그림에 도착하자 검문이 시작됐다.

저번에 봤었지만, 여전히 적응할 수 없는 장면이었다.

"Isikukood, vörreldes. (개인 식별, 비교)."

저항 하냐는 반지에 물음에 짧게 부정했다.

엘프 검문관은 지훈을 식별하자마자 빙그레 웃었다.

"만드라고라 사건을 처리해 주신 분이군요. 감사합니다."

"뭐야. 그런 것 까지 나오는 거요?"

"예. 저희가 사용하는 식별 마법 정보는 모두 서기관을 통해 공유됩니다."

이는 곧 과거에 지훈이 저질렀던 엘프 관련 범죄가 기록에 없었다는 말도 됐다.

'다행이네. 뭐 잡힌 적이 없으니 당연한가.'

덤으로 엘프들의 범죄 기록에는 엘프 관련된 범죄자가 거의 없었다. 이로 발각되는 즉시 즉결 처형되기 때문이었다.

간접적이나마 엘프 밀반입을 도왔던 지훈은 물론, 엘프 고기를 먹었던 칼콘 역시 과거 행적이 밝혀지는 순간 득달같이 달려들 게 분명했다.

뭐 검문을 통과했으니 그럴 일은 없겠지만 말이다.

"믿을만한 분이시니 나머지 두 분은 넘어 가겠습니다. 무슨 일로 찾아 오셨습니까?"

"페커리 사냥하러."

"알겠습니다. 기다리지 않으셔도 되게 산림청에 미리 연락해 놓겠습니다."

이후 검문관은 요상한 나무 모자를 쓰더니 뭐라 뭐라 중얼거렸다. 일종의 통신수단인 듯싶었다.

검문소를 지나 도로를 달렸다.

"와, 진짜 볼 때 마다 엄청 특이하네요."

민우가 창밖에 있는 건물들을 바라보며 말했다.

모양은 현대 건축물 모양이었으나, 재질이 거의 다 살아있는 나무였다. 인간 혹은 기타 종족의 건축 양식은 찾아보기 어려웠다.

"그거 아세요? 엘프들은 건물 짓는 게 아니라 키운대요."

관심은 없었으나, 운전하기 지루했기에 들어봤다.

보통 나무를 산림자원이라고 인식하는 타종족과 달리, 엘프는 나무를 하나의 동료로 인식한다.

까닭에 가공된 나무를 사용하는 건축 자체를 극도로 혐오했다. 그렇다고 원시인마냥 굴에 살 수도 없는 노릇이다.

그래서 나온 게 학술명 급속 성장식 건물용 나무.

리빙 트리였다.

식물 줄기로 건축물의 골자를 잡은 뒤, 성장을 기다리거나 급속성장 마법을 이용해 건축물을 지었다.

그야말로 꿈의 건축 방법이었다.

환경오염 없고, 원자재 안 들고, 리모델링도 마법 한 번에 전부 처리됐다. 저 건축술 때문에 티그림의 건축물 가격은 상상을 초월할 정도로 쌌다.

이에 인간들은 자본 침투를 시도했으나, 엘프들은 절대로 건축물을 팔지 않았다.

"왜 안파냐는 질문에 '너는 친구나 가족을 돈에 팔아넘기나?' 라고 답했대요. 진짜 특이하죠?"

"퍽이나."

덤으로 티그림의 영토는 법적으로 타종족이 소유할 수 없기도 했고 말이다.

이런저런 얘기를 나누는 사이 금방 산림청에 도착했다.

산림청은 콘크리트가 섞여있던 터미널과 달리, 완벽하게 나무로 이루어진 건물이었다.

빌딩만한 나무가 우람하게 서있는 모습이 방문자를 깔보는 듯 한 위압감이 느껴지는 듯 했다.

"연락 받았습니다. 지훈님이시죠?"

"그러는 그 쪽은 누구고, 뭐하는 사람이쇼?"

"어머니 나무의 풍성함이 함께하길. 저는 산림청에 근무하는 에피도우라고 합니다. 페커리 수렵 확인증 발급 절차를 도와주러 왔습니다."

딱딱한 말투에 화가 날 법 했음에도, 에피도우는 방긋 웃으며 답했다.

민우는 에피도우의 미소에 넋이 나간 듯 헬렐레 팔렐레 했지만, 지훈은 고개만 까닥 거리고 말았다.

"이 쪽으로 오시죠."

칼콘은 내버려 두고 산림청 안으로 향했다.

엘프 영토인 만큼 괜한 시비를 우려해서였다. 칼콘 역시 그 사실을 알았기에, 조용히 차량을 지켰다.

산림청 안에는 줄이 길게 늘어져 있었다.

엘프 특유의 업무 속도 때문이었다.

수명이 긴 엘프 특성상 일처리가 끔찍하게 느렸는데, 본인들은 여유롭다고 말하지만 타 종족 입장에서 보면 답답할 정도로 느렸다.

쭉 걷고 있자니 줄에서 누군가 하나 튀어나왔다.

"우리는 2시간째 기다리는데 이 새끼는 뭔데 그냥 가?"

"이 분은 북티그림 숲에 큰 도움을 주신…."

"우리도 페커리 두 마리나 잡아줬잖아. 우린 뭔데!"

겨우 페커리 두 마리.

이쪽은 포미시드와 공생체계를 형성한 만드라고라를 처리했다. 번데기 앞에서 주름을 잡는 것도 정도가 있었다.

픽 웃음이 나왔다.

"야, 거기. 너. 웃어?"

인내심이 떨어졌는지, 남자는 지훈에게 시비를 걸었다.

"문제 있나?"

"이 새끼가, 어디 겁도 없이! 죽고 싶냐?"

대답해 줄 것 없이 주변을 슥 훑었다.

에피도우 포함 많은 이들의 시선이 모여 있었다.

"혀, 형님. 그냥 가죠… 저 사람 각성자 같은데…."

민우는 싸움이 무서운지 슬쩍 꼬리를 말았다.

"서로 갈 길 먼데 그냥 가지?"

남자가 지훈을 슥 내려다보곤 코웃음을 쳤다. 외모가 만만하게 보인 모양이다.

"이 새끼가 어디 겁도 없이!"

남자가 말을 끝내며 바로 주먹을 휘둘렀다. 에피도우가 짧게 비명을 질렀다.

훙!

각성자는 개뿔.

비각성자인지 주먹이 하품 나올 정도로 느려보였다.

볼을 향해 날아오는 주먹을 간단하게 숙여서 피한 뒤, 녀석의 배에 주먹을 꽂아줬다.

퍽!

"거, 꺽!"

남자가 몸을 확 구부리며 입을 쩍 벌렸다.

힘 조절 없이 그냥 쳤다간 그대로 요단강 건널 것 같아 적당히 살살 쳤거늘, 여전히 강했나보다.

지훈은 고개를 숙인 남자의 머리를 쓰다듬으며 말했다.

"너도 분노조절 장애인가 뭔가 앓고 있냐. 앞으로 성질 좀 죽이고 살아라. 알간?"

뼈아픈 충고 한 마디 건네주고 지나가려니 남자의 일행으로 보이는 녀석들이 우르르 나타났다.

'아 귀찮은 새끼들이 진짜.'

지훈보다 앞서 에피도우가 나서며 관청에서 소란을 부리면 구금될 수 있다고 경고했다.

소란을 잠재우려는 시도였으나, 도리어 화를 돋우기만 한 듯 부작용만 났다.

"이 새끼가 먼저 때렸잖아! 장난 하냐!"

하나 상대할 때야 힘 조절이 됐지만, 여러 명일 경우는 할 수 있다고 장담할 수 없었다.

그냥 뒀다간 사람 여럿 병신 만들 것 같아 적당히 지갑에서 각성자 등록증을 꺼냈다.

시끄럽던 남자들이 순식간에 얼어붙었다.

총 있으면 모를까, 비각성자가 맨손으로 각성자를 이긴다는 건 불가능에 가까웠다.

어떻게 관절기를 제대로 넣으면 모를까, 곰과 사람이 맨몸으로 붙는 것과 진배없다.

"나 바쁘니까, 적당히 하고 그냥 가자."

남자들은 욕설을 내뱉었지만, 덤비진 않았다.

에피도우는 그 모습을 보고는 묘한 얼굴을 지었다.

"여기 발급 완료됐습니다. 감사합니다."

에피도우는 활짝 웃으며 수렵 허가증을 건넸다.

"원래는 한 팀당 2마리까지 밖에 허가가 안 나지만, 저번 일 계기로 5마리 적었습니다."

칭찬이라도 받고 싶은 건지, 에피도우가 귀를 위아래로 얕 게 흔들었다.

"수고하쇼."

지훈은 그에 짧게 답했다.

에피도우가 살짝 당황했다.

"저, 저기요!"

"왜."

"페커리 서식지인 서티그림 숲에 요즘 강도가 많다고 들었 습니다. 조심하세요…."

"그러지. 수고하쇼."

원래 알고 있던 내용이라 짧게 답하곤 뒤를 돌았다.

아니 돌려고 했다.

에피도우가 소매 끝을 살짝 붙잡지만 않았다면 말이다.

"또 뭐요. 할 말 있소?"

"저기… 제가 인간과 교류를 많이 못봐서… 궁금해서 그

런데… 다음에 또 티그림에 오시면, 언제 식사 한 번 대접해

드리고 싶은데… 그게… 시간… 되세요?'

　부끄러웠는지, 에피도우의 귀가 빨갛게 물들어 있었다.

　지훈도 저게 뭘 의미하는지는 알았지만, 가볍게 무시했

다.

　"내가 너랑 밥을 왜 먹소?"

　"소란 잠재워 주신 감사 인사도 할 겸, 그냥 저냥요."

　에피도우가 눈동자에 기대를 담아 촉촉하게 빛냈다.

　이쪽은 임자가 있는 몸이었다.

　당연히 그 기대를 들어 줄 생각은 없었다.

　"이종교배 관심 없소. 딴 놈 찾아보쇼."

　에피도우의 얼굴이 화악 붉어졌다.

　단순 데이트 신청에 '나는 너랑 섹스할 생각 없다.' 라는 답

을 들었으니 그럴 수밖에.

　'아, 아니 뭐 저런 인간이 다 있어!'

　에피도우가 소리를 지르려는 찰나, 민우가 끼어들었다.

　"나는 어때요? 나는 관심 있는데."

　타이밍을 놓쳤기 때문일까?

　분노의 핀트가 어그러져 길을 잃어버렸다.

　"됐어요!"

　에피도우는 흥! 소리를 내곤 등을 홱 돌려 걸어갔다.

　민우는 슬픈 표정을 지었다.

　'나, 나도 여자친구….'

지훈은 그런 민우를 닦달했다.

"뭐 하냐, 일 하러 가자."

◈

페커리 사냥은 순조로웠다.

저번에 만드라고라가 서식하던 북티그림 숲과는 달리, 서티그림 숲은 차가 드나들 수 있을 정도로 널찍했다.

대충 차를 타고 이동하다가 큼지막한 발자국을 발견하면 내려서 추적하는 식이었다.

"이거 맞아?"

"발자국이 페커리네요. 이대로 가면 될 거에요."

민우가 눈을 가린 양을 끌고 오며 말했다.

웬 양인고 하니, 일종의 페커리용 미끼였다.

페커리는 사람을 먹이로 인식해 도망치질 않아 발견에는 문제가 없었으나, 요는 기습이었다.

아무리 총기로 무장했다 해도 소형차만한 페커리가 갑자기 툭 튀어나와서 뺑소니 쳐버리면 답이 없었다.

이에 민우가 아이디어를 냈는데, 양을 미끼로 페커리를 유인해서 잡자는 거였다.

대충 페커리 주변까지 이동한 뒤 양을 혼자 묶어두면 분명 울기 시작할 테고…

메에에에- 메에에에-

그 사이 심박 감지기로 페커리가 어느 방향에서 오는 지 파악한 뒤…

삐— 삐삐— 삐삐삐—

삐삐삐삐삐삐—

삑!

– 10시 방향요 기관총하고 샷건 준비해 주세요!

– 칼콘, 엎드려서 쏴. 탄 튀면 위험하다.

– 알겠어!

페커리가 나타나면…!

– 이제 보여요. 시선 끄세요!

지훈이 샷건으로 선공을 날렸다.

양을 먹는 사이 공격하는 게 제일이었지만, 아무래도 미끼가 하나밖에 없다보니 될 수 있으면 살려둬야 했다.

타앙!

콱!

사람 엄지손가락 한 마디만 한 엄청난 탄두가 튀었다.

꽤 거리가 있어 일격에 쓰러뜨릴 정도는 아니었지만, 두꺼운 가죽과 지방을 뚫기에는 충분했다.

"꾸이이이이익!"

페커리가 분노와 고통 섞인 울음을 내며 고개를 돌렸다.

대충 훑어봐도 약 2.5M. 성체였다.

녀석은 일행을 발견하자마자 바로 가속하기 시작했다!

쿵, 쿵, 쿵, 쿵!

마치 소형차가 달려드는 것 같은 기분이었다.

지훈은 샷건 펌프를 당기며 말했다.

"쏴!"

타타타타타타타타탕!

퓽퓽퓽! 퓽퓽!

타-앙! 타앙!

타타타타타타탕!

몇 초 사이에 수십 발의 총알이 튀어나갔다.

특히 K3가 압권이었는데, 마치 전기톱마냥 페커리의 온몸을 긁고 지나갔다.

"꿰엑!"

전면부에 집중포화를 맞은 페커리가 풀썩 쓰러졌다.

사냥 성공이었다.

"조금만 더 다가왔어도 나란히 뺑소니였어. 조심하자."

"알겠어, 앞으론 조금 더 긁어볼게."

총열(총알이 나가는 관)이 망가질까봐 적당히 끊어 쐈던 칼콘이었다. 결재 떨어졌으니 이제 인정사정없이 풀 오토로 갈길 생각이었다.

"근데 기관총은 언제 봐도 좋다. 인간들은 전쟁할 때 마다 이런 거 시원하게 갈기겠지?"

"좋은 것도 아니다. 방아쇠 한 번에 사람 여럿 뒤져나가는데, 그게 뭐가 좋냐."

"그냥 드르륵 나가는 게 참 신기해. 그래도 난 방패가 더 좋지만 말이야."

이런저런 얘기를 나누며 페커리 시체를 화물차에 실었다.

더럽게 무거웠다.

덜컹!

페커리를 올려놓자 화물차가 크게 휘청거렸다.

굉장히 무거워서 운송이 고됐지만, 그만큼 고기가 많다는 뜻이었기에 기분은 좋았다.

"양 싣고 빨리 다음 사냥가자. 피 때문에 비위 상해서 오래는 못해먹겠다."

과적한다고 쳐도, 화물차에 실을 수 있는 페커리는 4마리가 최대였다. 지훈은 빨리 이 일을 끝내고 싶었다.

다음번 2마리는 순조롭게 잡아낼 수 있었다.

타앙! 타타타탕!!

- 티어가 올랐습니다. 확인해 주세요.

물론 성공만 있었던 건 아니다.

"야, 야! 저거 뭐야! 크기가 뭐 저렇게 커!"

"지훈, 어떡해. 쏴! 말아!"

인터넷에서 슬쩍 언급됐던 5M급 페커리였다.

말이 5M지, 실제로 보니 그 위용이 어마어마했다.

마치 탱크가 달려오는 기분이랄까?

어차피 잡아봐야 무게 초과로 가져갈 수도 없었기에 도망치기로 했다.

"밟아! 저렇게 큰 놈이면 총알 박히지도 않겠다!"

그나마 차에 탄 상태로 마주쳐서 다행이었다.

쿵! 쿵! 쿵! 쿵!

부르르릉－!

타탕! 탕!

마지막 페커리가 바닥에 풀썩 쓰러졌다.

벌써 3번이나 옮겨봤기에, 익숙한 손길로 차에 실었다.

"4마리 다 싣기는 했는데, 진짜 이대로 가게요? 허가증에
는 5마리까지 가능하잖아요."

민우는 돈을 더 벌 수 있다는 사실이 아쉬운 것 같았다.

지훈과 칼콘 역시 이에 동감이었으나, 이미 4마리를 실은
상태로도 과적인지라 어찌할 도리가 없었다.

"차 퍼지면 렉카비가 더 나온다. 포기해."

사실이었기에, 더 이상 욕심내지 않고 숲 밖으로 향했다.

그 사이 지훈은 슬쩍 정보 창을 열어 능력치를 배분했다.
뭘 올릴까 고민하다 민첩으로 정했다.

'이미 저항은 15라서 나무껍질 쓰면 D등급 찍는다. 이제
다른 능력치를 찍는 게 좋아 보인다.'

－ 반영되었습니다.

민첩 : E 등급 (18) ＝ 〉 E 등급 (19)

'근데 능력치 등급 낮은 게 은근히 신경 쓰인단 말이지.'

C등급 2티어인데, 능력치 대부분이 E등급이었다.

종족 특성 없는 인간인지라 어쩔 수 없는 부분이었으나, 기분 나쁜 건 어쩔 수 없었다.

'보니까 자전거 타거나, 거친 활동 같은 거 하니까 능력치 오르던데… 앞으로 좀 열정적으로 살아야겠다.'

실제로 쉴 때 하는 거라곤 담배피고, 술 먹고, 영화 보는 게 다였으니 능력치가 오를 턱이 없었다.

게다가 헌팅을 나가서도 총만 쏴서는 능력치가 오르질 않았다. 실제로 이번 사냥에서도 티어만 올랐지, 능력치는 그대로지 않았던가?

앞으론 건설적인 활동을 해야겠다고 마음먹었다.

'마법, 격투기, 운동, 연애 등. 할 거 많네.'

돌아가는 운전은 칼콘에게 맡기곤, 거친 흔들림에 몸을 맡겼다. 가끔씩 천장에 머리를 부딪치긴 했지만 참을 만 했다.

권능의 반지

37화. 페커리 사냥

NEO MODERN FANTASY STORY

얼마나 시간이 지났을까.

전쟁터에서 총알을 피하는 꿈을 꾸고 있자니, 흐릿하게나마 칼콘의 목소리가 들려왔다.

"지훈, 일어나서 저기 좀 봐."

"아… 갑자기 왜?"

잠을 자다 깼기에, 얼굴을 찡그리며 밖을 살폈다.

평야 한가운데에 웬 차량 한 대가 박살나 있다.

그 뿐만 아니라 차량을 두고 총격전이 오가기까지 했다.

정신이 번쩍 들었다.

"뭐야. 강도?"

저쪽이 마무리 된다면 분명 이 쪽을 노릴게 분명했다.

"어쩔래?"

칼콘이 침착하게 물었다.

아직 피해자들이 살아있어서 시간이 있기 때문이었다.

"도망가죠. 괜히 남에 일에 끼어들 필요 없을 것 같아요. 저희는 이미 일 끝났잖아요."

민우가 현실적인 선택지를 꺼냈다.

사실 눈 딱 감고 지나가면 아무도 모르는 일이었다.

우리는 안전하게 귀환할 수 있고, 강도 역시 놓친 목표물에 신경 쓰지 않을 터였다.

"도와주고 보수 받는 것도 좋고, 아니면 전통적인 방식도 좋아."

전통적인 방식이라는 말에 민우가 갸웃거렸다.

"전통적이라뇨?"

"오크는 전쟁 가는 길에 약탈로 보급품을 채워. 한 마디로 강도든, 피해자 둘 다 죽이고 물건 뺏는 거야."

충격적인 대답에 민우의 얼굴이 새하얘졌다.

"아니면 쟤네 죽기 기다렸다가 강도 털어도 되고."

선택의 순간.

선택지는 총 세 개였다.

1 - 피해자를 돕는다.

2 - 모르는 척 하고 지나간다.

3 - 둘 다 죽이고 뺏는다.

'어쩐다…'

언더다크는 예외로 두고, 고등급 각성자가 겁을 상실하지 않고서야 강도 따위나 하고 있을 리가 없었다.

바로 가디언 때문이었다.

최근 언더 다크가 세를 늘림에 따라 각성자 범죄율이 치솟았다. 이에 대안으로 나타난 것이 바로 가디언이었다.

가디언이란 각성자 범죄를 담당하는 치안 유지 단체로, 세계 정부를 등에 업고 반 언더 다크 세력으로 성장했다.

강력한 각성자들이 넘쳐나는 건 물론, 경찰 병력까지 몰고 다니기 때문에 상대하기 엄청 까다로웠다.

게다가 범국가적 집단 특성상, 세계 어디로 숨든 복잡한 행정적, 정치적 절차를 무시하고 바로 쫓아오기 때문에 숨을 장소도 없었다.

한마디로 아군으로 두면 참 든든했지만, 적으로 돌리면 정말 끔찍할 만큼 두려운 집단이라는 얘기였다.

얘기가 삼천포로 빠졌지만, 어쨌든 강도짓 하는 놈들 중에 고등급 각성자는 없다는 말이었다.

기껏해야 F등급 각성자나 드문드문 섞여있을까?

'멀리서 저격하면 쉽게 제압할 수 있을 것 같다.'

하지만 굳이 사서 고생을 하고 싶진 않았다.

사냥하느라 몸은 곤죽이오, 마음은 축 늘어진 상태다.

'다 죽이는 쪽은?'

그 쪽이 수익은 제일 많았다.

피해자 측의 차량과 화물. 강도들의 무기와 차량을 얻을 수 있음은 물론, 아지트에 숨겨놓은 물건까지 죄다 챙길 수 있다.

하지만 문제는 그딴 짓 했다간 가디언 둘째 치고, 이블 포인트가 미친 듯이 치솟을 게 분명했다는 거였다.

'빌어먹을 이블 포인트.'

게다가 정황상 구할 수 있음에도 버리고 갔다간, 이블 포인트가 오를지도 몰랐다.

'짜증나 죽겠네.'

결국 구해주고 가자는 걸로 결론을 내렸다.

"차 세워. 저격한다."

가까이 가봐야 총격전에 휘말릴 게 분명했기에 지훈은 멀찍이서 차를 세우곤, 차 천장으로 올라갔다.

그리곤 엎드려 쏴 자세를 취한 뒤….

'이능 발동. 집중.'

퓽!

- 이블 포인트가 1 감소했습니다.

❖

강도 소탕은 손쉬웠다.

현재 위치는 엄폐물이 거의 없는 평야. 위치가 노출 된 강도들은 속수무책으로 당할 수밖에 없었다.

퓽!

400M쯤 떨어져 있던 강도가 풀썩 쓰러졌다.

"뭐야, 어떤 새끼야!"

이에 강도 리더로 보이는 남자가 지훈을 가리켰다.

"저기다! 쏴!"

타탕! 탕! 탕!

강도들이 반격을 해왔지만, 전부 차에만 박힐 뿐 지훈에게 단 한 발도 맞지 않았다.

그도 그럴 게 400M면 사람이 점으로 보일 거리였다.

웬만큼 사격 실력이 아닌 이상 맞출 수 있을 리 없었다.

퍽! 퍼벅! 퍽!

칼콘은 타이어 뒤에 기댄 체 담배를 물었다.

퍽 여유로운 모습이었다.

"옛날 생각난다. 그치? 강도들 많이 털어먹었는데."

"누구는 목숨 걸고 총질하는데, 누구는 과거 회상이나 하고. 참 팔자 좋네."

"에이, 지훈한테 저 정도는 그냥 껌이잖아. 옛날에도 할만했는데, 지금은 오죽 하겠어."

민우는 그런 지훈과 칼콘의 모습을 보자 어이가 없어졌다.

머리 위로 총알이 바람을 가르는 소리가 쉴 새 없이 오가는데, 잡담을 하다니?

"아, 안 무서워요?"

"왜?"

"지금 총질 중이잖아요!"

"괜찮아. 괜찮아. 인간들 기술 좋아서, 한 대 맞아도 뽑아내면 그만이야."

칼콘이 의료 기술이 빈약한 세계에서 살았던 때에는 가벼운 총상이라 할지라도 곧 죽음으로 이어졌었다.

하지만 지금은 인간의 뛰어난 의료 기술에 몸을 맡길 수 있으니, 총격에 대한 두려움이 거의 없었다.

애초에 전투 중 사망하는 것을 명예로 인식하는 오크가 총알 맞는 걸 무서워 한다는 것도 웃겼고 말이다.

물론 민우는 그걸 전혀 이해할 수 없었다.

시간이 지나자 강도들의 총소리가 멎었다.

"끝났으면 가서 시체 수거할까?"

"기다려. 아직이다."

빈토레즈가 몇 번 더 불을 뿜었다.

"한 놈 무장해제 해놨으니까, 가서 손 좀 봐."

"응, 알겠어."

칼콘은 강도에게 향했다.

"저는요?"

민우는 어쩔까 고민하는 눈치였다.

"너는 여기 있어. 누가 차 들고 튈 수도 있다."

"네, 형님."

"누구 다가오면 그냥 말 걸지 말고 바로 쏴라. 알간?"

평야 한가운데서 죽은 척을 하고 있던 강도는 애가 탔다.

오크 한 마리가 다가왔기 때문이었다.

'제발… 제발. 그냥 지나가라!'

강도도 오크의 악명에 대해서 아주 잘 알고 있었다.

지나가다 누군가 보이면 무조건 약탈했고, 포로 따윈 남기지 않고 모두 잡아먹어 버렸다.

눈 꼭 감고 그냥 지나가라고 기도하길 수 분.

강도 위에 그림자가 드리웠다.

싸늘했다.

눈을 뜨면 바로 앞에 오크가 있을 것 같았다.

하지만 몸을 만지는 손길도, 인기척도 느껴지지 않았다.

'구름인가?'

애써 아닐 거라 믿으며 눈을 떴다.

그리고 오크와 눈을 마주쳤다.

오크, 아니 칼콘이 방긋 웃었다.

"그래. 너지? 쟤하고 헷갈렸는데 맞았네."

퍽!

⊕

지훈은 느긋한 발걸음으로 피해자들에게 향했다.

멀찍이서 봤기 때문에 종족을 정확히 구분할 순 없었다.

피부가 하얀 게 백인 같기도 했고, 엘프 같기도 했다.

저벅, 저벅.

대강 서로를 확인할 수 있을 정도로 가까워졌다.

피해자는 엘프였다. 숲에서 과일을 가져온 듯, 차에는 과일이 잔뜩 실려 있었다.

'민간인 같은데 뭔 깡으로 기어 나온 거야?'

엘프는 암시장에서 굉장히 비싸게 거래되는 물품이었다. 그 만큼 강도들의 타겟이 될 확률이 높다.

까닭에 엘프들도 될 수 있으면 티그림 밖으로 나가는 걸 꺼려했다. 굉장히 위험하다는 사실을 알기 때문이었다.

"인간…? 그만! 더 이상 다가오지 마!"

지훈이 다가가자 엘프가 총을 겨눴다.

경계하는 것 같았다.

"원래 뾰족귀 새끼들은 은혜를 이딴 식으로 갚나보지?"

지훈은 그 모습을 보고 픽 웃었다.

비무장 상태였다면 얄짤 없이 투항해야 했겠지만, 지금은 방탄외투를 걸친 상태였다.

게다가 저항도 웬만큼 높아져서 기관단총 탄 따윈 몇 발 맞아줘도 괜찮았고 말이다.

"시끄러워! 너희 뭐하는 놈이야!"

"그건 알 거 없고. 죽기 싫으면 총이나 치우지?"

"웃기지 마! 허튼 수작 부리면 바로 쏠 거야!"

지훈이 투항하지 않자 엘프의 총구가 떨리기 시작했다.

과격한 상황을 처음 겪는 것 같아 보였다.

"혀, 형… 그만하자. 좋은 사람 같은데…."

"저 새끼들도 강도일지 어떻게 알아. 인간이잖아!"

"그래도 우리 구해…."

"입 다물어!"

큰 엘프가 버럭 소리를 지르자, 작은 엘프가 움찔거렸다.

"난 동생 말이 맞는 것 같은데. 너희 죽일 거였으면, 멀리서 저격했지 내가 뭐 하러 말을 걸었겠냐?"

"닥쳐! 인간의 말 따위 믿을 것 같아?"

지훈은 작게 한숨을 내뱉었다.

그가쉬도 그렇고, 저 엘프도 그렇고 편집증이 심했다.

거친 세상에서 살아남기엔 좋은 자세였으나, 얘기를 주고받는 입장에선 골치가 아팠다.

'이래서 오지랖 떨기 싫었는데. 쯧.'

엘프는 잠시 어떻게 해야 하나 고민했다.

"총 내놔!"

"혀, 형! 총은 또 왜? 진짜로 도와준 사람들이면 어떡해!"

"이미 사이는 틀어졌어. 돌아가서 저격하면 곤란해!"

그저 웃음만 나왔다.

지금도 마음만 먹으면 둘 다 육편으로 만들 수 있었다.

이능을 발동하고, 옆으로 구른 뒤, 사격하면 그만이었다.

'이 정도면 그냥 죽여도 될 것 같긴 한데….'

사실 저쪽이 먼저 총을 겨눴기에 정당방위로 사살해도 상관은 없어 보였지만, 그러지 않았다.

엘프를 죽였다가 괜히 마법 검문에서 걸리면 골치 아프기 때문이었다.

'조금만 놀아줄까.'

"총 여기 있다. 가져가라."

지훈이 빈토레즈와 글록을 바닥에 내려놓고 양 손바닥을 보여줬다.

"에르파차, 가져와!"

에르파차가 못마땅한 표정으로 다가왔다.

"미안해요. 저희가 나쁜 녀석들은 아닌데… 세상이 좀 흉흉해서 그랬어요. 이해해 주세요."

죄책감을 느끼는지 대뜸 사과부터 건넸다.

"괜찮아. 원래 또라이들 사이에서 살아남으려면 병신이 돼야 하거든. 그리고 나한테 사과할 거 없어."

에르파차가 고개를 끄덕이곤, 총을 집으려 수그렸다.

그리고 그 순간.

휙!

지훈이 에르파차의 머리채를 휘어잡고 그대로 들어올려, 껴안아 버렸다.

"어, 억!?"

저항이 느껴졌으나, 이쪽은 각성자다.

아무리 발버둥을 쳐봐야 풀 수 있을리 만무했다.

"에르파차! 너, 너 이 새끼! 당장 내 동생 놔줘!"

큰 엘프가 버럭 소리를 질렀다.

"내가 왜?"

"죽기 싫으면 빨리 풀어줘!"

"동생 벌집 만들고 싶으면 쏴 보던가."

지훈은 큰 엘프를 바라보며 피식 웃었다.

떨리는 총구와 어정쩡한 자세를 보건데, 훈련을 받았거나 주기적으로 사격 연습을 한 녀석 같진 않았다.

정밀 사격은 당연히 불가능해 보였고, 지향 사격을 할 경우 당연히 지훈과 겹쳐있는 에르파차도 맞을 게 분명했다.

"지, 진정하세요. 인간님, 저희는 이런 걸 원한 게 아니…."

"내가 그랬잖아. 사과할 필요 없다고. 너희가 먼저 시비 털었으니까, 자업자득이니 해라."

지훈이 주먹으로 에르파차의 등을 때렸다.

에르파차가 고통에 비명을 질렀다.

"아아악! 에르파차!"

"동생 살리고 싶으면 총 내려놔 새끼야."

지훈이 짜증 섞인 욕설을 내뱉었다.

'어디 되도 않는 칠푼이 새끼들이 총부터 들이대? 아주 작살을 내 줘야지 다음부터 저딴 미친 짓 안하지.'

버릇이나 고쳐줘야겠다 싶은 순간 에르파차가 외쳤다.

"형. 그 총 내려놓으면 다 죽어! 그냥 나 무시하고 쏴!"

"아, 안 돼! 어떻게… 그럴 순 없어!"

"제발! 난 괜찮으니까!"

이후 에르파차와 큰 엘프는 몇 번 더 대화를 주고받았으나, 결국 총을 내려놓는 쪽으로 결론이 났다.

큰 엘프가 총을 지훈 쪽으로 휙 던졌다.

툭!

"안 돼! 제발… 형이라도 살아야…."

"이제 내 동생 놔 줘!"

위협이 없어졌기에, 에르파차를 바닥에 꽂았다.

퍽 소리와 함께 에르파차가 뒹굴었다.

그 사이 지훈은 총을 챙기곤 슬쩍 둘을 번갈아봤다.

둘은 분노, 좌절, 저주 등이 섞인 표정을 지었다.

"화물 뭐냐?"

"과일. 루비솔트부쉬."

처음 들어보는 과일이었다.

루비솔트부쉬는 엄지 손톱만한 작은 과일로, 굉장히 독특한 맛을 내는 과일이었다.

인간 기준으로 더럽게 맛없는 과일이었지만, 몇몇 매니아들이 광적으로 좋아해 가격이 꽤 비싼 편이었다.

지훈은 슬쩍 화물칸으로 다가가 하나 집어 먹어봤다.

"어우… 이게 뭔 맛이야."

몇 번 씹다가 뱉어버렸다.

괴상한 맛에 얼굴을 찌푸리고 있자니 칼콘이 강도를 질질 끌고 다가왔다.

"얘기를 뭘 그렇게 오래 해? 재밌는 얘기라도 있어?"

엘프 형제는 칼콘을 보자 안색이 하얗게 질렸다.

"뭐야, 엘프네?"

"민간인이야. 둘이서 과일 따러 온 것 같더라."

"이제 어쩔 거야?"

지훈이 엘프 둘을 바라보고 씩 웃었다.

에르파차가 흐느끼기 시작했다.

"뭐 어쩌긴. 강도들 물건 챙겨서 집 가야지."

"그래."

예상과 현실이 빗나가자 형제의 표정이 풀렸다.

지훈은 멍하니 서있는 엘프에게 다가갔다.

짝!

시원한 소리와 함께 큰 엘프의 얼굴이 돌아갔다.

"아…?"

"앞으로는 누가 도와주면, 고맙습니다. 하고 고개부터 숙여라. 알간?"

"아… 저기….."

큰 엘프는 할 말을 잃은 듯 버벅였다.

기다려 줄 생각은 없었기에, 가볍게 무시하고 에르파차에게 총을 건네줬다. 그리고 총을 받자마자…

짝!

에르파차도 때렸다.

"쏘긴 뭘 쏴? 지랄하지 말고, 네 목숨부터 챙겨라. 죽으면 다 끝나는 거야."

"죄, 죄송합니다…."

"나발이고 필요 없으니까, 고기되기 싫으면 앞으로 도시
밖으로 나돌아 다니지 마라."

지훈과 칼콘은 강도를 끌고 엘프와 멀어졌다.

뒤에서 울먹이는 소리가 섞인 '죄송합니다. 감사합니다!'
하는 소리가 계속 들려왔지만, 무시했다.

권능의 반지

38화. 형제

NEO MODERN FANTASY STORY

엘프가 어느 정도 멀어지자 칼콘이 조심스레 물었다.

"무슨 일 있었어?"

"가서 사례나 받을까 싶어서 갔는데, 총 겨누더라."

호들갑 떨 것 없었기에, 가감 없는 사실을 말해줬다.

"겁도 없네. 그래서?"

"조금 골려줬다."

"그냥 죽이지, 왜?"

칼콘이 이해할 수 없다는 듯 고개를 갸웃거렸다.

평소 말을 부드럽게 해서 그렇지, 그도 세드의 주민이었다.

무기를 겨누는 순간.

곧 상대가 적이라고 인식한 순간 그 어떤 자비도 없이 짓밟았다.

그게 바로 오크의 방식이었고, 더 나아가 세드에 사는 모든 존재가 살아남기 위해 꼭 숙지해야 하는 사실이었다.

"애들 죽이면 꿈자리 사납다."

죽이라는 말에 지훈이 슬쩍 얼굴을 굳혔다.

과거 이블 포인트를 신경 쓸 필요가 없고, 이쪽도 권총 한 방에 생사를 오가는 시절에야 당연히 총 꺼내는 순간 죽였겠지만, 지금은 굳이 그럴 필요가 없었다.

조금만 신경 쓰면 피할 수 있는 순간이었다.

쓸 대 없이 살인을 하고 싶지는 않았다.

죽어 마땅한 녀석들 죽이기도 바쁜데, 뭐한다고 죄 없는 애들까지 죽인단 말인가.

물론 저 쪽에서 먼저 위협했다지만, 그건 어디까지나 정당 방위로 봐줄 수 있을 수준이었다.

'서로 의심하지 않으면 죽는 세상이다.'

쓸쓸함이 몰려와 담배를 물었다.

"응. 어쨌든 사례는?"

"빨아먹을 놈이 따로 있지, 뭘 가난한 민간인을 뜯어."

그렇게 말하며 주머니에서 뭔가를 한 줌 꺼냈다.

루비솔트부쉬, 엘프 형제가 옮기던 과일이었다.

'사례금은 이정도면 충분하겠지.'

칼콘은 사례금으로 뜯은(?) 과일을 바라보며 킁 소리를 냈지만, 별 말 없이 입에 넣고 씹었다.

"그래도 맛은 있네."

"이게 맛있다고?"

과연 이해할 수 없는 입맛이었다.

"근데 이런 소리 들을 거 알면서 왜 도와줬어? 그냥 버리고
가지."

"변덕이지 뭐."

그걸 마지막으로 대화가 끊겼다.

해야 할 일이 있었기 때문이었다.

퍽!

칼곤이 질질 끌고 오던 강도를 내던졌다. 강도가 옅은 신음
을 내뱉었다.

"사, 살려주세요…."

"서로 알 거 아는 사람끼리 길게 얘기하지 말자. 피차 대가
리 굴리며 쓸 대 없는 혓바닥질 하지 말자고. 알간?"

강도는 재빨리 눈알을 굴렸다.

살기 위해 뭘 해야 할지 생각하기 위해서였다.

"뭐, 뭘 원하십니까?"

"창고 어디 있냐."

보통 강도들은 공권력의 수사망을 피하기 위해 물건을 바
로 처분하지 않았다.

까닭에 물건들을 아지트에 숨겨뒀다가 상인으로 위장해서
한 번에 몰아다 파는 게 보통이었다.

"그, 그게 무슨 말씀이신지…."

강도는 시미치를 뗐다.

'쉽게는 말 안 하시겠다?'

상대는 악인이다.

이블 포인트 따위 걱정할 필요 없었다.

지훈이 칼콘에게 가볍게 턱짓했다.

꾸욱!

칼콘이 징 박힌 그리브로 강도를 즈려밟았다.

"아, 아아악! 악! 진짜 몰라요!"

"그래?"

뻑!

빈토레즈 개머리판으로 어깨를 때렸다.

"다시 한 번 물어볼게."

강도가 고통 때문에 비명도 지르지 못한 채 침만 흘렸다.

"저, 저는 정말…."

"틀렸어. 내가 원하는 말은 그게 아니야."

이번엔 허벅지를 밟았다.

날카로운 비명 튀었다.

약 60초 간 묻지도 않고 일방적인 폭행이 이어졌다.

강도는 반 쯤 넋이 나간 것 같았다.

지훈은 그런 강도의 귀에 속삭였다.

"이번에도 헛소리 하면, 네 물건을 잘라낼 거야. 잘 생각해서 말 해."

남자에게 있어 고간에 있는 그것은 제 2의 심장이라 불릴

만큼 민감한 부위였다.

강도가 희번덕거렸다.

"제, 제발요… 제발…."

"너 뭔가 착각하고 있나본데. 내가 왜 널 죽여? 난 네 목숨에는 관심이 없어. 단지 너희가 쟁여놓은 물건만 있으면 된다고. 창고 위치만 얘기해. 살려줄게."

죽음의 공포에 눈이 먼 강도의 귀에, 달콤한 유혹의 말이 쏟아졌다.

"정말요?"

"약속하지."

강도는 결국 얼마 못 가 위치를 실토했다.

바로 창고로 향해야 했기에, 셋이 나란히 강도측 화물차에 올라탔다. 죽은 강도들의 장비를 챙기는 것도 잊지 않았다.

"민우야, 차 몰고 따라와라!"

"어, 어… 네? 저 운전면허 없는데요?"

비싼 유지비 어찌 감당하며 타냐는 생각에 면허도 따놓지 않은 민우였다.

결국 칼콘이 페커리가 실린 화물차를 운전해서 따라오기로 하고, 강도 차량엔 지훈, 민우, 강도가 나란히 앉게 됐다.

민우는 강도의 얼굴을 보더니 살짝 난색을 표했다.

"왜 그래? 아는 놈이야?"

"아니… 뭐… 그냥요."

미적지근한 반응이 나왔으나, 굳이 묻진 않았다.

길안내를 받던 도중, 강도가 민우를 빤히 쳐다봤다.

민우는 시선을 피했다. 결국 강도는 지훈에게 눈을 돌렸다.

"저기… 낯이 익어서 그런데, 성함이 어떻게 되십니까?"

"그건 알아서 뭐하게. 복수라도 하게?"

강도가 도리질을 쳤다.

"아뇨. 어떻게 감히. 살려 주시는 것만으로도 감사한데, 무슨 복수입니까. 그냥 궁금해서 그렇습니다."

별 상관없을 것 같아서 이름을 알려줬다.

강도는 이름을 듣자 놀란 표정을 지었다.

"그 유명한 미친… 아니, 지훈 형님이셨습니까?"

미친 사냥개라고 말하려다 만 것 같았다. 하긴, 별명이래도 남 주둥이로 들어서 기분 좋을 소리는 아니었다.

"나 아냐?"

"어휴… 이 주변에 전부 지훈 형님 나와바린데, 어떻게 모르겠습니까?"

"그래서 넌 뭐하는 새낀데 강도질 하고 있냐."

강도는 입이 마르는지 몇 번 쩝쩝대곤 말을 이었다.

"저… 저, 레니게이드 조직원입니다. 강탈팀이에요…."

레니게이드.

몇 번 들었던 이름인데 살짝 기억이 나질 않았다.

'뭐하는 곳이었더라?'

기억을 더듬기도 잠시.

김중배가 떠올랐다.

"레니게이드면 중배네 마약 유통로?"

"어, 중배형님 아십니까?"

손수 저승으로 보내줬는데 모르면 그게 더 이상하다.

"참 멋진 분이셨지 말입니다. 혼자서 팀도 꾸리시구요."

강도는 그렇게 말하며 민우를 쳐다봤다.

민우는 애써 태연한 척 했다.

"그래? 그건 모르겠고. 얼마나 더 가야 되냐?"

"이제 곧 있으면 도착입니다!"

강도는 경비가 하나 있으니 주의하라고 덧붙였다.

"동료 아냐? 막 팔아도 돼?"

"저 죽게 생겼는데 지금 그게 문젠가요."

당연하다는 듯 말하는 모습에서 혐오감이 느껴졌다.

조금만 더 이동하자 작은 구릉이 나왔다.

아지트는 구릉의 고저를 이용한 동굴이었는데, 강도 말대로 동굴 앞에 사람이 하나 서있었다.

"민우야, 이거 핸들 좀 잡아라."

"아, 네? 네."

딴 생각을 하고 있었는지, 민우는 화들짝 놀랐지만 금세 핸들을 잡았다.

지훈은 그 사이 창밖으로 빈토레즈를 내밀고는…

'이능 발동. 집중.'

퓽!

경비가 풀썩 쓰러졌다.

"후우… 욱."

"괜찮으세요?"

가벼운 구토감이 일었지만 참을 수 있을 정도였다.

'자주 쓰니까 그래도 조금씩 익숙해지네.'

"괜찮아. 신경 꺼라."

이후 아지트에 들어가 온갖 장비들을 다 쓸어 담았다.

아티펙트로 보이는 물건도 몇 개 있었으나, 고등급이 있을 것 같진 않았다.

"이제 내려서 짐 싣자."

이후 강도 포함 넷이서 바쁘게 움직였다.

그 와중에 강도가 민우에게 슬쩍 붙었다.

"나 너 알아, 새끼야. 우민우."

민우는 대답하지 않았다.

"이 새끼 중배형님 죽고 나서 어디로 갔나 했더니, 기껏 미친개 밑으로 들어갔냐?"

"닥치고 일이나 해라."

닥치라는 말에 강도가 얼굴을 붉혔다.

"어쨌든 그건 중요한 게 아니지. 나 좀 살려줘. 씨발."

"형님이 살려주신다고 하셨잖아. 뭐가 문젠데?"

강도가 장난 하냐는 듯 얼굴을 찌푸렸다.

"병신아, 그걸 믿냐? 네가 얘기 좀 잘 해보라고!"

불쾌했는지 민우가 얼굴을 찌푸렸다.

"그게 지금 부탁하는 사람 말투냐?"

"너 이 새끼, 레니게이드 배신하고도 네가 살아남을 수 있을 것 같아? 저 미친개야 석중 할배가 지키고 있으니 못 건들지만, 너는 아닐 걸."

되도 않는 협박이었기에, 민우는 가볍게 무시했다.

애초에 민우는 중배의 고용인이었을 뿐, 레니게이드와는 하등 상관이 없는 사람이었다.

"날 도와주면 돌아가서 잘 얘기해 줄게. 내가 너 살려 주는 거야, 병신아. 이 세상은 줄 잘 잡는 놈이 이기는 거 몰라? 어디로 붙어야 할 지 잘 생각해."

원래 강도 인성이 저거 밖에 되지 않는 인간이었는지, 아니면 민우가 얼마나 만만해 보였으면 저랬는지, 심지어 둘 다였는지는 아무도 몰랐다.

단지 민우는 강도의 고압적인 태도가 마음에 들지 않았다.

강도는 계속해서 민우에게 말을 건넸지만, 민우는 전부 무시했다.

거친 노동이 끝나자 다들 허리를 쭉 폈다.

"저, 저는 이제 가 봐도 됩니까?"

생명 연장의 꿈이라는 말이 딱 어울리는 표정으로, 강도가 비굴하게 물었다. 이에 지훈은 일축했다.

"벗어."

"네?"

"방탄복 벗으라고."

강도가 울상을 지었다.

"저, 저 이거 없으면 어떻게…."

"그거야 내 알바 아니지."

"파, 팔려고 벗기는 거죠? 다른 의미는 없으신 거죠?"

"나중에 설명해 줄게. 일단 벗어."

결국 강도는 입고 있던 방탄복을 차에 실었다.

"칼콘."

말 할 것도 없이 고개만 까닥거렸다.

칼콘이 창고에서 챙겨놓은 메이스를 꽉 쥐었다.

"지, 지금 뭐하시는 겁니까?"

"알면서 뭘 물어."

"사, 살려준다고 약속했잖아! 얘기가 다르잖아!

약속이라는 말에 지훈이 비릿한 조소를 지었다.

"난 사람하고 한 약속만 지켜서 말이지."

강도가 절규하며 부르짖었다.

"나는, 나는 사람 아니냐? 봐봐. 지구도 아닌 세드잖아. 오크, 엘프 같은 온갖 괴물들이 넘쳐나는데 같은 인간끼리 죽이면 어쩌자고! 이러다 종족전쟁 나면 다 죽는 거야!"

"너 이 새끼야, 말해봐. 엘프만 털었냐?"

당연히 아니었다.

강도가 입을 다물었다.

이 근방은 강도 출몰 소식 때문에 엘프가 거의 통행하지 않는 장소였다. 그러니 자연스럽게 주 목표는 인간이 될 터였다.

"인두겁 쓰고 사람 잡아먹는 새끼가 사람이라고? 개소리 하고 앉아있네."

"그래, 죽여. 죽이라고. 근데 말이야 이거 알아둬. 우민우 쟤 레니게이드다! 쟤가 전부 꼰지를 거라고!"

마지막 발악인지, 강도는 민우를 물고 늘어졌다.

지훈은 슬쩍 민우를 쳐다봤다.

"아, 아닙…."

민우가 뭐라 얘기하기도 전에, 지훈이 칼콘에게 명령했다.

후욱- 뻑! 뻐억. 뻑!

풀썩.

강도가 바닥에 축 늘어졌다.

민우는 그 모습을 보자 겁에 질렸다.

"혀, 형님 그게… 진짜 다 설명할 수 있어요."

말없이 민우에게 저벅저벅 다가갔다. 이에 민우는 조금씩 뒷걸음질 쳤으나, 지훈보다 빠르진 못했다.

"저, 저는 그런 짓 절대 안 해요… 아시잖아요!"

민우는 얻어맞을까 눈을 꾹 감았지만, 지훈은 아무것도 하지 않았다. 단지 민우의 어깨를 토닥였을 뿐이었다.

"다 알고 있었어, 새끼야."

중배 이름이 나온 순간 이미 상황이 끝난 상태였다.

"너 겁은 많아도 배신은 안 할 거 안다."

집어먹었던 겁이 한 순간에 녹아 없어졌기 때문일까?

민우는 딸꾹질을 하며 훌쩍거렸다.

공포 때문은 아니었다.

단지 온갖 배신과 암투가 난무하던 중배 팀에서는 단 한 번도 받아보지 못한 인정에, 눈물이 쏟아져 나왔다.

"사내새끼가 질질 짜기는. 그만 울어, 집에 가자."

칼콘은 강도 차량에, 지훈과 민우는 페커리 차량에 올라탔다.

조용히 운전만 하고 있자니 민우가 물었다.

"저기 형님."

"왜."

"이번 일 계기로 레니게이드랑 척 지면 어떡해요?"

아무래도 강도가 한 말이 신경 쓰인 모양이다.

"목격자도, 생존자도 없는데 지들이 어떻게 알아?"

정답이었다.

모두 죽여서 수사망을 피하는 강도처럼, 강도 역시 모두 죽여 버리면 범인을 찾기 어려웠다.

"쟤네 좋은 총 많이 챙겨놨던데, 갖고 싶은 거 있냐?"

"아뇨. 무거운 거 못 들어서요. 그냥 이대로도 좋아요."

현명한 선택이었다.

아무리 좋은 총이나 아티펙트를 들어봐야, 무거워서 제대로 움직이지도 못하면 안 드느니만 못했다.

"그래라."

"형님."

"왜."

"고맙습니다…."

지훈이 픽 웃었다.

"됐어."

권능의 반지

39화. 사람 잡아먹는 괴물

NEO MODERN FANTASY STORY

일행은 차 두 대를 몰고 티그림을 통과했다.

페커리야 허가 받은 만큼 사냥했으니 문제는 없었으나….

"차가 한 대 늘었네요?"

검문관이 고개를 갸웃거리며 차를 유심히 살폈다.

탄흔이 있는 것을 보면 분명히 수상하다고 생각할 터였다.

"오다 주웠는데, 문제라도?"

지훈은 별 일 아니라는 듯 픽 웃었다

빤히 보이는 거짓말이었으나, 검문관은 별다른 반응을 보이지 않았다.

티그림 자치구는 거대한 인간 권역 사이에 낀 장소였다.

본인들의 생존과 자치구 내의 생태계만 신경 쓸 뿐, 인간에 대한 문제에는 될 수 있으면 관심도 가지지 않았다.

자기들끼리 강도짓을 하든, 살인을 하든 엘프에게 피해만 주지 않는다면 괜찮다는 심보였다.

"마력 검문에 엘프 피해 흔적이 없으니 통과하셔도 좋습니다. 하지만 앞으로는 조심해 주십시오."

검문관은 간접적인 경고를 흘리곤 게이트를 오픈했다.

이후 일행은 티그림 외곽에 있는 도축장으로 향했다. 페커리 사냥 붐이 일은 까닭인지, 많은 사람들로 북적였다.

도축장 관리인으로 보이는 인간이 물었다.

"몇 마리?"

"네 마리."

"대기 길어. 2시간. 괜찮아?"

"그래."

어차피 페커리를 싣고 고속도로 탈수도 없었다.

처음엔 수의사로 보이는 엘프가 오더니 페커리를 슥 훑곤 오만상을 지었다. 공무원으로 보였는데, 자기 일에 대한 불만이 많은 듯싶었다.

아마 고기를 잘 먹지 않는 종족이 하루 종일 동물 시체를 봐야 하나 정신적 스트레스가 심했겠지.

"인간들은 왜 이렇게 고기를 좋아하는 겁니까?"

수의사가 잡아온 페커리에 식용 가능 여부 검사하며 투덜거렸다.

"그걸 왜 나한테 묻소?"

"인간이잖습니까."

"별 거 있나. 맛있잖아."

수의사는 채식주의자가 삼겹살 바라보듯 지훈을 쳐다봤다.

"거, 공무원 양반이 쓸 대 없는 말이 많네. 괜한 사람한테 시비 털지 말고 일이나 하쇼."

아차 싶었는지, 수의사의 얼굴에 당혹감이 드러났다.

"죄송합니다. 아무래도 적성에 맞지 않는 일이다보니… 너무 힘들어서 짜증이 났나봅니다."

이후 동물을 보호하고 싶어서 수의사가 됐는데, 한국과 러시아의 비위를 맞추기 위해 세워진 도축장에서 일을 하고 있으니 너무 괴롭다는 등의 하소연이 이어졌다.

물론 지훈은 한 귀로 듣고 한 귀로 흘리며 담배만 태웠다.

"네 마리 전부 식용 가능합니다. 한 마리에 기생충이 있긴 했는데, 마법으로 박멸했으니 걱정하지 않으셔도 됩니다."

식용 여부 검사가 끝난 뒤 바로 해체작업이 시작됐다.

"내장 남겨요, 버려요?"

"전부 진공 포장해서 챙겨주쇼."

러시아 사람들은 대부분 내장을 버렸기에 묻는 질문으로 보였다. 이후 도축업자는 가죽을 쭉 벗기곤 내장을 들어냈다.

이후 부위대로 나눈 뒤 차곡차곡 진공포장했다.

페커리 가죽은 대체재가 많아 가치가 없었기에, 챙기지 않고 처분했다.

"가공하니까 굉장히 작아지네요."

민우는 신기한 듯 고기를 훑었다.

"신선할 때 팔아야 그나마 돈 많이 받는다. 가자."

무게가 반 이상 줄어든 페커리를 싣고, 개척지로 향했다.

⊕

고기는 대여료 및 일행 먹을 걸 제외하곤 전부 식품 유통
업체를 통해 판매했다.

헌팅을 통한 획득 물품이었기에 각성자 획득물 처리법에
따라 세금 33%를 뗄 거라고 생각했지만, 아니었다.

"요즘 식량난 심해서 음식에는 세금 안 떼요."

까닭에 미트 헌팅을 하는 헌터들도 많아지는 추세였다.

물론 수익 효율을 보자면 아티펙트 헌팅이나 용병보다는
훨씬 적을지 모르지만, 안전하다는 장점이 있었다.

"미트 헌팅도 나름대로 좋네요. 돈은 조금 적지만, 일단 다
른 임무에 비해 안전하니까요."

민우는 고기 판매 대금을 가늠하며 씩 웃었다.

"그걸로 돈 되겠냐? 시간들 안 맞으면 두 달 동안 헌팅 못
나갈 수도 있다."

"잠시 만요. 그럼 계산 좀."

곧 적응기간이 끝나는 터라, 월세가 300으로 오르는 민우
였다. 거기다 인터넷으로 한 달에 대강 150정도 빠졌다.

거기다 식비 50만 원. 문화 활동 및 이것저것 돈 쓰다보면 한 달에 550만원은 훅 빠진다는 소리였다.

"뭐 집은 동구로 이사하고, 보급용 채소 씹으면서 살면 미트 헌팅으로 살 수는 있겠다마는… 괜찮겠냐?"

이미 돈 좀 만져봤다고 씀씀이가 커질 대로 커져버린 민우였다. 그런 생활로 절대 만족할 수 있을리 없었다.

참 돈이라는 게 묘했다. 없을 때는 불편한 줄 모르고 살았지만, 있다 없어지면 미친 듯이 불편하다.

그렇기에 많은 헌터들이 계속해서 자신을 사지로 밀어 넣으며 까지 배당률 높은 헌팅을 찾았다.

몸 망가지고, 정신도 너덜너덜해져 마약 혹은 정신과 치료에 의존 하면서까지 끊지 못하는 게 바로 헌팅이었다.

이는 민우 역시 마찬가지였다.

"그, 그냥. 여태까지 하던 대로 하죠."

"푸하하. 너는 계집질도 안 하고, 밥도 적게 먹으면서 돈 빠져나갈 곳이 뭐 그렇게 많아?"

칼콘이 민우를 비웃었다.

"마, 많을 수도 있죠. 뭐 그런 걸로 그래요!"

"갑자기 왜 화내고 그래. 뭐 찔리는 거라도 있어?"

"아닌데요!"

고기를 판 다음엔 무기에 대한 얘기를 나눴다.

"그래서, 이거는 어쩔래?"

구멍 숭숭 뚫린 화물차야, 헌터들 때문에 여기저기서 많이 돌아다녔기에 불시검문을 걱정할 필요는 없었다.

단지 문제는 저 많은 무기들을 어떻게 처리하냐였다.

"암시장에 갖다 팔죠. 물물교환해도 괜찮고요."

민우가 암시장 얘기를 꺼냈으나, 기각됐다.

매력적인 제안이긴 했지만, 장날 맞추기도 까다로웠고 암시장에 팔았다간 제 가격 받기도 어려웠다.

물물교환이라는 방법도 있었지만, 100정이 넘는 무기들을 들고 이동하기도 어려웠고 말이다.

"그가쉬 쪽에 넘기는 건 어때? 걔네 전쟁하느라 무기 소모 많이 해서 좋아할 것 같아."

칼콘의 의견이었다.

아무래도 그가쉬 클랜 쪽에 아는 얼굴도 있고, 가벡과의 친분도 있으니 그럭저럭 괜찮긴 했지만… 역시나 기각됐다.

"그 빌어먹을 그가쉬 새끼 보기 싫다."

저게 가장 큰 이유였다.

저걸 참아가며 판다고 쳐도 오가는 기름 값 무시하기도 힘들었고, 화폐 개념이 없는 녀석들한테 팔아봐야 제 값 받기 기대하는 것도 힘들었다.

"됐다. 그냥 석중 할배한테 넘기자."

이쪽도 헐 값 처분은 마찬가지였으나, 적어도 위의 두 의견보다는 나아 보였다.

민우는 석중의 이름을 듣자 안 좋은 기억이 났는지 기겁을 했지만, 가볍게 무시했다.

"에라이, 겁쟁이 같은 놈. 너는 차나 지키고 있어."

이제는 익숙해질 만큼 맡은 냄새.

퀘퀘한 곰팡이 냄새와 C4에 함유된 화약 냄새가 나는 곳, 석중의 가게였다.

- 정부는 신금속 연구…… 박차를 가하기로 하고…… 정책을 발표 했습니다.

오랜 시간동안 가게에 앉아있는 석중이었다.

올 때 마다 라디오 소리가 들리는 걸로 보아, 심심풀이로 틀어 놓은 듯 했다.

"시체 썩은 내 난다 했드이, 거보래. 이 누구야. 미친 사냥개 지훈이 아이니?"

"거 오늘내일 하는 양반이 코 하나는 죽여주네. 곧 뒤질 테니 막판 스퍼트 하는 거요?"

"하하하, 개쓰애-끼. 말하는 싸가지 보라. 거 느이 조부 얼굴이 으야 생겼는지 궁금하니? 내가 딱 확인 시켜 줄 수 있디. 말만 하라."

항상 그랬듯, 석중은 기폭기로 보이는 물건을 매만졌다.

"어째 항상 하는 짓이 똑같나. 거 질리지도 않소? 이제 레퍼토리 좀 바꿔 보쇼."

"쓰애끼, 알겠다. 내 화끈하게 한 번 보여주마."

지훈의 도발에 석중이 픽 웃었다. 그리곤 엄지손가락을 움직여…

"잠깐, 잠깐만. 이 미친 할배가!"

꾸욱.

촤라라라락!

"아아아악!"

칼콘이 비명을 지르며 바닥에 엎어졌다. 하지만 폭발은 전혀 없었고, 애꿎은 방탄유리에 쇠창살만 내려왔다.

"푸하하하. 새끼들 놀라는 거 보오. 저거 터치면 나도 죽는데 미쳤다고 터치겠니. 이거 셔터 스위치다, 쓰애끼들아."

"돌았소? 미쳐도 적당히 미쳐야지, 거 참 기분 더럽네!"

"고마하고, 하고 싶은 말이나 꺼내 보라."

과격한 안부 인사도 끝났기에, 바로 본론을 꺼냈다.

총이라는 말에 석중이 픽 웃었다.

"가져와 보라."

몇 번 왕복하며 물건들을 쌓아놓자, 석중은 흘긋 살폈다.

"아티펙트 포함 2000 준디. 더는 안 돼."

"그 딴 헐 값 부르려고 이딴 빵이질 시킨 거요?"

지훈이 여과 없는 짜증을 내뿜었다.

"싫으면 다시 들고 가라. 내는 상관없다."

"3000. 더는 안 돼."

"이 도시 최고의 장물아비한테 장물 갖고 흥정 치다니, 참 니도 대가리 가볍데이."

"앞으로 거래하기 싫으면 그따구로 나오시던가."

아무리 친분이 있다지만, 둘 다 공과 사는 구분할 줄 아는 사람이었다.

지훈과 석중 사이로 첨예한 갈등이 오갔다.

"알겠디. 그럼 2500 준디."

"콜."

이후 화물차에 대한 얘기도 슬쩍 오갔다.

번호판 바꿔 달아서 가지는 게 어떻냐는 의견이 나왔지만, 거절했다.

"보니까 화물차는 별로 쓸 일 없어 보여서, 필요 없을 것 같소. 장갑 단다고 개조해 봐야 그 돈이 더 나올 테고."

"그럼 처치 곤란일 텐데, 딜러 찾아다니지 말고 팔아라."

긴 홍정 없이 500에 넘겼다.

"요즘 쉰 배추 좀 남는다. 그걸로 주랴?"

현찰로 받겠냐는 얘기였다.

정산하려면 그 쪽이 편했기에 당연히 승낙했다.

"그럼 죽지 말고, 다음에 봅시다."

"니나 객사하지 마라."

작별 인사를 마지막으로 가게를 뒤로했다.

마지막으로 물건 반납 및 대여료를 지불하기 위해 승호를 찾았다. 문지기로 서있던 막내가 화색을 하며 반겼다.

"우와, 지훈 형님. 이거 진짜 페커리입니까?"

금방이라도 입에서 침을 분출할 것 같은 모습에, 몇 걸음 뒤로 물러섰다.

"이게 그렇게 맛있냐?"

"입에서 살살 녹는다고 하던데요!"

도대체 얼마나 맛있길래 저런 반응을 보이는 걸까.

저 모습을 보자니 얼마 전 있었던 버터 꿀 유행이 생각났지만, 금방 털어버렸다.

호들갑 떠는 막내를 뒤로하고 가게 안으로 향했다.

웬일로 담배 연기가 없나하니, 승호는 카운터에 앉아 샷건 쉘 안에 헝겊조각을 집어넣고 있었다.

소위 빈백(Beanbag, 콩주머니)으로 불리는 탄환으로, 살상력 낮은 제압용 탄환이었다.

"어, 왔냐."

페커리, 페커리 노래를 부르던 놈이 조용하니 이상했다.

"뭐 하냐?"

"총알 만든다."

탄두 대신 헝겊이라니, 이해할 수 없는 말이었다.

"그거 쏴봐야 죽지도 않을 텐데, 뭐한다고 만들고 있냐."

"죽으면 곤란하니까 만드는 거야."

죽이기 싫은데 총을 쏜다?

흥미가 돋아 캐물었다.

"오늘 아침에 딸이 울며불며 난리치길래, 뭔 일인가 물어보니 사귀던 놈팽이가 바람을 폈단다."

딱 들어, 척.

그 천하의 괘씸한 놈을 응징하기 위해서였다.

"… 그래서 저 샷건 들고 가서, 그 놈한테 빈백 하나 박아주겠다?"

"그래. 정확해."

순간 경찰은 어쩌려고 물으려다 말았다.

승호도 지금 얌전히 총포상이나 하며 지내서 그렇지, 과거 뒷골목에서 한 끝발하던 사람이었다.

아마 저 쪽도 잘못한 게 있으니, 보복당하기 싫으면 신고까진 가지 않을 게 분명했다.

"애 잡는다. 적당히 쏴라."

"내 딸 눈에 눈물 나게 한 놈이야. 피눈물 쏟게 해준다."

과연, 딸 둔 아버지였다.

'아니, 미국도 아니고 뭔 딸 남자친구를 샷건으로 조져.'

웃기는 상황에 웃음이 터질 뻔 했지만, 진지해 보이는 승호를 봐서 참았다.

"자. 여기 총하고 페커리 고기다. 승희 많이 힘들 텐데, 밥이라도 든든히 먹여라."

승호는 가볍게 고개만 까닥였다.

"그래. 일단 그 놈부터 처리하고."

일행은 결의 찬 승호를 뒤로하고 밖으로 나왔다.

가까운 카페에 앉아 결산을 끝내니, 민우가 물었다.

"이제 뭐 할 거예요?"

매번 헌팅이 끝나고 나서는 술을 먹었지만, 이번에는 페커리 고기가 있었다.

"이번엔 술집 말고, 고기 파티나 하자. 이게 얼마나 맛있는지 입이나 한 번 대봐야 하지 않겠냐?"

칼콘이 아주 격렬하게 동의했다.

"어디서요?"

직접 구워먹어야 하니 가게는 무리였다.

그렇다고 민우나 칼콘의 집으로 가자니 너무 좁았다.

"우리 집 뒤에 공터 있으니까, 거기서 먹자."

결국 회식 장소는 지훈의 집 주변 공터로 정해졌다.

"각자 준비해서 우리 집 주변으로 와라."

"내 여자 친구 데려가도 돼?"

칼콘은 여자 친구에게 자랑을 하고 싶은 모양이었다.

어차피 고기가 10kg이나 있었기에, 부족하진 않았다.

"그래. 마음대로. 나도 여자 친구나 불러야겠다."

지훈과 칼콘이 민우는 누구를 데려올 거냐는 눈빛으로 쳐다봤다.

"저는… 그냥 친구 데려갈게요."

그렇게 말하는 민우의 표정이 퍽 안쓰러워 보이는 건 왜일까.

⊕

[정산 결과]

획득.

페커리 982Kg : 약 1억 1천만 원 (세금 없음)

장물 : 2500만원 (석중에게 헐값 판매, 흥정 실패)

루비솔트부쉬 : 0원 (칼콘이 모두 소비함)

탄흔 있는 화물차 한 대 (장물) : 500만원 (석중에게 넘김)

지출.

렌트카 대여비 : 90만원 (지훈 개인 지출)

렌트카 수리비 : 0원 (보험처리)

미끼용 양 한 마리 : 0원 (되팔았음.)

페커리 도축비 : 400만 원 (칼콘 개인 지출)

총기 대여비 : 페커리 고기 10kg

회식비 : 페커리 고기 10kg + 기타 잡비

총액.

1억 3천 9백 1십만 원 획득.

[배분]

[지훈]

현금 4636만원 수익.

– 장비 손상 : 없음.

– 부상 : 없음

– 능력 : 티어업 1번.

– 잔고 : 약 1억 2천만 원.

[칼콘]

현금 4236만원 수익.

– 장비 손상 : 없음

– 부상 : 없음 (만드라고라 후유증 극복)

– 능력 : 기관총 사용법

[민우]

현금 4636만원 수익.

– 장비 손상 : 없음

– 부상 : 없음

– 능력 : 소총 사용법, 맹수 사냥, 심박감지기 사용법

– 기타 : 지훈에 대한 신뢰, 에피도우에 대한 미련

정산금만 보면 저번에 비해 큰 액수는 아니었다.

하지만 그만큼 난이도가 쉬웠고, 심적인 부담감 및 부상이 없었으니 딱 그에 알맞은 가격이라 할 수 있었다.

권능의 반지

40화. 정산 과정

NEO MODERN FANTASY STORY

끼이익-

집 문을 열자 겹첩이 녹슨 신음을 내뱉었다.

"나왔다."

"어, 왔어? 생각보다 일찍 왔네."

방 안에 있을 거라는 예상과 달리, 지현은 부엌에서 요리를
하고 있었다.

"무슨 바람이 불어서 요리야?"

지현은 요리를 좋아하는 편이 아니었다.

몸이 괜찮았을 때도 배가 고프거나, 지훈이 시켰을 때나 마
지못해 하던 게 다였다.

"그냥 밥이나 해줄까 했지. 방금 시작했으니까 조금만

기다려."

더군다나 몸이 아팠을 때는 부엌 주변에 가지도 않았던 지현이었기에, 지훈은 속으로 고마운 마음을 느꼈다.

'몸 좀 괜찮아 졌나보네.'

저번 혈석화 치료를 받은 이후 지현은 눈에 보일 정도로 활기차졌다. 이젠 아침에 조깅을 나갈 정도였다.

"하지 마. 필요 없어."

지현이 머리 위로 물음표를 띄웠다.

지훈은 그 모습을 보자 장난기가 솟았다.

"사람 잡을 일 있냐, 누구 죽이려고 독 만들고 있어. 경찰에 신고하기 전에 그만 해라."

기껏 성의 부려서 밥 차려 준다는데, 독극물 제조하고 있다는 얘기를 들었다. 지현의 얼굴이 붉으락푸르락 했다.

"야, 뒤질래!"

"뭐. 내가 거짓말 했냐?"

실제로 지현은 요리 솜씨가 그렇게 좋지 않았다.

특히 혀가 어디 잘못되기라도 했는지, 영양검사를 해 보면 일일 권장 나트륨 섭취량의 150%는 거뜬히 될 정도로 소금을 뿌려댔다.

거기다 맛이 제 맘에 안 들면 중화한다고 설탕을 잔뜩 뿌리는데, 그 맛이 과연 음식물 쓰레기에 필적할 정도였다.

"기껏 밥 해준다는데 그게 할 말이냐, 이 자식아!"

지현이 콩나물 다듬던 칼을 든 채로 버럭 소리를 질렀다.

더 이상 놀렸다간 정말 칼빵 맞을 각오를 해야 할 것 같았기에, 장난 그만치고 손에 들고 있던 비닐봉지를 들어보였다.

"이거 먹자."

"뭔데?"

"페커리."

"어?"

지현이 머리를 맞기라도 한 듯 멍한 표정을 지었다.

그렇게 약 3초 정도 지나자, 그제야 상황 파악이 끝났는지 지현이 꺄악 비명을 질렀다.

"대박. 진짜 페커리야? 최셰프가 요리했던 그거?"

"왜. 못 믿겠으면 보여줘?"

평소에 하도 짓궂은 장난을 많이 친 터라, 지현이 의심 먼저 했다.

"나 지금 고기 먹을 생각에 심장이 거세게 뛰고 있거든? 구라면 뒤진다, 진짜."

지현은 칼끝을 지훈에게 향하곤 위협스레 말했다.

'에휴, 도대체 누구 닮아서 말버릇이 저런지.'

글쎄. 누구 닮았을까.

존댓말 쓰는 경우 거의 없이, 거의 모든 사람에게 반 쯤 비꼬는 말투를 씀은 물론, 욕을 입에 달고 사는 사람이 딱 하나 있긴 했다.

물론 본인은 그게 자기인줄 몰랐다.

부스럭.

지현이 페커리 고기를 확인하고는 눈에서 빛을 뿜어냈다.

"이 년아. 됐냐?"

"예, 됐습니다. 위대하신 오라방."

정치인 울고 갈 태세변환에 웃음밖에 나질 않았다.

"사람들 불러다가 파티할 거니까, 너도 부를 사람 있으면 몇 명 데려와."

부를 사람이라는 말에 지현이 살짝 씁쓸한 표정을 지었으나, 금방 풀었다. 자세히 보지 않으면 눈치 채지 못할 정도였다.

"아냐. 다른 사람 부르면 내 고기가 줄잖아! 필요 없어!"

"그러던가."

고기 먹을 생각에 신이 나서 춤을 추는 지현을 뒤로하고, 전화기로 향했다.

'일단 시연이 부터 부르자.'

지금 시각은 6시.

바로 전화하지 않으면 저녁을 먹어 버릴지도 몰랐다.

뚜르르… 뚜르…

"응~ 자기!"

역시, 이번에도 연결음이 채 2번 울리기도 전에 대답이 들려왔다. 그 모습이 꼭 현관문 열리는 소리 들리자마자 전속력으로 달려오는 치와와 같아 묘하게 기분이 좋았다.

그 어떤 일이 있어도 내가 1순위라는 뜻 아니던가?

"어. 나야. 뭐해?"

"나 지금 한국 정부에서 신금속 보내서, 그것 좀 보고 있었어. 사냥은 어떻게 잘 다녀왔어?"

"쉬운 일이라 몸만 풀고 왔어. 그나저나 나 밥 먹었어?"

워낙 생체 리듬이 왔다 갔다 하는 시연이었기에, 안 먹었다고 확신할 수 없었다.

"아니. 나 이따 사내식당에서 먹으려고 했지. 왜?"

"페커리 잡았는데, 같이 먹을까 싶어서."

"그게 뭐야?"

여태까지 전부 페커리라면 입에서 침부터 뱉었기에, 지훈은 뭐라고 설명해야 할지 살짝 당황했다.

"그냥 세드에 사는 돼지야. 우리 집 주변에서 구워 먹을 건데, 올래?"

"나 그럼 자기 집에 가는 거야?"

아차 싶은 순간이었다. 페커리에 정신 팔려 파티 장소에 집 주변이라는 걸 잊어버렸다.

만약 시연이 파티에 온다면 다 무너져 가는 열악한 지훈의 집을 봄은 물론….

지현과 마주칠게 분명했다.

'쌍.'

집이야 동생의 병이 낫자마자 이사한다고 쳐도, 아직 지현에 대해서는 단 한 마디도 알려주지 않은 지훈이었다.

'이걸 어쩐다….'

하지만 이미 내뱉은 말을 취소할 수도 없는 노릇이었기에,

차라리 지현의 입단속을 하는 게 나을 것 같았다.

"다 무너져 가니까 기대하지 마."

"난 자기 집보다, 자기가 더 중요해. 신경 쓰지 마."

당연하다는 듯 내뱉는 말에 짙은 배려가 섞여있어 마음이 조금 편해졌다.

"맞다. 여동생도 있으니까⋯."

"우와, 나 작은 시누이 생기는 거야?"

시누이는 개뿔.

시 '발' 누이만 안 되도 다행이었다.

기대하는 것 같은 말투에서 지훈은 벌써부터 머리가 지끈 거리는 것을 느꼈다.

"최근에 애가 병 때문에 아팠거든. 그래서 좀 까칠하니까, 그냥 알아만 둬."

"응, 응. 나 그럼 지금 바로 간다?"

"굳이 당장 올 필요 없어. 내 동료들도 기다려야 돼서 장 먼저 볼 거야."

"그럼 장 같이 보자. 나 꼭 한 번쯤은 남자 친구랑 같이 장 보고 싶었단 말이야."

"오지 마. 너 바쁘잖아. 그러다 실적 떨어지면 곤란하다."

아무리 보사(BOSA)가 출퇴근이 자유로운 외국계 회사라 지만, 그만큼 실적에 민감했다.

마냥 놀았다간 바로 인사고과나 기타 패널티가 들어올 게 분명했다.

"우리 지사에서 나보다 실적 내는 사람 없어. 걱정 마."

도대체 얼마나 능력이 좋은 건지 가늠할 수 없는 여자였다.

"그럼 내가 너희 집 앞으로 갈게. 주소 알려줘."

"알겠어."

전화를 끊자마자 동생을 불렀다.

"김지현. 너 잠깐 이리와 봐."

컴퓨터를 두드리고 있는 지현이 고개만 돌렸다.

"왜?"

"할 얘기 있으니까 빨리 와라."

"에이… 씨. 기다려."

지현이 자리에서 일어나 지훈 앞으로 다가왔다.

"뭔데?"

뭐라고 말해야 할까 잠시 생각하다가, 그냥 직설적으로 얘기하는 게 낫겠다고 판단했다.

"나 여자 친구 생겼다."

"그래? 어떤 년인데?"

아니나 다를까 지현의 얼굴에 악마 같은 미소가 걸렸다.

설마 했던 불안이 점점 현실화 되어가는 듯 했다.

무슨 수를 써서든 지현을 막아야 함이 확실시 되는 순간이었다.

"뭐, 년? 새언니한테 그게 무슨 말버릇이냐."

"우와. 벌써부터 여자 친구 감싸는 거 봐. 극혐이다 진짜. 내가 오빠 키우느라 얼마나 허리가 휘었는데, 흑흑. 이래서 오빠 키워봐야 다 필요 없어.”

지현은 전혀 슬퍼 보이지 않는 몸짓으로, 과장스럽게 눈을 비볐다.

“지랄을 해라, 지랄을.”

“재미없기는. 근데 여자 친구 생긴 게 뭐라고 나한테 얘기하는데?”

“걔 지금 오고 있다. 오늘 같이 고기 구워 먹을 거야.”

“아, 떡치게 비켜달라고? 돈 줘. 모텔가서 잘게.”

도대체 뭘 어떻게 연결하면 저런 결론이 난단 말인가?

지훈이 양 손으로 얼굴을 쓸어내렸다.

“됐다. 짧게 말 한다. 너 내 여자 친구한테 허튼소리 하면 가만 안 둔다 진심이야. 알겠냐?”

좋게 말해선 안 되겠다 싶어 목에 좀 힘을 줘서 말했다.

평소처럼 버럭 소리를 지르는 게 아닌, 정색한 모습에 지현은 살짝 움츠러들었다.

“알겠어. 조심할게.”

“온실 속 화초처럼 자란 것 같으니까, 괜히 이상한 소리 하지 말라고. 절대 까트 같은 것도 주지 말고. 알겠냐?”

지현이 고개를 푹 숙이곤 고개만 끄덕였다.

지훈은 그런 지현의 어깨를 토닥였다.

“제발 잘 하자. 믿는다.”

“응…”

“화내서 미안하다. 가서 볼일 봐.”

지현은 풀이 죽은 체 등을 돌렸다. 그리고 지훈이 시야에서 사라지자마자….

씨익.

입에 흥미로운 미소를 지었다.

'온실 속 화초 같은 새언니구나. 재밌겠다.'

지현의 머릿속에 뭘 어떻게 해야 폭탄을 크게 터트릴 수 있을지에 대한 고민이 계속됐다.

역시는, 역시, 역시였다.

◈

지훈은 주소를 보내준 뒤 느긋하게 기다렸다.

동구 자체가 바둑판식으로 지어진 계획지구였던지라 찾아오는 건 무리가 없을 터였다.

단지 보사에서 여기까지 오기엔 시간이 걸리려니 싶어 샤워를 한 뒤 TV를 보며 느긋하게 기다렸다.

뭐 재밌는 거 없나 채널 돌리다가 페커리가 나왔기에, 요리 프로에 잠시 머물렀다.

대충 10분 보고 있자니, 따라 하기 어려울 것 같아 채널을 돌리려는 찰나….

띵- 동

초인종 소리가 들려왔다.

지훈은 바로 시계를 확인했다.

전화 끊고 겨우 30분밖에 흐르질 않았다.

"뭐지? 너 택배 올 거 있냐?"

"아니. 없어. 내가 나가볼게!"

지현이 총알처럼 튀어나갔다.

평소라면 지훈에게 나가보라고 닦달했던 것과는 판이한 모습이었다.

지훈은 그 모습을 보고 있자니 문득 불안감이 엄습했다.

'서, 설마?'

보사에서 동구까지는 1시간이 넘게 걸린다.

물론 대중교통 기준이었다.

택시나 자가용을 이용하면 대충 30분 정도 걸…

지훈이 다시 시계를 살펴봤다.

딱 30분 지났다.

'이런 미친!'

지현은 이미 광기가 흐르는 미소를 지은 체 현관문 앞으로 달려가고 있는 상태!

이대로라면 끔찍한 악마가 순진무구한 천사에게 마수를 뻗히는 걸 보고 있을 수밖에 없었다!

'저 년이, 내가 그렇게까지 말을 했는데도…!'

무조건 잡아야 했다.

'이능 발동. 가속!'

지훈이 소파에서 일어섰다.

지현은 현관문으로 달리고 있다.

둘의 거리 차이는 3M다.

지훈이 몸을 낮춘다.

지현이 광기서린 미소를 짓는다.

둘이 거리 차이는 2M다.

지훈이 온 몸의 힘을 발가락 끝에 농축해…

파앗!

점프한다.

각성한 육체에서 뿜어져 나오는 힘 때문인지, 마치 짐승처럼 보였다.

"이히히히힉!"

지현은 현관문 앞에 거의 다 왔다.

둘의 거리 차이는 1M다.

지훈이 무슨 수를 써도 막겠다는 듯 손을 뻗는다.

지현은 절대 그럴 수 없다는 듯 현관문에 손을 뻗는다.

둘의 거리 차이는 0.3M다.

덥썩!

덥썩!

지현은 현관문 잠금 장치를.

지훈은 지현의 머리와 어깨를.

동시에 잡았다.

둘의 거리 차이는… 이제 없다.

머리와 어깨를 잡혔음에도, 지현의 눈에는 여전히 광기 섞인 즐거움만 가득했다.

– 당장 그거 내려놔라. 죽는다, 진짜.

지현이 고개를 저었다.

– 싫은데. 내가 이 재밌는 걸 왜 포기해. 너나 놔. 새언니가 우리 이러고 있는 걸 보면 충격받지 않겠어?

– 두 번 얘기 안 한다. 놔라.

지훈은 등에 식은땀이 흐르는 것을 느꼈다.

애초에 말이 통하지 않는 상대라는 걸 알고 있기 때문이었다.

– 싫은데.

그렇게 말하고, 또 말했거늘. 시 '발' 누…

아니, 지현은 현관문 잠금장치를 풀며 외쳤다.

"예~ 나가요!"

철컥!

잠금장치 풀리자, 시연이 문을 열기 시작했다.

그리고 그 사이 지훈은…

– 망할 년. 네가 자처한 거다.

지현을 그대로 소파로 집어 던져 버렸다.

끼이익!

문이 열리는 사이 지현이 하늘을 날았고,

쿵!

시연이 들어오는 시간에 맞춰 딱 떨어졌다.

지훈은 그제야 이능을 풀고 시연을 맞이했다.

권능의 반지

41화. 광기 품은 악마

NEO MODERN FANTASY STORY

문이 열리고 시연이 모습을 드러냈다.

일하느라 편하게 입은 건지, 둥근 뿔테 안경에 머리는 포니 테일로 묶은 상태였다.

"어, 왔… 어?"

방금 가속 이능을 쓴 까닭일까?

지훈은 속이 니글거려 토할 것 같았지만 꾹 참았다.

"여자 소리 난 것 같았는데?"

잠금장치를 푼 게 여자니, 당연했다.

"여자라니. 잘못 들은 거 아냐?"

"그런가?"

시연은 지훈의 집을 슥 둘러봤다.

청소를 했음에도 꽤 지저분했기에, 살짝 부끄러웠다.

"여기서 사는구나."

"좋지도 않은 데 뭘 그렇게 빤히 쳐다봐. 그만 봐"

시연은 턱을 좌우로 얕게 흔들었다.

"아냐. 아담하니 좋아. 그리고 자기 냄새도 나서 좋고."

"그래. 근데 어떻게 이렇게 일찍 왔어?"

"자기 빨리 보고 싶어서 차 가지고 왔거든."

그제야 시연 뒤로 벤츠 한 대가 보였다.

'베, 벤츠?'

포탈 열리기 전에도 눈 튀어나오게 비쌌던 물건이었다.

게다가 지금은 수입까지 어려우니, 과연 그 가격이 눈 튀어
나올 정도로 비싸다고 밖에 할 수 없는 차였다.

"아, 저거? 저번에 쟤네 회사에서 내 특허 관련으로 기술
협력 요청해서, 자문 좀 해줬거든. 고맙다고 한 대 주더라. 근
데 나 차는 잘 안타고 다녀서 유지비만 잔뜩 나가. 애물단지
야."

그래도 이번에는 어떻게 남자 친구 보러 올 때 썼다고, 만
족스러운 웃음을 짓는 시연이었다.

"어쨌든, 빨리 와서 좀 놀랐어."

"응. 이제 장보러 가자!"

시연은 지훈 옆에 찰싹 달라붙어 팔짱을 꼈다.

걸음, 걸음마다 팔 너머로 부드러운 게 말캉거리는 기분 좋
은 느낌도 잠시.

시연이 벤츠 조수석에 탔다.

"뭐야, 왜 조수석에 타?"

"나 사실 운전 잘 못해. 오빠가 운전해주는 차 타고 싶어."

당연히 거짓말이었다. 운전이 미숙했다면 보사에서 여기까지 절대 30분 안에 올 수 없을 거리였다.

시연은 단지 지훈의 기를 살려주고 싶었을 뿐이었다.

물론, 시연은 제 남자 친구가 이런 걸로 기죽지 않을 것을 알고 있었으나, 본디 이런 사소한 배려가 남자의 기를 살려주는 법이었다.

"나 차 거칠게 모는데 괜찮겠어?"

"어차피 무상 수리 해준다고 하니까 상관없어."

시연은 그렇게 말하며 안전벨트를 맸다. 흉부에 사선으로 벨트가 지나 가슴에 포인트가 들어가 묘하게 야해 보였다.

지훈은 몇 초 정도 쳐다보다가, 슬쩍 고개를 돌렸다.

"그럼 편하게 몬다."

부으으우—

시동을 걸자 벤츠가 작게 으르렁거렸다.

✧

지현은 현관문이 닫히고 나서야 조심스럽게 고개를 들었다.

'미, 미친놈… 내가 뭘 한다고 집어 던져.'

현재 지현의 몸무게는 50kg 가량.

일반인이 던진다고 휙 날아갈 중량이 아니었다.

하지만 지훈이 던졌을 땐 어땠던가?

무슨 공 마냥 하늘을 날아 소파에 정확하게 떨어졌다.

'각성한 인간이 잡으라는 몬스터는 안 잡고 여동생을 때려 잡나!'

지현은 속에서 열불이 끓었다.

'내가 뭘 한다고!'

겨우 사소한 장난이나 치려고 했었다.

'좋아, 김지훈. 네가 그렇게 나오면 진짜 전쟁이다.'

지현은 이를 꽉 깨물곤, 집에 뒀던 까트를 찾았다. TV 아래 있는 수납장에 들어 있었다.

지현은 까트를 챙기려는 찰나, 뭔가 떠올랐다.

'아… 근데 약에 절여놨는데, 어떡한다….'

언젠가 지훈이 몸에 좋다고 녹죽 같은 액체를 준 적이 있었다. 매일 먹긴 먹었으나, 하도 맛이 없어서 아예 까트에 적셔 놓은 참이었다.

'뭐 몸에 좋은 약이라는데. 별 일 있겠어?'

지현은 약에 절여놓은 까트를 일반 담뱃갑에 교묘하게 집어넣었다.

'두고 보자고. 김지훈.'

그 시각.

지훈과 시연은 같이 장을 봤다.

시연은 한 시라도 떨어지고 싶지 않은지, 차에서 내리자마자 지훈 옆에 착 달라붙어 있었다.

"부부라도 된 것 같다."

시연은 기운 좋은지 팔짱 낀 손에 힘을 줬다. 팔 너머로 꾸욱 하고 시연의 가슴이 느껴졌다.

부드럽고 따뜻한 느낌에 지훈은 기분이 묘해졌다.

저번 헌팅 끝나고도 느꼈지만, 이 행복한 순간들이 가끔 현실감 없게 느껴질 때가 있었다.

뒷골목에서 항상 목숨 걸고 외줄타기하며, 내일 따윈 바라보지도 않고 곧장 앞만 보고 달렸던 게 겨우 3달 전이었다.

'이게 정말 현실인가?'

불안해졌다. 금방이라도 꿈에서 깨어나 만드라고라 앞에서 피를 토하고 있을 것 같았다.

특히 저번에 만드라고라 헌팅 때 겪었던 호접지몽 때문인지, 간혹 그와 관련된 끔찍한 악몽을 꾸곤 했다.

그럴 때마다 지훈은 마치 꿈과 현실 사이에 갇혀 허우적대는 기분이 들었다.

'요즘 스트레스를 너무 많이 받나보다. 이번엔 좀 푹 쉬자. 운동도 하고, 마법 연습도 하고. 할 거 많잖아?'

앞으로 뭘 할지 생각하고 있으니 목소리가 들려왔다.

"왜 그렇게 멍하니 있어?"

"아무것도. 그냥 뭣 좀 생각하고 있었다."

지훈은 시연이 부르는 말에 정신을 차렸다.

'이번엔 좀 맘 편히 먹고 쉬어야겠다. 진짜 돈 번다고 계속 달렸다간 돌아 버릴지도 모른다.'

최근 대두되는 문제 중 하나가, 바로 각성자의 정신 오염 문제였다.

구세계. 곧 포탈이 열리기 전에는 군인에게서 찾아 볼 수 있었지만, 지금에 와서는 대부분의 헌터가 PTSD(외상 후 스트레스 장애)에 시달리고 있었다.

실제로 지금은 고인이 된 중배도 거의 까트를 입에 달고 살았으며, 많은 헌터들이 마약 혹은 정신병원에 의존했다.

물론 지훈이 그렇다는 얘기는 아니었다.

지훈은 단지 단기간에 너무 많은 것들이 변해버린 까닭에 현실감이 없어, 금방이라도 모든 게 거품처럼 사라져 버릴까 걱정하는 것 뿐이었다.

"또 뭐 살 거야?"

지금 쇼핑카트엔 상추 같은 채소 및 쌈장이 담겨 있었다.

"지금 보니 술이 없네. 술 사자.

본디 남자들의 축제에 술이 빠지면 섭섭했다.

지훈은 주류 코너로 가 버카디 141, 보드카, 소주, 맥주 등 여러 주류들을 챙겼다.

"아니 무슨 술을 그렇게 많이 사? 다 마실 수 있어?"

"내 친구 중에 술고래 하나 있으니까 걱정하지 마."

물론 여섯 남짓한 사람이 먹기에는 많은 양이었다. 하지만 이번 파티의 참가자 중에는 엄청난 이가 하나 있었으니… 바로 칼콘이었다.

✧

장을 보고 돌아와 불판과 숯, 밑반찬까지 다 차려놓으니 사람들이 하나 둘 도착하기 시작했다.

"지훈, 나왔어!"

칼콘은 키가 175는 족히 넘어 보이는 여자를 데려왔다.

활동적인 성격인 듯 청바지에 탱크탑만 입고 있었는데, 다 드러난 배에 노골적으로 보이는 11자 복근이 인상적이었다.

세드에서 여자가 저러고 다녔다간 큰 일이 난다며 걱정하는 지훈이었지만, 칼콘의 여자 친구만큼은 예외로 했다.

'저 정도면 도리어 괴한이 위험하겠네.'

곁눈질로 살펴보고 있자니, 칼콘의 여자 친구가 다가와 꾸벅 인사했다.

"반가워. 김 톨퐁이야."

독특한 이름만큼, 외모도 독특한 여자였다.

피부톤이 살짝 어둡고, 씩 웃는 모습 사이로 굉장히 날카로워 보이는 송곳니가 드러났다. 뿐만 아니라 왼팔에는 알 수 없는 문신들이 가득 박혀 있었다.

"얘기 진짜 많이 들었어, 우리 그이 은인이라면서?"

초면에 반말이 툭 튀어나왔다.

지훈이 고민하고 있자니, 칼콘이 슬쩍 다가와 속삭였다.

- 혼혈이야. 하프오크, 인간 군락 온지 얼마 안됐어.

한 방에 이해됐다.

칼콘 포함 모든 오크들은 자기 직속상관이 아니고서야 절대 존댓말을 하지 않았다.

존댓말을 복종의 의미로 생각했기 때문이었다.

게다가 본인들 언어도 굉장히 직설적이고 호전적이기 때문에, 높임 표현이 풍부한 한국어와는 잘 맞지 않았다.

"나도 얘기 많이 들었다. 실물이 낫네."

손을 내밀어 악수했다.

손바닥에 굳은살이 많은 걸로 봤을 때, 어느 정도 전투 경험이 있는 듯 싶었다.

"아, 이거. 군 생활 할 때 생긴 거야. 멋지지?"

톨풍은 굳은살이 자랑스러워 하는 것 같았다.

이후 남은 인원끼리 간단한 소개를 주고받았다.

시연은 톨풍과 인사하며 혼혈은 처음 본다며, 인간과 오크의 문화 차이 같은 걸 이거저거 캐물었다.

여자들이 수다를 시작하자, 지훈과 칼콘은 픽 웃었다.

"이야, 능력 좋다?"

"지훈 여자 친구야말로 정말 괜찮은데?"

내심 서로 비교했었거늘, 안타깝게도 무승부였다.

시연이 백치미 섞인 귀여움을 뿜어낸다면,

톨풍은 건강미 가득한 섹시함을 뿜어냈다.

"근데 민우는 어디 있어?"

"글쎄다."

"기다릴 거야?"

이미 시간이 7시가 넘었다.

굶주린 배를 부여잡고 하염없이 기다릴 수도 없었다.

"내버려둬. 지가 알아서 찾아오겠지."

결국 민우를 버려둔 채 파티가 시작됐다.

제일 먼저 마법을 이용해 숯에 불을 붙였다.

주변 사람들은 마법 쓰는 걸 보자 환호성을 질렀지만, 정작 본인은 '이러려고 배운 마법이 아닌데.' 하는 생각 밖에 들지 않았다.

그 사이 칼콘은 페커리 고기를 손질했다.

아무래도 덩어리로 포장되어 있던 까닭에 잘게 잘라낼 필요가 있기 때문이었다.

원래는 지훈이 하려고 했지만, 칼콘이 자기가 나서서 한다기에 맡긴 거였다.

— 지훈, 오크 군락에선 우두머리가 고기를 만진단 말이야. 내가 하면 안 될까?

멋있는 척을 하고 싶었나보다.

여자 친구 앞에서 멋 부리고 싶다는데, 막기도 뭣해서 그냥 맡겼다.

매일 사료 씹는 모습밖에 못 봐서 잘 할 수 있을까 라는 우려가 들었지만, 의외로 몇 번 해본 듯 솜씨가 좋았다.

먹기 좋게 썰린 고기가 석쇠 위로 올라갔다.

츠스스스…

석쇠가 잘 달궈졌는지, 고기가 올라가자마자 미각을 자극하는 맛있는 소리가 들렸다.

이후 그 위에 칼콘이 이름 모를 식물 가루와, 후추, 그리고 고소한 냄새가 나는 기름을 발랐다.

마치 누군가 코끝을 살짝 살짝 건드리는 것 같은 착각이 들 정도로, 좋은 냄새가 퍼져 나갔다.

그 외에도 석쇠 구석에 마늘과 소세지, 버섯, 감자, 양파 등 부가적인 것들을 올려놓으니 과연 천국이 따로 없었다.

당장이라도 집어 먹고 싶은 욕망을 참으며, 길고 긴 인내의 시간을 버텼다.

그렇게 다들 고기만 바라보고 있자니, 멀리서 사람 하나가 다가왔다.

"우와, 냄새 죽이네요."

민우였다. 친구 데려온다고 하더니, 결국 혼자 왔다.

"어, 왔냐. 친구는?"

"그냥 좀 바쁘데요. 그래서 혼자 왔어요."

"제 발로 이 귀한 거 공짜로 먹을 기회 차버렸으니, 나중에 땅을 치고 후회하겠네."

칼콘이 픽 웃었다.

"마침 다 익었네. 먹자."

석쇠 위에 올라온 고기를 한 점 집어다 입에 넣었다.

제일 먼저 옅은 풀 냄새와 더불어 고소한 냄새가 느껴졌다. 아마 칼콘이 세팅한 식물 가루와 기름 때문인 것 같았다.

'역시 오크는 먹는 쪽으로는 정말 신경 많이 쓰는군.'

이후 한 입 씹자, 질길 거라는 예상과 달리 너무나도 좋은 식감이 느껴졌다.

마이 녹아내리듯 잘려 나가는 고기가, 마치 잇몸을 간질거리는 것 같아 황홀하기까지 했다.

'오… 나쁘지 않아. 식감 좋아.'

이후 향과 식감을 음미하며 오물오물 씹고는, 꿀꺽 삼켰다.

더 말할 것 없다. 맛있었다.

왜 사람들이 열광하는지 한 번에 이해할 수 있었다.

야생짐승 특유의 활동성 때문에 기름지지도 않았고, 그렇다고 근육 때문에 질기지도 않았다.

마치 처음부터 양식한 양 너무나도 완벽한 맛이었다.

"크으으으!"

일행 모두가 맛에 감탄했다.

이후 누구라도 할 것 없이 젓가락과 포크를 움직였다.

권능의 반지

42화. 꿀같은 휴식, 고기파티

NEO MODERN FANTASY STORY

"건배!"

쨍!

잔 여섯 개가 동시에 부딪혔다.

특히 칼콘과 톨풍이 세게 부딪혔다. 잔이 깨질까 싶을 정도였다.

꼴깍 꼴깍.

일행이 모두 술을 털어 넣었다.

주종은 바카디였는데, 칼콘이 강력 추천했다.

지훈은 처음부터 저딴 술 달리나며 뜯어 말렸지만, 도리어 그게 일행의 호기심을 자극했는지 모두 먹어보겠다고 나섰다.

결국 모두의 입에 도수 높은 술이 들어갔고…

"크으으으!"

"푸하!

"후~"

"우웩!"

"껵!"

"……."

제각기 다른 리액션이 튀어나왔다.

칼콘과 톨풍은 사내대장부 같은 우렁찬 소리를 내뱉었고, 시연은 기분 좋다는 듯 짧게 후~ 하고 말았으며, 지현과 민우는 씁쓸한 맛에 얼굴만 찌푸렸다.

반면 지훈은 아무 말 없이 술의 향을 음미했다.

"이거 대장부 술이네. 이름이 뭐야?"

톨풍이 아주 마음에 든다는 듯 물었다.

"바카디, 141."

바카디는 75도를 넘는 괴악한 도수를 자랑하는 술이었다.

도수가 높은 만큼 숙취 역시 끝내주게 심했으나, 칵테일 혹은 혼합주에 넣기 좋아 널리 사랑받는 술이었다.

아무래도 바카디가 미국 술인지라 가격이 좀 비쌌지만, 기분 좀 내볼 생각으로 큰 맘 먹고 구입했다.

'이제 여유도 좀 있으니까, 놀 때 확실히 놀자.'

지훈은 잔에 남은 바카디를 모두 털어 넣었다.

"아니 그냥 알콜덩어린데, 이게 맛있다고?"

지현이 톨풍을 쳐다보며 이해할 수 없다는 듯 물었다. 민우 역시 동감이었는지, 슬쩍 고개만 끄덕였다.

"물론이지! 술은 원래 독하면 독할수록 좋은 거야. 가성비가 좋잖아!"

물품 단속이 심한 오크 특성상, 술에 귀한 환경에서 자랐기에 나온 반응이었다.

특히 종족이 너무 호전적이라, 술만 취하면 난동을 부려대는 탓에 거의 대부분의 오크 군락에서는 술 유통을 금지하는 게 보통이었다.

잠시 나돈다고 해봐야 승리에 대한 포상이 전부였다.

그렇기에 칼콘은 틈만 나면 술을 마셔댔고, 이는 톨풍 역시 마찬가지였다.

"어우… 됐다, 난 이거 말고 맥주 먹을래."

"저도요."

"응, 나도 맥주가 좋을 것 같애."

술이 약한 지현, 민우, 시연은 바카디를 내려놓고 맥주를 손에 들었다.

흥겨운 파티가 계속됐다.

맛있는 고기, 좋은 술, 마음 맞는 사람.

세 박자가 어우러져 모두 즐거워하는 분위기였다.

"지훈, 분위기 좋은데 대표해서 할 말 없어?"

칼콘이 슬쩍 지훈을 쳐다봤다.

"꼰대도 아니고 뭐 그런 걸 하냐. 그냥 즐기면 되지."

"그래도. 오늘은 특별한 날이잖아."

칼콘의 의견에 모두의 눈이 지훈에게 모였다.

그래, 한 마디 해봐.

나도 듣고 싶다~

들어는 드릴 게.

원래라면 별 말 안했을 지훈이었다. 하지만 취기도 있겠다, 한 마디 하는 것도 나쁘지 않겠다 싶었다.

"다들 죽지 않고 살아줘서 고맙다. 앞으로도 다치지 말고, 계속 잘 하자."

허례의식 없는 성격이 잘 드러난 한 마디였다.

이에 칼콘을 시작으로, 일동 사이에 작은 박수가 지나갔다.

분위기가 무르익자, 다들 흩어져 개인 시간을 가졌다.

칼콘은 톨퐁과 함께 바카디에 이어 보드카를 먹었고,

지현과 민우는 나이가 동갑이라는 걸 알았는지, 서로 얘기를 나누고 있었으며,

지훈과 시연은 가까운 의자 앉아있었다.

"어때?"

"왠지 외국에 온 것 같아서 기분 좋아."

단순 가격이 비싸다는 이유로 집 주변 공터에서 하는 파티였지만, 시연에게는 미국의 홈 파티처럼 보인 모양이었다.

"외국이라. 외국보다는 다른 세계에 가깝지 않나?"

그 증거로 하늘에는 독특한 빛의 달이 떠있었다.

"아무렴. 난 그냥 좋아."

"저번에는 외로워서 미칠 것 같다면서, 또 무슨 바람이야?"

실제로 외롭다고 한 번 미쳐보자며 사고 친 시연이었다.

"아는 사람 하나도 없는 세드로 반 강제로 발령 났는데, 당연히 외로웠지. 근데 지금은 괜찮아."

왜, 라고 물어보기도 전에 시연이 지훈의 손을 잡았다.

꾸욱.

"처음에는 싫었다? 막 길거리에 이상한 종족들 나돌아 다니고, 라디오나 뉴스에선 누구 죽었다는 뉴스밖에 안 나오고… 그래서 출근도 안 하고 집에만 틀어박혀 있었어."

시연은 슬픈 표정을 지었으나, 이내 웃었다.

"근데 지금은 잘 왔다는 생각도 들어."

저게 뭘 뜻하는지 알았기에, 부끄러움이 몰려왔다.

"갑자기 무슨 소리 하는 거야. 술 취했어?"

시연은 취했냐는 말에 슬쩍 고개를 흔들었다.

"별로."

"근데 뭐 그런 낯부끄러운 소리를 해?"

"바보. 분위기 깨게 그런 말이나 하고!"

토라졌는지 시연이 고개를 휙 돌렸다.

내버려 두면 풀릴 것 같았기에, 깍지를 풀려고 하니 시연이 싫다는 듯 작게 중얼거렸다.

– 그래도 좋아…

읽기 쉬운 모습에 피식 웃음이 났다.

딱히 표현해 줄 필요 없이, 시연의 머리를 쓰다듬었다.

잘 묶은 결에 맞춰 쓰다듬으니, 시연이 고양이 갸르릉 거리듯 기분 좋은 소리를 냈다.

"맞다. 지현이가 이상한 소리 안 했어?"

"무슨 소리?"

폭탄 터질 건 많았다.

뒷골목에서 이름 좀 날렸던 사람이라는 것과, 과거에 도박과 계집질 한 건 물론이오, 미친 사냥개라는 이름 달고 사람 여럿 조진 것도 있었다.

"장난기가 하도 많아서, 이상한 거짓말 했을까봐."

"전혀. 시누이라고 해서 조금은 긴장했는데, 귀여워서 예외였다. 근데 자기랑 진짜 닮았더라."

둘 다 거친 삶과 멱살 잡고 살아온 인생이었다.

둘 다 성격 더럽고, 입에 걸레 물고, 얼굴에서는 위험한 냄새 풀풀 났으니 어떻게 보면 닮았다고 할 수도 있겠다.

물론 지훈은 저 사실을 부정했다.

"끔찍한 소리."

"저기 지현 아가씨 봐봐. 지훈이랑 완전 닮지 않았어?"

시연이 지현을 가리키며 물었다.

현재 지현은 민우와 얘기 중이었는데, 민우가 술에 취한 듯 상태가 좋지 않아 보였다.

"닮기는 개뿔."

"근데 둘이 사이 진짜 좋아 보인다. 원래 친했어?"

시연의 말이 끝나자마자, 민우가 지현의 손을 덥석 잡았다.

지현이 당황한 듯 크게 움찔거렸다.

"아, 아니. 오늘 처음 본 사인데?"

"민우라는 사람 얼굴이 새빨갛다. 취한 거 아냐?"

지훈이 얼굴을 굳혔다.

'저 놈이 돌았나, 지금 누구 동생을 건드려?'

아무리 개차반이고, 악마 같다지만 동생이었다.

"잠시만, 나 저쪽 좀 가볼게."

"다녀 와."

❖

약 60분 전.

분위기가 무르익어, 자연스레 두 커플이 찢어지자 지현과 민우만 남았다.

"고기랑 술은 좋은데, 자리가 재미없네."

지현은 커플들이 싫은지 쿵 소리를 내며 비꼬았다.

"그, 그러게요."

민우는 조심스러운 말투로 지현의 말에 동의했다.

그녀가 싫은 건 아니었지만 아무래도 모시는 보스(?)의 여동생인 만큼, 상대하기 껄끄러웠기 때문이다.

"말투가 왜 그래?"

"아, 아뇨. 왜요?"

"우리 동갑이라며. 말 놔."

지현의 얼굴에 지훈이 겹쳐 보인 까닭일까?

말 났다간 그대로 보틀샷(술병으로 때리는 것) 맞을 것 같은 기분이 들었다.

"제, 제가 낯을 많이 가려서… 처음 보는 사람은 조, 조금 어려워서요."

회색빛 거짓말이다.

민우가 낯을 가리긴 했지만, 저 정도는 아니었다.

단지 여기서 조금이라도 삐끗했다가는 지훈이 악마 같은 얼굴로 달려올 것만 같았다.

"남자가 재미없기는… 됐어, 술이나 먹자."

지현은 그렇게 말하고는 보드카를 집어 들었다.

술 자체에 복숭아 향이 첨가된 제품이었는데, 지현은 거기에 대해서 사이다까지 섞었다.

"마셔."

"제가 술을 잘 못해서…."

당연히 술이 약한 민우는 뒤로 뺐다.

괜히 술 취했다간 이상한 짓 할 것 같아서였다.

"너 짜증나."

하지만 지현은 마음에 들지 않는다는 듯 얼굴을 구겼다.

민우가 급히 머리를 굴렸다.

지현 마음이 불편하다 => 지훈을 부른다 => 보틀샷

물론 지훈은 그럴 생각이 전혀 없었지만, 평소 지훈을 무서워하던 민우에겐 그렇게 느껴졌다.

그 공포감은 민우에게 약한 술을 들이키게 만들었고…

꿀꺽, 꿀꺽.

"잘 마시는데 왜 뺀 거야?"

"제가 술 취하면 말투가 이상해져서….."

"괜찮아. 괜찮아. 취하면 우리 집에서 자고 가면 되지."

"그럼 조금만 먹겠다는….."

꿀꺽, 꿀꺽.

지현은 오래간만에 술상대가 생겨서 좋았는지, 연달아 보드카를 잔뜩 들이켰다.

그에 따라 민우도 따라 마시다 보니, 언제부턴가 조심해야 겠다는 생각이 옅어져 보드카를 쑥쑥 들이켰다.

그렇게 둘이서 보드카 반 병 정도 비웠을 무렵…

드디어 민우가 맛이 갔다.

"지현아!"

"미친놈. 낯가린다면서 갑자기 말까는 거 봐. 왜?"

"난 여자 친구가 없다는!"

평소라면 뭔 개소리하냐고 물었겠지만, 지현 역시 어느 정도 취기가 올랐기에 픽 웃고 말았다.

"그래서 뭐. 왜 없는데?"

"나도 모르겠다는! 솔직히 나 정도면 잘 생기지 않았냐는? 이 정도면 중상은 되는 것 같다는!"

중상(中上)은 모르겠고, 중상(重傷)은 확실해 보였다.

아니, 정확하게는 중상이 될 조짐이 보이기 시작했다.

"나야 모르지. 그냥 겉보기에는 괜찮은데?"

지현이 살짝 고개를 갸웃거렸다.

솔직히 말해서 그냥 평균, 그보다 조금 이하인 외모였으나 솔직히 말했다간 상처받을 것 같기 때문이었다.

"일단 도수 높은 안경부터 벗고, 머리 좀 깎으면 괜찮아 보일 것 같긴 해."

"정말이냐는?"

"응."

지현은 그렇게 말하며 담배를 꺼내 물었다.

칙칙— 화르륵.

"너도 짝이 없다니, 불쌍하네. 나도 없는데."

지현은 동료를 찾았다는 느낌에 안도했다.

평생 솔로로 갈 것 같았던 지훈이 갑자기 여자 친구를 만들면서, 염장이 아려오는 지현이었다.

'나도 남자친구 있었으면 좋겠다.'

물론 앞에 있는 민우 말고. 제대로 된 놈으로 말이다.

"너 담배 피냐?"

"아니. 안 핀다는."

"아니 무슨 남자가 담배도 안 펴? 여기 한 대 펴라."

"그래? 그럼 한 번 펴보는 것도 나쁘지는 않을 것 같고…."

지현이 민우에게 담배를 권했고, 민우가 담뱃갑을 뒤적거리다 한 개비 꺼냈다.

다른 담배와는 다른, 살짝 녹색 빛을 띤 녀석이었다.

민우가 담배를 물자 지현이 라이터를 가져다 댔다.

칙칙, 칙.

칙칙칙. 칙칙.

하지만 가스가 다 떨어졌는지 불이 나오질 않았다.

"에이, 씨. 짜증나게."

"불 없냐는?"

민우가 실망한 표정을 짓자, 지현은 오기가 생겼다.

"불이 없긴 왜 없어. 여기 있잖아."

이상한 데서 지기 싫었는지, 지현은 자기가 물고 있는 담배를 가리켰다.

"갖다 대고, 빨아."

"너, 너무 가까운 것 같지 않냐는….."

"남자가 뭐 그렇게 숫기가 없어?"

민우는 지현의 말에 살짝 자존심이 상했다.

아무리 여기저기 치이며 무시당하며 살았다지만, 민우도 남자였다. 처음 보는 사람한테까지 무시받기는 싫었다.

"알겠어. 가, 간다."

민우가 담배를 물고 지현 쪽으로 서서히 다가갔다.

아주 조금씩. 서서히.

서로 한 자국만 움직여도 몸이 부딪힐 거리.

잘 맞추지 못하고 있자니 담배 연기 섞인 지현의 숨소리가 느껴졌다.

후우, 후우…

병원에서나 날 법한 약 냄새와, 건강에 나쁜 담배 냄새 그리고 언젠가 한 번 맡았던 것 같았던 초록 냄새가 섞였다.

민우는 '여자는 다 이런 냄새가 나는 건가.' 생각했다.

"왜 그렇게 못 찾아? 너 처음이야?"

처음 맞았다.

결국 지현이 민우의 물건을 잡고 정확한 위치에 갖다 댔다.

권능의 반지

43화. 민우와 지현

NEO MODERN FANTASY STORY

"빨아."

"으, 응. 알겠다는."

담배를 사이에 두고, 지현과 민우의 숨결이 서로의 폐를 오갔다. 단지 담뱃불을 붙여주는 상황임에도, 이상야릇한 기분이었다.

후으읍—

파사사삭.

민우가 숨을 들이키자 담배에 불이 붙었다.

"뱉어."

"푸하…!"

정체 모를 연기가 민우의 폐를 돌아 공기 중으로 흩어졌다.

담배라기엔 생각보다 단 맛. 제조는 많이 했으나, 정작 한 번도 피워보지 않은 까트였다.

덤으로 정체불명의 녹색 액체, 흥분제로 쓰이는 만드라고라 원액까지 첨부 된 까트 말이다.

"맛있다."

민우는 이후 순식간에 담배를 태웠고, 이상한 기분에 휩싸였다.

'담배가… 이렇게 기분 좋은 거였나?'

게다가 눈앞에 보이는 지현이 예뻐 보이는 건 왜일까?

마치 앙칼진 퓨마 같아 쓰다듬고 싶어졌다.

술과 까트, 만드라고라로 흐물거리는 의식은 행동 필터를 몇 겹이나 날려버렸고, 이에 따라 민우는 생각을 바로 행동으로 옮겼다.

"야, 야. 너 뭐하는 거야?"

지현이 당황스러워서 얼굴을 붉혔다.

"부드럽다."

"뭐, 뭐?"

너무 오래간만에 칭찬을 들었기 때문일까?

지현은 기분이 묘해졌다. 거기다 술기운까지 겹쳐지니, 묘하게 민우가 호감 있게 보이기까지 했다.

"뭐래, 미친놈이…."

지현은 입으로는 투덜거리면서도, 머리는 민우가 쓰다듬게끔 내버려 뒀다.

민우는 지현이 저항하지 않자 용기가 생겼는지, 그 다음으로 론 손을 붙잡았다.

덥석!

화악.

지현은 예상치 못한 스킨십에 얼굴이 붉어졌다.

이는 민우도 마찬가지였다.

'부, 부드럽다.'

참으로 행복한 순간이었다.

하지만…

그걸 본 지훈은 전혀 행복해 보이질 않았다.

지훈이 그대로 민우의 옷을 집고 지현에게서 떼어냈다.

"어, 억!?"

"헐?"

지현과 민우가 동시에 깜짝 놀랐다.

"너 뭐하냐?"

민우는 놀란 사슴마냥 동공을 부풀렸다.

얼마나 놀랐는지 기분 좋았던 까트와 술기운까지 모조리 날아갈 정도였다.

"어, 어… 저… 그게…."

머릿속이 허예지는 민우였다.

뭔가 변명을 해야 했음을 알았지만, 그의 머릿속에는 '보틀샷' 밖에 생각나질 않았다.

민우가 내심 '그래도 샷건은 안 맞으니, 죽지는 않겠구나.'

하고 미련을 정리하려는 찰나…

"내가 손 차갑다고 잡아달라고 했어!"

갑자기 지현이 끼어들었다. 여전히 볼이 붉었다.

"뭐?"

어이없는 말에 지훈이 얼굴을 찌푸렸다.

"치료 받고 나서, 체온이 좀 떨어졌나… 갑자기 으슬으슬
하더라. 그러니까 민우씨가 잡아 준 거라고."

민우가 아니라, 민우씨.

지현이 민우를 남자로 인식했다는 증거였다.

처음에는 아무렇지도 않았지만, 스킨십 이후 갑자기 성적
인 긴장감이 팍 올라서 민우가 이성으로 보이기 시작하는 지
현이었다.

"그래? 얘가 이상한 거 안 했어?"

"전혀. 내가 부탁한 거라니까?"

지훈은 뭔가 수상한 냄새가 풀풀 나는 것을 느꼈지만, 캐묻
지는 않았다.

단지 민우에게 다가가서 작게 속삭였을 뿐이었다.

– 승호 봤지? 샷건 맞기 싫으면 내 동생 건들지 마라.

미국이냐며 비웃은 게 하루도 안 됐거늘, 똑같은 상황에 처
하니 같은 행동을 하게 되는 지훈이었다.

– 네, 넵!

민우는 미친 듯이 고개를 끄덕였다.

"그래, 재밌게들 놀아."

지훈은 그 말을 마지막으로 자리에서 벗어났다.

⊕

이후 별다른 탈 없이 파티가 끝났다.

어느 순간부터 커플(?)끼리 모여 얘기하는 형식이 됐지만, 불평하는 사람은 아무도 없었다.

"우리 먼저 갈게. 다들 재밌게 놀다 가."

제일 빠져나간 건 칼콘과 톨풍이었다. 둘은 술과 고기를 만족할 때 까지 먹고는, 9시 쯤 집에 갔다.

"저도 가볼게요."

그 다음으로는 민우가 이탈했다. 지현이 묘하게 아쉬운 표정을 지었지만, 티를 내진 않았다.

슬슬 새벽이 가까워질 시간.

시연을 집에 보내야 할 것 같아서 물었다.

"너는 언제 갈 거야?"

"음… 자기랑 밤새 같이 있어도 되긴 하는데…."

시연은 은근 슬쩍 유혹의 말을 꺼냈지만, 지훈이 쳐냈다.

"집에 가. 동구는 치안 안 좋다."

"알겠어…."

집에 보내려고 하니 문제가 하나 있었다.

바로 차였다.

"나 그럼 대리운전 불러서 갈게."

"무슨 소리야, 대리운전?"

여기는 세드였다.

차가 귀하기도 하거니와, 다들 취할 때 까지 먹지 않고 일찍 귀가하는 편이었다. 그러니 당연히 대리운전 수요도 없었으니, 공급이 있을리 없었다.

"택시 부를게, 기다려."

"알겠어."

택시는 몇 분 정도 지나자 도착했다.

이에 지훈은 시연과 같이 올라탔다. 혹시라도 무슨 일이 생길까 싶은 염려에서였다.

"걱정돼서 그래?"

"아니. 그냥 술이나 깰 겸 서구나 다녀올까 싶어서."

물론 솔직하게 얘기하지는 않았다.

시연은 지훈의 그런 속마음을 알고, 취한 척 지훈의 어깨에 머리를 기댔다.

"좋다…."

"뭐가?"

"이런 시끌벅적한 분위기."

자기도 모르는 사이 미소가 지어졌다.

"맞다. 근데 자기 차 없어?"

"유지비 많이 나가서 안 샀어. 헌팅 나갈 때 삑 하면 부서지니까 아예 렌트만 하고 있다."

"흐응…."

차가 없다는 말에 시연이 얼굴을 찌푸렸다.

"남자는 차가 있어야 되는데…."

"왜, 그래서 싫어?"

택시 안에 잠시 침묵이 지나갔다.

"응. 아무리 생각해봐도, 차 없는 남자는 별로야."

"그럼 차 있는 남자 만나던가."

지훈이 시큰둥하게 대답했다.

"그래야겠다."

"뭐?"

이상한 말을 하기에 혼 좀 내줄까 싶어 휙 밀어냈는데, 긍
정이 돌아오자 지훈은 적잖이 당황했다.

"차 있는 남자 만나야겠다구."

정신이 멍해졌다.

아무 말 없이 가만히 있자니, 시연이 방긋 미소를 지었
다.

"왜, 싫어?"

싫기 보단 어이가 없었다.

차가 없다는 게 이별 사유라니 뜬금없지 않은가?

"됐다."

지훈이 택시를 세워 내리려는 순간, 시연이 지훈의 손에 뭔
가를 쥐어 줬다.

"너 뭐하냐?"

벤츠 열쇠였다.

"말했잖아. 차 있는 남자 만난다고."

급전개에 머리가 굳어 있자니 시연이 어깨에 얼굴을 부볐다. 옷에 비비크림이 묻었지만 신경 쓸 수 없었다.

"이걸 왜 나한테 줘?"

"이제부턴 차 없는 남자 말고, 차 있는 남자 만나려고."

가지라는 얘기였다.

하지만 지훈은 무시 받았다는 생각을 지울 수가 없어, 당장 시연을 떼어냈다.

"필요 없다."

'남자 자존심이 있지. 기둥서방도 아니고 무슨….'

시연이 움츠러들었다.

"화났어?"

"조용히 해."

"나는 그냥…."

시연이 아쉬운 듯 한숨을 내뱉곤 말을 이었다.

"자기한테 차가 필요할 것 같아서 그랬어… 헌터가 차 없으면 불편하다고 그래서…."

시연이 풀이 죽었는지 자기 무릎만 쳐다봤다.

"미안해… 뜬금없이 준다고 그러면 안 받는다고 할까봐, 놀래켜 주려고 차 있는 남자 만난다고 한 건데… 절대로 이상한 뜻 같은 거 없었어…."

시연이 지훈을 쳐다봤다.

울먹거리는지, 눈동자가 반짝거렸다.

워낙 거래관계에 익숙해져서, 엄청나게 비싼 물건을 그냥 받으면 마음이 불편한 지훈이었다.

하지만 시연이 '그냥 받으면 안 돼?' 하며 울먹거리고 있자니, 마음이 뭉클거렸다.

'젠장.'

과연 여자 이기는 남자 없다고, 지훈도 어쩔 수 없이 고개를 끄덕였다.

"정말? 받아 줄 거야?"

"대신 김기사 마냥 출퇴근 할 때 마다 부르지나 마라."

"응!"

시연이 기쁜 듯 지훈을 꽉 끌어안았다.

그렇게 지훈의 차는 사뭇 많은 남성들이 원하는 드림카, 벤츠로 정해졌다.

⬧

지훈은 시연을 데려다 준 뒤, 아파트 단지에서 담배 한 피 피고 다시 돌아왔다.

집에 돌아오니 지현이 자지 않고 기다렸다.

"왔어?"

"어. 안자고 뭐해?"

"그냥, 잠이 안 와서."

지훈 역시 최근 악몽을 꿔서 잠자리가 뒤숭숭한 까닭에 잠이 오질 않았다. 결국 둘이 소파에 나란히 앉았다.

대화 없이 TV소리만 듣고 있자니 지현이 말했다.

"있잖아."

"뭐."

"민우 걔 뭐하는 사람이야?"

평소 민우가 매력 없는 사람이라고 생각하던 지훈이었다.

그렇기에 둘이 그렇고 그런 사이가 될 줄은 꿈에도 몰랐으므로, 솔직하게 대답해줬다.

"식물학자였어. 지금은 나랑 같이 헌팅 다닌다."

"그럼 위험한 일도 많이 하겠네?"

솔직하게 말하자면 위험한 일, 전투는 칼콘과 지훈이 다 했다. 굳이 따지자면 민우는 후방지원 정도일까?

그래도 헌팅을 나가는 것 자체가 위험하다면, 위험했기에 고개만 끄덕여 대충 긍정했다.

'찌질하게 생겼는데 의외네….'

지현이 묘한 미소를 지었다.

"있잖아, 걔 여자 친구 있어?"

지훈의 고개가 획 돌아갔다.

악귀 같은 얼굴이었다.

"그게 왜 궁금하냐?"

"그냥. 찌질하니, 없을 것 같아서. 내가 솔로인데, 그런 놈도 여자 친구 있으면 배 아프잖아."

지훈은 그럼 그렇지, 싶어 다시 TV로 눈을 돌렸다.

"없어."

"그럼 그렇지."

다행이라는 듯, 지현의 입가에 작은 미소가 걸렸다.

"있잖아, 남자들은 어떤 여자 좋아해?"

"마음에 드는 남자 생겼냐?"

"그건 아닌데, 이제 나도 몸 나아지니까 준비해야 될 것 같아서."

그럴싸한 말이었다.

'하긴, 지현이도 이제 20대 중반인데, 결혼하기 전에 연애 몇 번은 해보고 싶겠지.'

"남자야 뭐 간단하지. 가슴 큰 여자."

지현이 자기 가슴을 내려다봤다.

최근 이상하게 근질거리며 조금 커진 것 같긴 했지만, 여전히…

"아, 씨. 그런 거 말고. 좀 제대로 된 거."

"예쁜 여자."

"죽을래?"

"농담 같아?"

득달처럼 달려드려는 지현의 모습에 농담은 그만 뒀다.

"글쎄다… 남자 따라 다르긴 한데, 아무래도 얌전하고 착한 여자가 좋지. 말 잘 들고."

"음… 그렇구나. 알겠어."

지현이 결의 찬 표정을 지었다.

"됐고, 오늘 조용히 있더라. 잘 했어."

"으, 응. 당연하지."

차마 까트를 챙겼던 사실은 말하지 않는 지현이었다.

'앞으로 조금 얌전하게 굴어야지. 근데 까트 어디 있지?'

힘들 때 피려고 남겨둔 마지막 남은 까트였다.

지현은 담뱃갑을 열어봤지만, 이상하게 보이질 않았다.

'뭐지, 술김에 폈나?'

지현이 머릿속으로 까트의 행방을 찾는 사이, 지훈이 나지막이 말했다.

"이번에도 이상한 남자 만나면, 그 때는 농담 안하고 그 새끼한테 샷건 갈길 거니까 알아서 해라."

"걱정 마. 이번엔 잘 고를 거야."

"아니다. 일단 생기면 그냥 갈겨야겠다."

"아, 왜!"

"이년아, 네가 오늘 저녁에 한 짓 기억 안 나냐?"

시연에게 폭탄을 던지려고 했었다.

지현은 머쓱하게 웃으며 머리를 긁적거렸다.

"미, 미안. 안 할게. 그러니까 샷건도 넣어 둬."

"앞으로 그러지 마라. 앙?"

"으, 응…."

그렇게 제 1차 남매대전은 허무하게 종결됐다.

그날 밤.

민우는 이상하게 가슴이 가려워서 잠을 자지 못했다.

그리고 다음날 샤워를 하며 거울을 보고 있자니, 가슴이 이상하게 툭 튀어나온 것 같은 착각을 느꼈다.

'뭐, 뭐야. 내가 젖 튀어나올 정도로 살이 쪘다고?'

큰 충격이었다.

여유증, 가슴 튀어나온 남자라니.

지훈이 그렇게 잔소리를 퍼부어도 살 뺄 생각 전혀 않던 민우였거늘, 가슴 한 방에 다이어트를 결심했다.

권능의 반지

44화. 파티 마무리

NEO MODERN FANTASY STORY

그렇게 시끄러운 파티가 끝나고, 사흘이 지났다.

그 동안 지훈은 저번 헌팅에서 생각했던 대로, 건설적인 활동을 시작했다.

'솔직히 C등급에 능력치 평균 E라는 게 말이 돼?'

말이 되다 못해, 인간에게는 그게 정상이었으나 지훈은 기분이 나빴다. 적어도 능력치 하나 C 만들기 전에는 만족하지 못할 것 같았다.

그에 따라 아침 일찍 조깅 및 맨몸 운동을 시작했다.

주로 아침 8시에 일어나 가까운 하천 주변을 뛰었고, 이후 공원에서 팔굽혀펴기, 윗몸 일으키기, 앉았다 일어서기 등 여러 운동을 했다

– 근력이 1 상승했습니다. E등급 (17) => E등급 (18)

하지만 각성한 까닭일까?

사 일 동안 열 세트씩 백 번 넘게 열심히 운동해도 근력 하나 상승하고 말았을 뿐, 가시적인 성과가 나질 않았다.

몸무게에 비해 근밀도가 비정상적으로 높아진 까닭이었다.

'헬스장이라도 가야하나.'

결국 터덜터덜 집으로 돌아왔다.

땀이나 씻어내고 좀 더 자야겠다, 하고 있자니 집배원이 말을 걸어왔다.

"혹시 김지훈씨 맞으세요?"

"맞소만?"

"우편 왔습니다. 티그림에서만 세 통 왔네요."

티그림이라는 말에 궁금증이 솟았다.

'뭐한다고 나한테 편지를 보내?'

발신인은 다음과 같았다.

1 – 티그림 산림청

2 – 에피도우

3 – 에르파차

산림청 편지는 별 거 없었다.

저번 만드라고라 사건에 대한 감사 인사와 더불어, 페커리를 사냥해 줘서 고맙다는 얘기가 다였다.

'감사 인사보다는 돈이나 음식이 더 좋은데 말이지.'

에피도우의 편지를 펼쳐봤다.

번역기라도 돌렸는지, 썼다기 보다는 그렸다고 해야 옳을 것 같은 글자들이 펼쳐졌다. 눈 찌푸리고 해석해보니 대충 이런 내용이었다.

– 저번에 밥 먹자고 했던 건, 정말 호기심 때문이니까 이상한 오해는 하지 말아줬으면 좋겠어요. 그래도 아직 제 호기심은 유효하니까 마음 내키면 언제든지 찾아와도 좋아요.

'별 이상한 여자 다 보겠네.'

그 아래엔 주소와 함께, 에르파차라는 사람이 지훈을 찾아서 우편 번호를 알려줬다는 얘기가 이어졌다.

'뭐야, 이 새끼들 내 이름은 어떻게 안 건데?'

무섭다거나, 신경 쓰이는 건 아니었다.

알려주지도 않은 이름을 알아낸 게 신기할 따름이었다.

기억 재생 마법을 이용해 몽타주를 그린 후 엘프 신원 관리 사무소에서 찾아낸 거였지만, 엘프들의 생리를 모르는 지훈으로선 신기하기만 했다.

에르파차에게 온 편지 내용은 감사 인사였다.

– 구해주셔서 고맙습니다. 그리고 죄송합니다. 요즘 인간들이 엘프를 납치한다는 소문이 돌아서 너무 무서워서 그랬던 것 같습니다. 이후 지훈님의 말씀대로 될 수 있으면 도시

밖에 나가지 않으려고 하고 있습니다.

– 그 때 저희를 구해주셨던 지훈님의 모습이 머리에서 떠나질 않습니다. 그래서 훈련을 해서 구조대가 되기로 마음먹었습니다. 원래는 지훈님처럼 헌터가 되고 싶었지만, 안타깝게도 저희는 각성자가 아니거든요.

– 부디 몸 건강하시고, 다음에는 저희가 목숨을 구해드릴 수 있게끔 열심히 노력하겠습니다.

매우 정성스러운 편지였으나, 지훈의 감상은 간단했다.

'지랄하네.'

헌터가 될 수 없어서 구조대가 된다. 어찌 보면 멋져 보이긴 했으나, 구조대라고해서 안전한 건 아니었다.

지훈 같은 작은 팀이야 작은 몬스터를 사냥하니 구조 과정도 간단했지만,

길드 레이드의 경우 사상자가 수십, 수백씩 났다.

그런 위험천만한 곳 가서 사람 구해오는 일인데, 그 일이 절대 안전할 리 없었다.

이에 지훈은 귀찮음까지 무릅쓰고 답장을 해줬다.

에르파차 형제에게는 따끔한 조언을,

– 살려준 목숨 쓰레기통에 버리지 말고, 평범하게 살아라.

에피도우에게는 관심 없다는 확답을 보내줬다.

– 나 말고도 인간은 많으니 다른 사람 알아보쇼.

우체통에 두 편지를 넣고 돌아와, 이제야 쉬겠구나 하고 소파에 누웠다.

딱 눈 감고 편히 쉬려는 순간…

따르르릉– 따르르릉–

'또 뭐야…'

"여보세요."

민우였다.

무슨 일인지는 모르겠지만, 뭔가 결의에 찬 목소리였다.

"형님. 복싱하실 생각 없으세요?"

뜬금없이 복싱이 튀어나오자, 지훈이 눈을 찌푸렸다.

"갑자기 복싱은 왜?"

"저 살 빼기로 결심 했습니다."

"잘 생각했다. 근데 네가 살빼기로 한 거랑, 내가 너랑 복싱 같이 하는 게 무슨 상관인데?"

상관있었다.

민우에게 있어선, 지훈과 접점을 늘려야 그만큼 지현과 만날 기회가 늘어났다.

더불어 살도 빼고, 격투 기술도 배우니 일석이조 아니던가?

"솔직히 혼자 하면 얼마 못 갈 것 같아서요. 형님이 옆에서 봐 주시면 좋을 것 같습니다!"

구미가 살짝 당기는 제안이었다.

마침 혼자 맨몸 운동해서는 능력치 올리기 힘들다고 생각하던 참이지 않던가.

"근데 복싱보다는 다른 게 좋지 않겠냐?"

복싱을 비하할 생각은 없었지만, 무기 들고 싸우는 헌터에게 있어 비무장 전투 훈련(격투기)은 별 의미가 없었다.

실제로 '백병전의 승자는 총알 남은 놈'이라는 명언도 있지 않던가. 굳이 총과 아티펙트 내버려 두고 맨손으로 싸울 필요가 없었다.

살다 보면 자다가 기습을 당하거나, 비무장 상태에서 전투가 벌어질 수도 있겠지만…

'그 상황이면 이미 뭘 해도 죽는다.'

결국 격투기는 맨몸 강화계 이능력자가 아니고는 굳이 시간 내서 배울 필요가 없었다.

"차라리 무기 다루는 법을 배우지 그래? 그리고 요즘 격투기 배울 수 있는 도장도 거의 없을 텐데."

맞는 말이었다.

과거 총기 및 무기 휴대가 엄격하던 시대는 이미 끝났다.

지금은 도시 내에서도 뻑 하면 총기 사고가 터졌고, 누구든 호신용 무기 한 둘은 무조건 들고 다니기 일쑤였다.

이러한 시대의 변화에 따라 격투기는 상대적으로 빛이 바랬고, 대신 그 자리를 단검술, 검도, 사격술 등이 꿰찼다.

이 사실을 제일 확실하게 확인할 수 있는 부분이 바로 방송이었다.

포탈 이후 전 세계가 광기와 폭력에 익숙해지기 시작하면서, 대중은 기존보다 더 자극적인 볼거리를 원했다.

이제 TV에선 격투기 대신 무투 경기가 나왔다.

선수들은 글러브 대신 무딘 무기를 들었고, 경기마다 뼈 몇 개 부러지는 건 예사가 됐다.

　특히 그 중에서도 대중들이 제일 열광하는 건 바로 각성자 간의 무투 경기였다.

　CG로 영화에서나 보던 각성자들간의 실제 전투는, 마치 고대 로마의 콜로세움 처럼 대중의 피를 끓게 만들었다.

　"추천 좀 해주세요. 형님이 하자는 거 하겠습니다."

　웬일로 적극적인 태도에 지훈은 뭔가 괴리감을 느꼈다.

　'뭐야, 왜 이렇게 적극적이야?'

　매일 수동적이고 움츠러든 모습만 보이던 민우였다.

　"새끼, 너 좋아하는 여자 생겼구나?"

　덜컥!

　전화기 너머로 뭔가 큰 소리가 났다.

　정답인 모양이다.

　"저번에 엘프한테도 들이댈 정도로 아주 극심한 솔로통에 몸부림치더니 드디어 정신 차렸네. 그래, 잘 생각했다."

　물론 지훈은 민우가 누굴 좋아하는지는 꿈에도 몰라서 하는 말이었다.

　"살 좀 빼고, 몸 좀 만들면 너도 인기 많을 거야."

　"고, 고맙습니다. 형님."

　이름 모를 섬뜩함에 민우는 속으로 샷건을 떠올렸다.

　'사, 살 빼면 괜찮겠지. 좋은 모습 많이 보여주자.'

　"그럼 일단 만나서 뭐 할지부터 정하자. 너 어디냐?"

"저 집이에요."

"데리러 갈 테니까 서구역 앞에서 기다려라."

"네? 네."

데리러 간다는 말에서 민우가 궁금증을 표시했지만, 그러려니 하고 말았다. 아직 차가 생겼다는 걸 몰랐기 때문이다.

"그리고 하는 김에 칼콘도 부른다?"

"예, 전 괜찮습니다."

이후 지훈은 칼콘도 호출한 후 집 밖으로 나갔다.

'그럼 어디 한 번 벤츠나 몰아볼까.'

지훈은 집 주변 공영 주차장에 세워놨던 벤츠에 올라탔다.

차 문을 열고 들어가니 깔끔한 인테리어와 함께, 은은하게나마 시연의 향수 냄새가 났다.

'무슨 향수인지는 모르겠지만, 참 좋단 말이지.'

그 외에도 차를 여기저기 살펴봤다.

운전석 오른편에 있는 수납공간에는 물 티슈와 손 세정제 그리고 힐 대신 바꿔 신을 슬리퍼가 들어있었다.

그 외에도 룸미러 주변 터치식 오픈 케이스는 선글라스가, 조수석 수납장에는 자동차 양도 증명서가 들어있었다.

'치밀하게도 준비 했네.'

본인 동의도 없이 무슨 양도냐는 생각도 잠시.

저 말은 곧 처음부터 시연이 차를 줄 생각으로 벤츠를 끌고 왔다는 얘기가 됐기에, 흐뭇한 미소가 돌았다.

'거, 참… 이렇게까지 챙겨 줄 필요 없는데.'

벤츠보다는 못하겠지만, 시연에게 가방이나 구두라도 선물해 줘야겠다고 마음먹는 지훈이었다.

"그럼 출발해 볼까."

차 시동을 걸자 벤츠가 작게 으르렁 거렸다.

부으으우-

운전자끼리 우스갯소리로 하는 말이 하나 있었다. 외제차를 몰면 운전이 정말 편해진다는 말이었다.

지훈은 웃기는 소리라고 생각했다.

중학생 때 아웃 브레이크를 겪은 터라 외제차와 같은 도로를 달려 본 경험이 없기 때문이었다.

하지만 타 보니 달랐다.

무슨 모세라도 나타난 양 가는 족족 전부 길을 비켜줬다.

'아니 뭘, 화물차 몰 때는 전투민족이던 양반들이 외제차 타니 순한 양이 되나.'

극단적인 변화에 어이가 없어지기도 잠시.

편안한 주행에 익숙해져 서구까지 쑥쑥 달렸다.

✧

기다리고 있자니 민우와 칼콘이 느긋느긋 걸어서 도착했다.

임대 아파트와 서구역 사이에 거리가 꽤 있음에도, 자전거를 타고오지 않은 모습에 살짝 의구심이 들었다.

"민우, 칼콘."

"저, 저요?"

"응?"

창문을 열며 부르자, 민우와 칼콘이 주변을 두리번거렸다. 외딴 차량이 제 이름을 부르니 당황한 모양이다.

"타라."

"뭐야, 지훈 차 샀어?"

"산 건 아니고, 어쩌다 보니까 생겼지 뭐."

차마 여자 친구에게 받았다는 말은 하지 않았다.

부끄럽다기보다는, 솔로인 민우 염장 쑤시는 짓이 될까 싶은 생각에서였다.

부으으으—

"엄청 부드럽네요. 근데 처음 보는 차인데, 어디 거예요?"

민우가 차종을 물었기에, 짧게 벤츠라고 답해줬다.

"잘 모르겠네요."

아무래도 어렸을 적 아웃브레이크 터진지라, 수입차를 보지 못한 탓이었다.

"알아 본 곳 있냐?"

"아, 예. 형님이 각성자시니까, 일반인이랑 각성자 같이 할 수 있는 체육관으로 알아 봤어요."

인터넷이 있는 만큼 역시 정보력은 민우가 제일 좋았다.

"여기 주소요. 서구랑 동구 사이에 있는 곳이에요."

판크라테온.

참으로 독특한 모습을 한 체육관이었다.

사람들의 이목을 끌기 위해서인지, 이름이 적힌 간판 옆에 스파르탄을 연상시키는 창병이 그려져 있었다.

그 모습이 체육관이라기 보단 테마파크처럼 보였다.

"우와, 전시장이야?"

칼콘은 스파르탄 병사를 보며 흥미를 보였다.

반면 지훈은 지뢰 밟은 느낌을 지울 수 없었다.

"여기 맞냐?"

"예, 여기 맞아요. 겉모습은 좀 이상해도 유명한 선수 여럿 배출한 곳이에요."

아무리 수상해 보인다고 한들, 인터넷보다 정확한 순 없었기에 그냥 들어갔다.

권능의 반지

45화. 능력치를 어떻게 올리지?

NEO MODERN FANTASY STORY

끼이익.

문을 열고 들어가자 사내 특유의 땀내 섞인 화끈한 열기가 느껴졌다.

깡! 훅!

퍼벅, 퍽. 뻑!

인테리어는 현대 체육관이었음에도, 그 안은 마치 고대 콜로세움 대기실 같은 분위기가 흘렀다.

옥타곤을 연상시키는 팔각형 경기장 안에는 단검과 작은 방패로 무장한 사내와 창을 든 사내가 무투를 벌이고 있었다.

그 뜨거운 열기가 경기장 밖까지 전염됐는지, 관장으로 보이는 남자와 선수로 보이는 남자가 말다툼을 했다.

"아, 왜 안 된다는 건데요!"

"너 각성했잖아. 어떻게 각성자가 일반인이랑 경기를 해. 사람 잡을 일 있나?"

"상관없다니까요! 그냥 헤비급 경기 참가 시켜 줘요!"

"웃기는 소리 집어 치우고, 이제부턴 무차별급 참가해야 하니까 훈련이나 열심히 해."

선수로 보이는 남자가 크게 욕지거리를 내뱉었다.

"씨발! 아무리 노력해도 등급 2개 이상 차이나면 못 이기는데, 훈련이 무슨 소용이야!"

"저, 저 거지발싸개 같은 새끼. 어디서 욕질이야!"

"됐어, 씨발. 나 훈련 때려치우고, 티어나 올릴 테니 그렇게 알아요!"

선수가 씩씩 거리며 일행 쪽으로 다가왔다.

아니. 정확하게는 출구 쪽으로 향했다고 하는 게 옳았으므로, 슬쩍 어깨만 돌려 비켜줬다.

쾅!

관장은 어이가 없는지 한동안 씩씩거렸다. 그러다 일행을 발견하고는 미안한 내색을 했다.

"아, 죄송합니다. 선수하는 녀석인데 문제가 생겨서요."

"각성 어쩌고 하던데, 그게 왜 문제가 되는 거요?"

단순한 궁금증에 물었다.

각성했다는 걸 축하는 못할망정 화를 내다니?

"아, 이걸 어떻게 말해야 하나… 크라토스 아시죠?"

크라토스는 최근 흥행하는 무투 경기였다.

맨손을 포함한 모든 무기를 사용할 수 있는 경기로써, 미성년자 및 노약자는 관람 자체가 불가능할 정도로 잔인했다.

물론 무기는 주최 측에서 제공하는 안전무구를 사용하기에, 경기마다 피와 살이 튀거나 사지절단이 일상처럼 일어나진 않았지만, 충분히 잔인한 경기였다.

"알다마다. 그게 왜?"

"재가 원래 헤비급 선수였는데… 이제 각성해서 반 강제로 무차별급으로 이동 됐거든요."

당연한 얘기겠지만, 각성자와 일반인을 붙이면 후자가 초인급 무술인이 아니고서야 백이면 백 각성자가 이긴다.

무릇 무투 외에도 모든 체육경기가 똑같았다.

초인적인 육체능력을 가진 각성자의 등장으로, 모든 종목에서 각성자와 비각성자의 경기가 나눠졌다.

이에 크라토스 주최 측도 각성자 전용 경기를 따로 나눴는데, 그게 바로 무차별 체급이었다.

여기까지는 시대의 흐름이니 그러려니 할 수 있는 부분이지만, 문제가 하나 있었다.

바로 일반인 선수가 훈련 도중 각성하는 경우였다.

"새끼… 선수 뛰던 놈인데, F급으로 각성해 버렸네요."

암담했다.

아무래도 등급에 따라 신체 능력이 올라가다보니, 아무리 개인의 기술이 좋아도 2등급 이상 차이나는 상대를 이길 수 있을리 만무했다.

간혹 마법을 통해 능력치를 맞춰 오로지 기술만 확인하는 경기도 열렸지만… 흥미용 이벤트 매치가 전부였다.

"불쌍하네."

지훈이 영혼 없는 말을 예의상 툭 건넸다.

불쌍하긴 하지만 어차피 남이다.

오지랖 떨며 신경 써 줄 필요 없었다. 단지 3초짜리 싸구려 동정이면 충분했다.

관장 역시 생판 남에게 공감을 구할 생각은 없었으므로, 바로 체육관 얘기를 꺼냈다.

"등록하러 오신건가요?"

"C등급 각성자랑 일반인 둘. 한 달 해보려고 왔소."

관장은 이전 운동 경력을 물었다.

"셋 다 헌터. 운동은 딱히 맘먹고 해본 적 없소. 사실 목적도 경기보다는 근육 키울 겸 호신술 배우는 거고."

지훈은 이후 민우는 다이어트가 목적이라고 강조했고, 칼콘은 군인 출신이라는 말을 덧붙였다.

관장은 슬쩍 뒤로 뺐다.

"그러실 거면 차라리 헬스를 하시는 게 어떻습니까?"

맞는 말이었다.

단순 체력 증진이라면, 무게 치고 벤치프레스 드는 게 훨씬 효율적이었다.

지훈은 체육관을 슥 둘러봤다.

"보니까 여기 운동 기구 다 있는데, 뭐가 문제요?"

"가격이 좀 셉니다."

한 달에 70만 원.

일반인 기준으로는 비쌀지 몰랐으나, 헌팅 다니는 둘에게 있어 부담되는 수준은 아니었다.

결국 둘은 체육관을 등록했고, 이런저런 운동을 시작했다.

일단 지훈은 무술 습득보다는 능력치 펌핑이 목적이었기에, 첫 날은 웨이트에만 집중했다.

"후읍!"

숨을 내쉬며 중량추 딸린 벤치프레스를 들어 올렸다.

끼잉!

혹시 몰라 50kg 치고 들었는데, 너무 가볍게 올라갔다.

'예전에는 이게 딱 이었는데 말이지.'

무게 바꿔보며 들어본 결과, 110kg이 제일 이상적이었다.

"후읍!"

호흡을 내뱉으며 벤치프레스를 들어올렸다.

지훈의 팔과 가슴이 터질듯이 부풀어 올랐다.

끼- 잉!

지훈은 벤치 프레스, 레그 프레스, 시티드 로우 등 여러 웨이트 머신을 돌아가며 사용했다.

상체보단 하체 힘이 부족했기에 레그 프레스 중량은 보통으로 잡았고, 등 같은 경우 근육이 많이 부족했던 까닭에 적은 중량으로 여러 번 반복했다.

– 근력이 1 상승했습니다. E등급 (18) => E등급 (19)

"후…."

각 30번 씩 3세트를 끝내자 온 근육이 비명을 질렀다.

하지만 고통스러운 만큼 효과도 좋았는지, 근력이 상승해서 기분은 좋았다.

'운동은 이 쯤 하고 칼콘이랑 민우를 살펴볼까.'

칼콘은 경기장 내에서 스파링을 하는 중이었다.

처음 들어온 사람에게 스파링을 권하지 않는 게 보통이었지만, 칼콘이 추가 비용을 지불한다고 하자 흔쾌히 허락됐다.

우람한 근육 및 군인이라는 배경이 크게 작용한 듯싶었다.

후욱! 퍽! 쿵!

현재 칼콘의 장비는 중간 크기 방패에 쇠사슬이었고, 상대는 커다란 나무망치를 들고 있었다.

쇠사슬.

무기라고 보기엔 애매했지만, 방패병이었던 칼콘의 과거 병과를 생각해 보면 타당한 무기였다.

상대는 그 사실을 몰랐는지 우람한 망치를 계속 휘둘렀다.

쿵! 쿵! 쿵!

몰아치는 일격에 칼콘은 방패를 들어 막았다.

제 3자 입장에서는 칼콘이 일방적으로 두드려 맞는 걸로 보였다. 하지만 지훈은 칼콘이 이길 거라고 직감했다.

지루한 공방도 잠시.

상대가 힘에 겨워 지친 찰나…!

칼콘이 쇠사슬을 휘둘렀다.

목표는 상대의 망치였다.

휙!

쇠사슬이 날카로운 소리를 내며 날아들었다!

상대는 쇠사슬 따위 막으면 될 거라고 생각했는지, 둔기로 쇠사슬을 막았고…

좌라락!

그 결과 쇠사슬이 망치를 묶어버렸다.

칼콘이 만족스러운 미소를 지었다.

끼기기긱!

아찔한 힘겨루기!

칼콘의 팔과 상대의 팔에 동시에 힘줄이 돋아났다.

하지만 각성 없는 인간의 몸으로 오크를 이기기란 불가능했다.

끼이익!

기어이 상대는 칼콘의 힘을 이기지 못하고 조금씩 끌려갔다.

그렇게 상대의 망치와 칼콘의 방패가 맞닿았을 때!

칼콘이 쇠사슬을 쥔 주먹 째로 상대를 때리기 시작했다.

퍽! 퍽! 퍽!

말 그대로 진퇴양난이었다.

막아야 할 무기는 쇠사슬에 묶였고, 한 손으로 막자니 무기를 뺏길 것 같았다.

이러지도 저러지도 못하고 일방적으로 얻어맞길 잠시.

"항복! 항복!"

결국 상대가 백기를 들었다.

지훈은 경기장 밖으로 나오는 칼콘에게 물을 건넸다.

"수고했다. 멋지던데?"

"고마워, 지훈. 오래간만에 싸우니 개운하네."

"어때, 체육관 마음에 들어?"

"응. 군대 있을 때 생각나서 불편하긴 한데, 그럭저럭 버틸 만 해."

군생활을 자랑스럽게 생각한 톨퐁과 달리, 칼콘은 씁쓸한 표정을 지었다.

무슨 일이 있었는지는 몰랐으나, 군대 얘기만 나오면 표정 이 좋지 않았었기에, 묻지는 않았다.

"좋아. 그럼 나랑도 한 판 붙어 볼래?"

칼콘의 입가에 흥미가 스쳤으나, 이내 사라졌다.

"아냐, 오늘은 이제 운동 할래."

"왜. 무서워?"

"어떻게 알았어?"

둘 다 저게 거짓말임을 알았기에, 픽 하고 웃었다.

사실 예전에야 육탄전 하면 칼콘이 무조건 이겼겠지만, 각 성 후에는 단 한 번도 붙어보지 않은 둘이었다.

진심으로 하면 어떤 결과가 나올지는 몰랐으나, 칼콘은 그 만두기로 했다. 생명의 은인에게 복종하지는 못할망정, 어찌 싸우냐는 생각에서였다.

한편, 민우는 체육관 구석에서 줄넘기를 하고 있었다.

관장이 그 모습을 매의 눈으로 지켜봤다.

"쉬면 안 됩니다. 계속 하세요."

"헉, 이거, 헉 … 언제까지, 헉 … 해요. 껙!"

"지방 탈 때 까지 합니다."

민우는 그게 언제냐고 묻고 싶었지만, 숨이 턱까지 차올라서 물어볼 수 없었다.

보통 지방은 운동 후 30분부터 연소되기 시작했다.

그리고 지금은 겨우 8분밖에 지나질 않았고 말이다.

지훈과 칼콘이 도착했을 때 즘엔, 민우가 바닥에 대자로 엎어져 있었다.

"얘 왜 이럴까?"

"글쎄다. 나도 잘 모르겠네."

발로 툭툭 치자 민우가 도마 위 생선마냥 눈만 굴렸다.

"오셨어요…."

"너 왜 그래. 어디 아파?"

가시산맥에서 산행 조금 했다고 무릎에 문제가 생겼던 민우였다. 혹시 병원에 갖다 줘야 할까 싶어 물었다.

"아뇨… 무, 물… 물 좀…."

"지친 거네. 에라이, 이 자식아. 직접 떠다 먹어."

지훈은 쳐다보며 민우를 골렸다.

그런 민우가 불쌍했는지, 이내 물통을 가져왔다.

벌컥, 벌컥, 벌컥.

사막에서 구조 된 사람마냥 물을 쏟아 붙는 민우였다.

"푸-학… 이제 좀 살겠네요."

"너 도대체 뭐했길래 그래?"

자초지종은 이러했다.

민우는 체육관에 온 목표가 오로지 다이어트 하나였다. 이 생각을 그대로 관장에게 묻자…

– 줄넘기 하세요. 2단 넘기로 15분.

민우가 줄넘기는 싫다며 다른 거 없냐고 묻자, 관장은 짧게 일축했다.

– 다른 곳 가보세요. 환불해 드릴게요.

곤란했다.

지현을 위해 지훈의 호감을 얻으려고 하는 마당에, 혼자 체육관에서 쫓겨난다?

무시나 잔뜩 받음은 물론, 지현 역시 멀어질 게 분명했다.

"참 극단적이시네. 그까짓 줄넘기. 할게요.

이에 관장은 옆에서 봐주겠다며 훈수를 시작했고…

– 더 빠르게, 더 빠르게.

– 편하게 살 찌워놓고, 쉽게 빼려고 했습니까?

– 이건 전쟁입니다. 빠르게 뛰세요. 멈추면 죽습니다.

– 고추 달고 그거 밖에 못 합니까? 더. 더. 더.

더, 더, 더, 더…

관장은 멈출 때 마다 버럭버럭 화를 냈고, 민우는 거기에 휩쓸려 미친 듯이 줄넘기를 뛰었다.

그 결과가 바로 지금 이 상황이었다.

"푸하하. 자식, 열심히 하네."

지훈이 민우의 머리를 쓰다듬었다.

"으… 형님, 저 죽을 것 같은데… 저희 언제까지 해요?"

슬쩍 칼콘을 쳐다봤다.

언제라도 상관없다는 대답이 돌아왔다.

"나도 오늘 할 웨이트 다 했다. 지금 갈래?"

"가, 가죠…. 제발…."

민우가 일어섰다. 갓 태어난 망아지마냥 후들거렸다.

부축 해주면 안 되냐고 칭얼거리니, 칼콘이 등짝을 세게 때
렸냐.

팡!

"아아아악!"

고통에 대한 반사 작용으로 민우가 펄쩍 뛰었다.

"펄쩍 뛸 힘 남아있네. 이제 잘 걸어 봐."

"이이익! 너무 한 거 아닙니까!"

칼콘은 그저 웃기만 했다.

흥겨운 분위기로 체육관 밖으로 나갔다.

그렇게 해산하려는 찰나…

"이봐 밖에서 얘기하는 거 다 들었어. 당신들 헌터지?"

관장과 싸우던 선수가 말을 걸어왔다.

권능의 반지

46화. 판크라테온 체육관

NEO MODERN FANTASY STORY

살다보면 엮이기 귀찮은 부류가 몇몇 있다.

너무 많아서 딱 집기 애매했으나, 굳이 예를 하나 들자면 앞에 있는 선수 같은 사람이 있었다.

거만한 자세에 어딘가 오만해 보이는 말투. 언행 모두에서 앞에 서있는 사람을 깔보는 듯한 냄새가 풍겼다.

"내가 헌터면 네가 어쩌게?"

잽 마냥 툭 던지자 선수도 덕 아웃으로 피하며 말했다.

"헌팅에 날 끼워줘."

말도 안 되는 제안이었다.

서로 목숨을 맡겨야 하는 상황이 여러 번 오는 게 바로 헌팅인데, 저런 인간성에 문제 있어 보이는 종자를 넣다니?

실제로 민우를 껴줬을 때도 수틀리면 죽일 생각이었다.

"꺼져."

거칠게 일축했다.

"나 선수생활 하던 사람이야. 실력 좋다고! 거기다 각성까지 했다니까?"

선수는 포기하지 않겠다는 듯 자기 장점을 어필했다.

"꺼지라고."

지금 당장 팀원이 필요하지도 않았거니와, 팀원이 늘면 그만큼 분배금도 줄어들게 된다.

정말 필요한 사람이 아니고서야 넣고 싶지 않았다.

"지금 너도 나 무시하는 거냐?"

선수는 의견이 무시당하자 목소리를 낮게 깔았다.

"이상한데서 뺨 맞고 호랑이한테 화풀이 하지 마라. 그나마 있는 몸 병신되서 오줌 줄 꼴는다."

금방이라도 주먹을 주고받아도 이상하지 않을 정도로 분위기가 냉랭해졌다.

칼콘은 싸움이 날 것 같자 슬쩍 몸을 낮췄다. 싸움이 나면 바로 달려들 것처럼 보였다.

"그래. 그럼 이렇게 하자. 지금 내가 못마땅한 거 아니냐, 한 판 붙어 보자고. 내가 이기면 팀에 넣어 줘."

선수는 나름 제 실력에 자신이 있는 모양이었다.

하지만 그래봐야 F급 각성자 아니던가.

보아하니 총은 다루지 못하고 오로지 냉병기로 싸우는 스타일 같았는데, 그래서야 비각성자와 다를 바 없다.

그나마 안전한 몬스터에 속한 페커리만 해도 그랬다.

압도적인 크기와 무게를 이용해 들이 받은 뒤, 커다란 입에 넣고 씹으면 저등급 각성자는 버틸 수가 없었다.

인간과의 싸움에서도 똑같았다.

이미 인간은 F~E급 각성자 혹은 아티펙트를 손쉽게 무력화 할 수 있는 기술을 개발했다.

굳이 OTN탄 쓸 것도 없이, 기관총으로 200발 드르륵 긁으면 저지력을 버티지 못하고 쓰러진다.

차라리 총 좀 다룰 줄 아는 비각성자가 더 쓸모 있었다.

'써 봐야 금방 뒤진다. 저건 민우보다도 못한 새끼다.'

정보 능력 빼도 민우 쪽이 압승이었다.

민우는 총도 잘 못 다루며 뒤에서 지원사격 하는 게 다였지만, 적어도 자기 능력을 잘 알았다.

위험한 상황이 되거나, 제 능력을 넘는 부분에선 절대 나서질 않았다.

삐끗하면 죽는다는 걸 알기 때문이었다.

본디 토끼한테는 토끼만의 생존 방식이 있는 법이었다.

토끼가 제 본질을 착각하고 맹수들 싸움에 끼는 순간, 짐보다도 못한 방해꾼으로 전락한다.

'괜히 중요한 순간에 나대면 다 위험해진다.'

안 봐도 비디오였다.

선수 때 경험을 잊지 못하고 돌진했다가, 첫 전투에서 목숨이나 날려먹지 않으면 다행이었다.

"실력 문제 아니니까 꺼져라."

"싫으면 내가 먼저 덤빈다."

선수가 검을 꺼내들었다.

연습용인지 날이 무뎠지만, 그래도 철 덩어리다.

잘못 맞았다간 뼈가 부러진다.

"지훈, 어떡해?"

칼콘이 덤덤한 표정으로 물었다.

아마 상대가 적이라는 걸 인식했으니 때려 부술까, 말까를
묻는 모양이었다.

'간만에 몸이나 좀 풀어볼까.'

이쪽은 마법, 이능 둘 다 사용 가능한 각성자였다.

나무껍질 쓰고 저쪽 공격 다 맞아주며 주먹만 휘둘러도 이
길 수 있었다.

지훈이 나가려는 순간, 칼콘이 소매를 잡았다.

"지훈, 내가 해도 돼?"

판크라테온 안에서 끓었던 피가 덜 식은 모양이다.

"됐어, 네가 하면 애 병신 된다. 내가 하지."

단순 다툼으로 운동 인생에 마침표 찍어주고 싶진 않았
다.

"준비 됐냐?"

선수가 자신 만만하게 물었다.

"Koor puu(나무 껍질)."

이에 지훈은 간단하게 마법 한 번 시전한 뒤…

훅!

– 저항이 상승했습니다. E등급 (15) = 〉E등급 (16)

– 마력이 상승했습니다. E등급 (11) = 〉E등급 (12)

얼마나 독했는지, 몇 번을 쓰러뜨려도 다시 일어났다.

결국 30분 넘게 있는 패고 있으니 가디언이 다가왔다.

다행히 지훈이 넘어져 있는 선수를 기다리고 있던 터라, 바로 달려들지는 않았다.

"지금 뭐하시는 겁니까!"

"싸우고 있소만, 뭐 문제라도?"

지훈은 가디언을 위 아래로 훑으며 말했다.

"민간인 폭행 현행범으로 연행하겠습니다. 당신은 불리한 진술에 대해 묵비…"

가디언이 말하고 있자니 선수가 비틀거리며 외쳤다.

"제 3자는 빠져!"

가디언은 살짝 얼굴을 찌푸렸다.

"얘도 각성자요. 그리고 폭행 아니고, 저 녀석이 먼저 덤빈 거라 정당방위고."

그 증거로 지훈은 선수가 넘어져 있을 때는 전혀 공격하지 않았고, 칼콘과 민우 역시 체육관 벽에 기대서 담배만 피고 있었다.

가디언은 선수에게 저 말이 맞냐고 물었다.

"맞아. 그러니까 방해하지 말고 꺼지라고…!"

"협박당하신 거라면 가디언 지부까지 호위를…."

"너도 날 무시하는 거냐!"

선수가 악을 썼다. 결국 가디언도 고개를 젓고는 물러섰다.

"더 할 거냐?"

"당연하지, 씨발놈아!"

선수가 달려들었다.

싸움이 길어지자 지친 칼콘이 먼저 집으로 돌아갔다.

"나 배고파. 먼저 갈게."

그 외에도 관장, 경찰, 민간인 등 몇 사람이 다가와서 만류했으나, 합의 된 싸움이라는 걸 알리자 별 말 없이 물러섰다.

1시간 정도 더 두들기자, 결국 선수가 포기했다.

녀석은 바닥에 대자로 누워 쉬어버린 목으로 욕지거리를 내뱉었다.

"씨발… 씨발… 씨발!"

"독한 새끼. 아직도 욕할 힘이 남아있냐?"

이 쯤 되니 도리어 때리는 사람이 지쳤다.

"선수 생활 하려고 미친 듯이 노력했는데… 식단도 맞추고, 매일 한계까지 몰아치며 훈련했는데…."

누구 들으라고 하는 말은 아닌 것 같았다.

단지 각성했다는 이유 하나로 강제로 무차별급으로 이동된 후, 쌓이고 쌓인 설움이 터진 것처럼 보였다.

　"빌어먹을 포탈, 빌어먹을 각성. 아무리 노력해도 등급을 넘을 수 없다니. 씨발… 난 도대체 뭘 위해 훈련했지…."

　지훈은 조용히 내려다 보다 담배 하나를 들이밀었다.

　"시끄럽다, 그거 처물고 닥쳐."

　선수는 조용히 상반신만 일으키곤, 담배를 입에 물었다.

　그리곤 울기 시작했다.

　"어흑. 꺽. 흑. 챔피언 되고 싶었는데. 조금만 더 가면 챔피언이었는데. 난 각성자 되기 싫었는데. 왜, 내가…."

　사실 각성자가 되고 싶어 엄청나게 몸부림치던 지훈으로썬 이해할 수 없는 상황이었다.

　하지만 꿈을 뺏긴 기분은 누구보다도 잘 알았기에, 선수의 어깨를 가볍게 토닥였다.

　"세상사는 거 다 그렇지. 힘내, 씹새야."

　이번엔 싸구려 동정이 아니었다. 진심이었다.

　선수도 그 마음을 알았는지, 눈으로 굵은 물줄기를 토했다.

　"너 뭐 때문에 그렇게 티어 올리고 싶었냐?"

　"챔피언… 아니, 이제 그거 아니지. 무차별급에선 챔피언 못 해…."

　현재 무차별급 챔피언은 미국의 흑인 각성자로 강화계 A등급 각성자였다. 노력으로 이길 수 있는 상대가 아니었다.

미친 듯이 노력해서 A등급을 찍었다고 할지라도, C등급에서 이능이 뭐로 선택될지 몰랐기 때문이었다.

"돈 벌어야 돼. 이제 곧 아들이 태어나는데… 좋은 음식, 좋은 옷 입히고 싶었어…."

아버지의 마음. 입 안이 썼다.

'쌍.'

해줄 말이 없어서 가만히 있었다.

언제 약을 사왔는지, 민우가 선수에게 약을 발라줬다.

"살다보면 그럴 수도 있죠. 근데 앞으로 사람한테 막 덤비지 마세요. 그러다 죽어요."

그 모습을 보고 있자니, 무슨 이유에선지 지훈은 저 선수와 과거의 자신이 비슷하다고 느꼈다.

선수는 곧 태어날 아이와 부인을 위해서.

지훈은 병에 걸린 지현을 살리기 위해서.

이 거친 세상과 멱살잡이하며 흙밭을 뒹굴었다.

'젠장, 나도 오지랖 더럽게 넓네.'

속으로 욕지거리를 내뱉으며 석중에게 전화를 걸었다.

"할배, 나요. 혹시 요즘 양지 쪽 일거리 있소?"

"폐품업자 일 있다. 와?"

"그런 거 말고, 좀 안전한 거."

"여기는 없다. 거 시체구덩이 호모한테 전화해 보라."

이번엔 시체 구덩이로 전화를 걸었다.

"어, 나다. 너희 검투 아직도 하나?"

"전화 걸자마자 인사도 없이 무슨… 응, 아직 하지."

"그거 많이 위험하냐?"

아무래도 언더파이팅이니 엄격한 룰이 있는 크라토스보다는 훨씬 위험할 터였다.

"목숨 걸고 하는 매치도 있긴 한데, 대부분은 애들 몸 생각해서 안전하게 하고 있어."

"F급 각성자는 좀 어떠냐."

"요즘 사람 없었는데 잘 됐네. 데려와."

"이따 가지."

전화를 끊고 돌아갔다.

선수는 민우를 붙잡고 대성통곡을 하는 중이었다.

"계집애도 아니고 질질 짜기는. 차에 타 새끼야."

"어디… 가는데?"

선수가 반말로 물었다.

"나이도 어려보이는 새끼가 반말 찍찍 싸재끼는 거 봐라. 존댓말, 새끼야. 존댓말!"

이에 지훈이 선수의 머리를 파리채마냥 찍었다.

"꺽… 억, 어디로 가는데요?"

"술이나 한 잔 사줄 테니, 먹고 털어 새끼야. 나중에 깽 값 달라고 지랄하지 말고."

"고맙습니다…."

시체 구덩이에서 맥주 몇 잔을 들이켰다.

그 사이 지훈은 주인과 조용히 말을 섞었다.

– 저거?

– 내가 소개시켜줬다고 하지 마라. 괜히 귀찮아진다.

– 응, 실력은 좀 어때 보여?

– 크라토스 헤비급 선수랜다. 기본은 하더라.

주인은 슬쩍 머리를 굴렸다.

'메인매치 전에 들러리 매치로 붙이면 좋겠다.'

– 오케이, 콜. 고마운데, 소개비라도 줄까?

– 필요 없어. 줄 거면 술이나 공짜로 줘.

지훈은 시연과 문자를 주고받으며 술을 홀짝거렸다.

민우는 선수와 친해졌는지 이런저런 얘기를 나눴다. 주로
들어주면서 위로를 해주는 것처럼 보였다.

'새끼, 성격은 좀 괜찮네.'

버리고 가자거나, 다 엎어버리자는 등 이상한 제안만 꺼내
서 이상한 놈이라고 생각했는데 의외였다.

하지만 또 그럴 수밖에 없는 게, 만약 싹수가 누랬다면 이
미 헌팅에서 고인이 됐을 거였다.

이유야 간단했다.

지훈이나 칼콘이 직접 죽이거나, 조그마한 위험에 빠져도
그냥 버려두고 왔을 테니까.

이후 지훈은 선수가 주인과 얘기를 나누는 걸 보고, 적당히 다 됐거니 싶어 자리에서 물러났다.

잠시 걷고 있자니 민우가 말했다.

"의외네요. 저는 형님이 저 놈 죽일 줄 알았거든요."

"내가 무슨 인간 백정이냐. 툭 하면 사람 죽이게."

"솔직히 저랑 강도한테 하셨던 거 보면…."

지훈이 주머니에 손을 넣자, 민우가 기겁을 했다.

안에 글록이 들어있음을 알기 때문이었다.

"개소리 하네. 너는 중배랑 엮여 있었잖아."

"그, 그렇죠. 뭐. 농담 한 번 해봤어요."

그 말을 마지막으로 둘은 각자 집으로 향했다.

집으로 향하며 다음 헌팅은 언제, 뭐로 할까 생각하고 있자니 목소리가 들려왔다.

– 이블 포인트가 1 감소했습니다.

– 현재 포인트는 64점입니다.

그 외에도 평소와 같은 이블 포인트 감소 알림과는 다른, 기묘한 진동이 반지로 퍼져나갔다.

우으으으응–

– 성향이 변경됐습니다. 이블(악) = 〉 뉴트럴(중립)

– 성향 보너스(행동강령)를 선택해 주십시오.

성향 보너스. 처음 듣는 얘기였다.

어리둥절하고 있으니 가로등 아래 한 인영이 보였다.

붉은 머리에 일그러진 왼쪽 얼굴.

아쵸푸므자였다.

권능의 반지

47화. 각성이 항상 좋은 결과만 가져오진 않는다

NEO MODERN FANTASY STORY

붉은 머리에 일그러진 왼쪽 얼굴.

기묘한 매력을 뿜어내는 여자, 아쵸푸므자였다.

그걸 증명하기라도 하듯, 사뭇 많은 부나방이 그녀 주변에서 타죽기라도 한 듯 짙은 그을음 냄새가 났다.

"Kuidas sul läheb(잘 지냈어)?"

단순한 안부 인사임에도, 지훈은 몸이 굳는 걸 느꼈다.

– süüde(발화)

이미 아는 사이임에도, 반가움 같은 건 전혀 없었다.

단지 기억의 편린 속에서, 그녀가 몇 번이나 자신을 태워 죽였던 것 밖에 떠올릴 수 없었다.

'빌어먹을 년.'

손이 떨렸다. 적이 아니라는 사실을 앎에도, 반사적으로 주머니 속 글록을 손에 쥐었다.

　"Ärge närvitsege. Ma tulin siia(긴장하지 마. 얘기하러 온 거야)."

　"사람을 몇 번이나 태워 죽인 년 입에서 그런 소리 들으니 퍽 안심되는군."

　비꼬듯 말하자 아쵸푸므자가 까르르 웃었다.

　"Mugavalt istuma(그러지 말고 편하게 있어)."

　'진정해. 이블 포인트만 낮으면 저 녀석과 싸울 일 없다.'

　한숨과 함께 불안함을 토해내자 기분이 한 결 나아졌다.

　"한글로 말해. 두 번 생각하기 불편하다."

　별 문제 없다는 듯, 아쵸푸므자의 입에서 한글이 나왔다.

　"뉴트럴(중립)로 변했지?"

　성향 변했다고 들은 게 겨우 1분 전이었다.

　귀신처럼 나타난 걸 봤을 때, 이미 전부 알고 온 모양이다.

　'도대체 어떻게 알고 온 거지?'

　마치 생각을 읽기라도 한 걸까?

　속으로 생각했음에도, 대답이 돌아왔다.

　"그 반지를 누가 만들었다고 생각해?"

　"섬뜩하군. 그래서 찾아 온 용건이 뭐지?"

　"설명 겸 부탁."

　목소리는 달콤하지만, 속에서 나온 말에는 독이 섞여있다.

　첫 대면 때 아쵸푸므자는 분명 반지를 쓰는 대가로 몇 가지

부탁을 들어준다고 계약했었다.

아마 그 계약에 대한 내용이리라.

"짧게 해라. 너랑 오래 있고 싶지 않다."

"잘 됐네. 어차피 나도 시간이 많지 않아. informatsioon (정보)."

아쵸푸므자의 말이 끝나자 반지가 작게 진동했다.

– 우으응!

"이제 좀 쓸 만해 졌네. 수고했어."

정보를 살펴 본 아쵸푸므자는 창조물 평가하듯 무미건조한 목소리로 말했다. 이에 예의상 고맙다는 말로 답했다.

"아마 방금 이블 포인트가 64가 되면서 중립 성향으로 변했을 거야. 악이 아닌 성향, 곧 중립과 선 성향에는 보너스가 붙어. 이제부터 그걸 선택해야 할 거야."

아쵸푸므자는 그렇게 설명하곤 선택 창을 띄웠다.

"살펴 봐."

[성향 보너스, 행동 강령]

중립 성향 행동 강령은 중립 성향일 때만 적용되며, 50포인트 달성 시 변경 기회가 있다. 또한 선 성향(25포인트 이하)이 됐을 경우 새로운 행동 강령으로 교체된다.

고의적으로 이블 포인트를 올렸다 내린다고 한들, 한 번 정한 행동 강령은 변경되지 않는다.

선택할 수 있는 행동 강령은 다음과 같다.

– 순수 중립 : 선과 악. 모든 도덕적 잣대에서 초월한 존재를 염원한다.

포인트가 45가 될 경우 모든 능력치에 1 등급 보너스를 받는다. 반대로 45에서 편차가 5 이상 날 시 모든 능력치에 1 등급 패널티를 받는다.

– 참회자 : 자신이 했던 악행에 대해 깊이 뉘우쳐, 선한 사람이 되기를 염원한다.

이블 포인트가 1 감소할 때 마다 능력 포인트를 1점 추가로 얻는다. 반대의 경우 1점 증가할 때 마다 무작위 능력을 2점 잃는다.

또한 참회자 됐을 경우 이블 포인트의 감소 판정은 더욱 까다로워지나, 증가 판정은 훨씬 더 엄격해진다.

– 기만자 : 선과 질서를 연기하는 위선자를 염원한다.

이블 포인트를 희생해 일시적으로 모든 능력에 2등급 보너스를 받을 수 있다. 하지만 능력 발동 시 이블 포인트가 10점 상승한다.

대신 사용자 소거 제한이 75로 낮아진다.

– 회색 인간 : 선과 악이 뒤섞인, 일반적인 인간을 염원한다. 즉시 10포인트의 보너스 포인트를 받지만, 대신 아무런 보너스와 패널티를 받지 않는다.

성향 보너스는 일종의 행동 강령 같았다.

순수한 중립은 이블 포인트를 45로 고정시켜야 했다.

하지만 여태껏 무슨 일을 해도 이블 포인트가 증가 혹은 감소했던 것을 봤을 때 조건을 맞추기 어려울 게 분명했다.

예를 들어 이블 포인트가 40인 상태에서 페커리 사건 때 엘프 형제를 마주쳤다면?

행동 강령에 의거해, 죽여야 했다.

이렇듯 조건이 까다로운 만큼, 이블 포인트를 45로 유지했을 시 총 60 포인트(모든 등급 1 증가)의 보너스를 얻을 수 있었다.

'이런 미친….'

반면 참회자는 무조건 이블 포인트를 낮춰야 했다.

이블 포인트가 낮아지는 만큼 보너스를 받는 건 정말 매력적인 조건이나, 반대의 경우 페널티가 끔찍했다.

여태까진 일이 잘 풀려서 이블 포인트를 낮출 수 있었다지만, 앞으로 어떤 일이 일어날지는 아무도 몰랐다.

또한 패널티를 피하기 위해 무조건 어려운 방향으로 일을 처리해야 할 수도 있었기에, 양날의 검으로 봐야 옳았다.

'한 마디로 개목걸이 차는 거군.'

기만자의 경우 이블 포인트를 희생해 일시적으로 엄청난 힘을 얻을 얻을 수 있었다.

하지만 소거 제한이 75로 낮아진다는 얘기는, 당장이라도 삐끗했다간 바로 죽을 수도 있다는 얘기였다.

'이블 포인트를 마음대로 낮출 수만 있다면 최고의 능력이다. 하지만 이쪽은 위험부담이 너무 높다.'

그 외 회색 인간은 아무런 특성이 없었지만, 확실한 보너스 포인트와 자유의지를 얻을 수 있었다.

뭐 하나 딱 좋다고 집을 수 있는 게 없었다.

회색 인간을 제외한 모든 선택은 보너스를 얻는 대신 페널티에 각별히 신경 써야 한다.

이는 곧 패널티를 피하기 위해 원치 않는 행동을 해야 할 수도 있음을 뜻했다.

살려두면 추후 위협이 될 적을 살려주거나,

비정한 방법으로 적을 공격할 수도 없었으며,

심지어는 이블 포인트를 맞추기 위해 죄 없는 누군가를 죽여야 할 수도 있었다.

결국 결정하지 못하고 말을 돌렸다.

"부탁 먼저 들어보지. 네가 내게 뭘 시킬지가 중요하다고 본다."

만약 참회자를 선택했는데, 아쵸푸므자에게서 이블 포인트가 오를 게 분명해 보이는 부탁을 받았다간 외통수를 맞을 수도 있었다.

"러시아 하수도에서 차원 여행자를 녀석을 데려와."

차원 여행자라니?

듣도 보도 못한 이름이었다.

단지 어렴풋이 세드와 지구가 다른 차원이라는 가설을 들어 본 적은 있었기에 그와 관련 된 존재인가 싶었다.

"어떻게 생겼는지도 모른다."

"정보는 반지에 넣어놨어. 아마 상태가 좋지 않을 거야. 그래도 죽이지 말고 꼭 산채로 데려와."

"네가 시킨 일을 해도 이블 포인트가 변경되나?"

아쵸푸므자는 반지의 제작자. 답을 해줄 수 있을 터였다.

"이번 일은 처리 방법에 따라서 낮아질 수도, 높아 질 수도 있어. 그리고 내가 하는 부탁 중 몇몇은 분명 이블 포인트가 오르기도 할 거야."

한 마디로 선한 일만 시키지는 않는다는 얘기였다.

"내가 만약 부탁을 거절한다면?"

"반지를 가져갈 거야. 죽이진 않아."

어떻게 할 거냐고 기다리는 아쵸푸므자였다.

대답이야 간단했다.

조그마한 심부름 피하기 위해 반지를 포기한다?

얼척 없는 짓이다.

"데려가지. 하지만 온전한 상태라고는 장담하지 못 한다."

"상관없어. 목숨만 붙여놓으면 돼."

"좋아. 그리고 성향 보너스는 회색 인간을 선택하겠다."

사실 이블 포인트만 신경 쓴다면, 다른 쪽이 훨씬 더 매력적이었지만….

'개목걸이를 찰 바엔 혀를 깨물고 죽겠다.'

반지를 얻고 난 후 간신히 되찾은 자유였다.

얻을 게 확실하지도 않은 보너스를 위해 자유를 포기하고 싶지는 않았다.

게다가 50포인트, 25포인트에서 변경 기회가 있지 않던가? 좀 더 상황을 지켜보고 결정해도 나쁘지 않을 것 같았다.

– 회색 인간이 되셨습니다.

– 보너스 포인트를 10 획득하셨습니다. 분배해 주세요.

일단 능력 등급을 올리는 게 급선무였기에, 포인트를 적절하게 나눠서 분배했다.

– 반영되었습니다.

근력 : E 등급 (19) = 〉D 등급 (20) +1

민첩 : E 등급 (19) = 〉D 등급 (20) +1

저항 : E 등급 (15) = 〉D 등급 (21) +5

이능 : F 등급 (9) = 〉E 등급 (15) +3

– 이능 등급이 올라 이능 포인트를 획득하셨습니다.

획득한 이능 포인트는 새로운 이능보다는 기존 이능을 강화하는 데 쓰기로 마음먹었다.

새로운 이능을 얻는다는 건 분명 매력적인 일이었으나, F 랭크라면 분명 페널티도 만만치 않을 것이다.

'기존 이능의 패널티를 낮추는 쪽으로 가야 한다.'

전투 중 쓰지 못할 새로운 이능 하다보다, 전투 중 도움이 되는 기존 이능이 훨씬 더 도움이 된다는 이유에서였다.

– 반영되었습니다.

이능 : F 등급 가속 = 〉 E 등급 가속

잘 분배 됐나 확인하기 위해, 정보창을 띄웠다.

[정보]

이름 : 김지훈

종족 : 인간

이블 포인트 : 64 (−1)

성향 : 뉴트럴

성향 보너스 : 회색 인간

등급 : C 등급 2티어

근력 : D 등급 (20)

민첩 : D 등급 (20)

저항 : D 등급 (21)

마력 : E 등급 (15)

이능 : E 등급 (12)

잠재 : S 등급 (?)

[신체 변이]

약한 재생

화염 속성

[이능력]

집중 (F 등급)

가속 (E 등급) (+1) : 사용자의 신체를 가속합니다.

1.8배속 까지 가속할 수 있으며, 부작용이 감소했습니다.

아쵸푸므자는 지훈의 정보창을 보며 흡족한 미소를 지었
다.

'Lõvi maitseb hea tunne(저번 사도보다 쓸만하군).'

그 사이 지훈이 능력치 배분을 끝마쳤다.

"좋다. 계약이니 네 부탁을 들어주겠지만, 그 외 내가 얻을
수 있는 건 없나?"

"그 반지를 사용하는 것 외에 다른 보상을 원해?"

"일 해주고 뭔가 받지 않으면 허전해서 말이지."

마음만 먹으면 자신을 죽일 수 있는 상대에게 거래를 제안
하는 것은 생각보다 큰 긴장을 유발했으나, 버티지 못할 정도
도 아니었다.

아쵸푸므자 역시 그 사실을 알았기에 흥미로운 표정을 지
었다.

"재미있네. 원하는 게 뭔데?"

"뭘 줄 수 있는지부터 들어봐야 할 것 같군."

"많은 걸 줄 수 있지만, 네게 필요한 거라면 힘, 도구, 고유 마법, 돈 정도?"

"일이 끝난 뒤 선택해도 되나?"

"마음대로. 대신 168시간 안으로 끝내야 해."

168시간이라면 일주일이었다.

준비 및 이동에 하루를 소비한다고 해도 충분했다.

"물건이나 준비해 놔라."

"Ära oota häid tulemusi(좋은 결과를 기대할게)."

그 말을 마지막으로, 아쵸푸므자는 마치 녹아내리듯 사라져 버렸다. 참 익숙해지기 어려운 광경이었다.

지훈은 잠시 자리에 서 있었으나, 금방 발걸음을 옮겼다.

러시아 하수도에 있는 차원 여행자.

'능력치도 오를 만큼 올랐고, 쉬기도 푹 쉬었다. 이제 다시 일 하러 가야한다.'

보상으로 뭘 줄지는 몰랐지만, 아쵸푸므자는 권능의 반지를 만들 만큼 실력 있는 아티펙트 메이커였다.

아무 물건이나 뱉어낸다고 한들, 일반 헌터 기준으로 수준 높은 녀석이 나올 게 분명했다.

권능의 반지

48화. 아쵸푸므자의 부탁

NEO MODERN FANTASY STORY

러시아 개척지로 향하기에 앞서, 지훈은 먼저 차원 여행자의 정보를 조사했다.

'필요한 정보는 모두 반지 안에 있다고 했었다.'

생각을 끝내자마자 반지가 작게 진동했다.

- 대용량 정보를 전송합니다. 약한 어지럼증, 시야 일그러짐, 두통 등이 유발될 수 있습니다. 괜찮습니까?

어차피 듣지 않고서야 할 수 없는 일이었다.

'괜찮아.'

우으으으응

누가 두개골에 드릴이라도 박은 느낌이었다.

토할 것 같은 기분으로 30초 정도 기다리자, 전송이 완료

됐다는 목소리가 들려왔다.

'빌어먹을. 마법으로 치유할 땐 고통이고 뭐고 아무것도 없고만, 이 반지는 뭐 이래?'

특히 '약한'이나 '약간'이라는 말이 들어갔을 경우는, 괴이하게도 그 고통의 강도가 굉장히 높았다.

아마 아쵸푸므자가 변이계 마나를 집어넣으며 '약간 아플 거야.'라고 말한 걸 봤을 때, 본인의 뒤틀어진 센스가 여과 없이 들어간 게 아닐까 싶었다.

'최대한 빨리 일 끝내고 보상이나 받자. 어울려봐야 좋을 거 없는 녀석이다.'

[정보]

목표 : 차원 여행자.

차원 여행자(플레인 트래블러)는 여러 차원을 넘나드는 자들을 뜻한다. 이들의 종족은 인간, 가쉬, 오크 등 다양하나, 이러한 종족 중 어떠한 개체가 차원 여행자가 되는지에 대해서는 아직 알려지지 않았다.

현재 목표가 된 차원 여행자는 가쉬 종족이다.

외적인 특징은 개체마다 천차만별이며, 신장 역시 50 ~ 400cm로 매우 다양하다. 몇몇 존재는 아예 육체 없이 정신체로 존재하기도 한다.

가쉬는 전 종족 중 차원 여행자 각성률이 제일 높은 종족이다. 분쟁을 피하려는 성질을 가지고 있기에 보통 싸움이 시작되면 보통 점프 잼으로 이탈한다.

강력한 전이계 능력을 사용하니 주의.

해당 차원 여행자는 차원 도약에 필요한 점프 잼을 분실했으며, 심각한 부상을 입은 채로 러시아 개척지 하수도에 은거하고 있다.

처음 듣는 단어가 난무하는 까닭에 정확히 이해하진 못했으나, 대충은 파악할 수 있었다.

'전이계 능력은 뭐야?'

– 순간이동, 염동력, 전송, 왜곡 등의 공간 능력을 말합니다. 현 이능 평가 가준 D등급 이상의 능력입니다.

얘기만 들어도 머리가 지끈지끈 아파왔다.

여태껏 싸운 녀석들은 대부분 물리적인 공격을 하는 녀석이 대부분이었다.

포미시드와 만드라고라 조합이 환각과 마법을 사용하긴 했으나, 그건 어디까지나 보조적인 수단이 다였다.

능력으로 직접적인 공격을 하는 상대는 처음이다.

'어떻게 싸워야 하지?'

– 기쉬 종족의 능력은 시야에 보이는 것에만 영향을 끼치므로, 최대한 시야에서 벗어난 채 공격해야 합니다.

– 몇몇 정신체는 투시안 혹은 천리안 능력까지 사용해 굉장히 까다로운 공격을 하나, 해당 차원 여행자는 해당 사항이 없습니다.

대충 모습을 보이지 않고 공격하면 된다는 얘기였다.

이에 지훈이 할 수 있는 행동은, 원거리 저격, 엄폐 사격, 폭발물 투척 등이 있었다.

하지만 하수구라는 지형 상 저격은 거의 불가능 하다고 봐야했고, 생포라는 임무 특성상 수류탄도 쓰기 애매했다.

'결국 남은 건 제압사격 후 육탄전 밖에 없겠군.'

입 안이 썼다.

쉬울 거라고는 생각하지 않았지만, 이렇게 어려울 거라고도 예상하지 못했다.

'혼자 가야하나?'

아무래도 확실한 보상이 없는 터라, 돈으로 움직이는 칼콘과 민우를 데려가기엔 애로가 있을 것 같았다.

칼콘이야 빚이 있으니 따라오라면 오겠지만, 민우 같은 경우는 온다고 확신하기가 애매했다.

그렇다고 안 올 거라 단정 짓고 연락도 해보지 않을 순 없었기에, 일단 둘 다 불러 한 자리에 모았다.

✤

시체 구덩이, 비즈니스 룸.

칼콘과 민우가 굳은 표정을 지었다.

"강요는 안 해. 이건 개인적인 부탁이야."

팀이라지만 돈을 전제로 뭉친 관계다.

보상이 확실하지도 않은 의뢰를 강요할 순 없었다.

"지훈 얘기만 들어보면 굉장히 어려운 일 같은데."

칼콘이 침음을 뱉었다.

과거 혼자 살던 때야 몸 사리지 않고 돌진할 수 있었다지만, 지금은 동거인이 있는 칼콘이었다.

될 수 있으면 위험한 일은 피하고 싶어 보였다.

"이능력을 사용한다고 치면, 만드라고라랑 포미시드 보다도 위험한 녀석들이에요. 젠포 때처럼 기습이 가능하다는 보장도 없구요."

민우 역시 턱을 괴곤 한숨을 푹 내뱉었다.

"맞아. 딱 봐도 어려운 일이야. 하지만 나한테는 꽤 중요하기 때문에, 부탁을 하고 있는 거고."

민우는 담배를 폈고, 칼콘은 술을 마셨다.

불편한 침묵.

무언의 부정이라 봐도 무방했다.

'용병을 쓰자. 방패 쓸 줄 아는 비각성자나, F급 용병만 있어도 충분할 거다.'

판단을 마친 뒤 해산하려는 찰나, 칼콘이 물었다.

"그거… 목숨이 위험할 수도 있겠지?"

"아무래도."

"그래. 같이 가자. 은인을 죽게 내버려 둘 순 없어."

칼콘은 결심한 듯 고개를 끄덕였다.

"고맙다."

"당연한 건데 뭘."

칼콘만 있어도 굉장히 큰 도움이 됐기에, 지훈은 민우의 어깨를 두드렸다.

서운하네 뭐네 할 것도 없었다.

위험에 대한 대가를 지불할 수 없는 상태였다.

도와주지 않는 게 당연했으며, 오히려 특별한 이유 없이 도와주는 게 이상해 보일 정도였다.

민우는 짙은 담배 연기와 함께 한숨을 내뱉었다.

그의 머릿속으로 지현이 스쳐 지나갔다. 만약 그와 지현이 잘 되면, 지훈은 그의 매형이 될 사람이었다.

게다가 실제로 지훈이 민우를 잘 챙겨주기도 했고 말이다.

지현에 대한 걱정, 돕지 않는다는 죄책감, 동료를 버리고 도망간다는 비겁함 등 여러 감정이 민우를 두들겼다.

"형님, 잠시만요."

민우가 나지막이 말했다.

"형님께서 절 몇 번이나 믿어 주셨는데, 이번엔 제가 형님을 믿을 차례 같네요. 저도 참가 하겠습니다."

뭐라 말 못할 고마운 마음이 들끓었다.

"새끼들… 고맙다."

"당연한 거야."

"이번에도 잘 해보죠."

지훈은 칼콘과 민우의 어깨를 두드렸다.

"자, 그럼 장비 구하러 가자."

일행은 포획에 앞서, 각성자 물품 거래소에 모였다.

'일단 상대방의 눈을 봉쇄하는 게 급선무다.'

차원 여행자는 눈에 보이는 것만 공격할 수 있었다. 그 말은 시야를 차단하면 이능력 역시 봉인된다는 얘기였다.

'굳이 방어구를 살 필요는 없다.'

반지를 통해 알아낸 결과, 적은 전이계 능력자였다.

이물질을 체내에 순간이동 시키거나, 공간 자체를 뒤틀어 버리는 상대에게 있어 좋은 방어구는 필요 없었다.

지금 입은 방어구로도 차원 여행자 외 다른 불필요한 방해 요소는 전부 막아낼 수 있을 것 같았다.

'무기 역시 새로운 걸 살 필요는 없다.'

목표는 사살이 아닌 포획이었다.

애초에 지금 가진 무기도 충분히 강력했기에, 굳이 공격력을 올릴 필요는 없었다.

대신 적의 행동을 봉쇄하기 위해 작살을 몇 개 구입했다.

작살 손잡이에 쇠사슬이 달려있는 녀석이었는데, 적에게 박아 넣은 뒤 잡아 당길 생각이었다.

덤으로 확실한 마무리를 위해 신금속으로 만든 그물 총(넷 건)도 하나 구입했다.

'나이트 비전도 필요하다.'

하수구 안은 몇몇 장소를 빼고 매우 어두웠다.

칼콘이야 밤눈이 좋으니 괜찮았지만, 민우와 지훈 같은 경우엔 도구의 도움이 필요했다.

이후 차원 여행자의 눈과 귀를 교란시킬 섬광탄과 암흑 마법 스크롤을 구입했다.

'이거면 충분하겠지.'

더 살 게 없을 거라 판단하고 나가려는 찰나, 민우가 지훈을 붙잡았다.

"형님. 가이거 계수기 사야 돼요."

가이거 계수기라면 방사능 측정기를 뜻했다.

"아니 그걸 왜? 개척지 안에 핵이라도 떨어졌어?"

"그게… 저도 인터넷 위키에서 본 거라 제대로 설명은 못 하겠는데, 대충 이래요."

러시아 개척지는 개척 초기에 전력난을 해소하기 위해 개척 예정지 지하에 작은 원자력 발전소를 지었다.

정신 나간 발상이 아닐 수 없었다.

하지만 세계 각국이 세드를 개척하는 가운데, '개척 속도'는 곧 새로운 영토를 얻는 속도와 같았기에 러시아 정부는 저 정신 나간 계획을 승인했다.

물론 핵발전 선진국인 러시아가 그냥 건설할 리는 없었다.

지리, 기술적으로 안전한 곳에 건설하는 것은 당연했고, 거기에 혹시 모를 일을 대비해 기술 및 마법적 보안 장치까지 덧붙였다.

이로 인해 러시아는 강력한 전기를 바탕으로 거대 인프라를 건설, 전 세계에서 세드 영토를 제일 많이 갖게 됐다.

딱 종족 전쟁 전 까지만.

종족 전쟁 중 이 원자력 발전소의 존재가 이종족 연합의 귀에 들어가게 됐고….

코볼트 특수부대가 원자력 발전소를 테러했다.

결과적으로 원자력 발전소는 시원하게 날아갔고, 현재까지 방사능을 뿜어내고 있는 상태였다.

이후 러시아는 광대한 영토를 모조리 잃었고, 지금에 와서는 개척지만 간신히 유지하고 있는 상태였다.

"아니 그럼 지상은?"

"다행히 지하에서 터진지라 도시 보호 결계랑 바닥에 깔린 아스팔트를 못 뚫는대요."

"하… 그럼 방사능 보호복도 사야하는 거 아니냐?"

자칫 잘못하면 포스트 아포칼립스에 나오는 몬스터들 마냥 기괴하게 변이될 수도 있는 상황이었다.

"아마 작은 발전소라 근처에만 안 가면 될 거에요. 그리고 차원 뭐시기도 살고 싶으면 그 주변으로 안 갔겠죠."

결국 민우의 말대로 가이거 계수기도 하나 구입했다.

"무슨 짐승 잡으러 가는 느낌이네요."

"싸워 보면 짐승이란 말 따위 하지도 못할 거다."

셋 다 이능력자와의 전투는 처음이었다.

제발 사망 혹은 부상만 없기를 빌었다.

출발에 앞서 시연과 지현에게 다녀오겠다고 인사했다.

"페커리 잡은 지 일주일도 안됐잖아, 조금 더 쉬는 게…."

"걱정 마, 잘 돌아올게."

시연은 뭔가 불안한 표정이었다.

"다녀온다."

"잘 다녀와. 다치지 말고."

"오냐."

지현은 애써 밝게 말했다.

⊕

일행은 지훈의 벤츠를 타고 러시아 개척지로 향했다.

실어올 만한 거대한 물건도 없었고, 운전도 단순 고속도로 및 개척지 내에서만 하면 됐기에 렌트는 하지 않았다.

"저 러시아 개척지 위키 설명은 봤는데, 실제로는 처음 가요. 거기 어떤 느낌이에요?"

민우가 조수석에 앉아서 궁금한 듯 물었다.

"미국에 슬럼 알지?"

"예, 방송에서 들어는 봤어요."

"거기에 미로 같은 무질서함만 섞으면 된다."

이해하지 못했는지 고개를 갸웃거리는 민우였으나, 굳이

부연설명을 하진 않았다.

러시아 개척지는 단순 개척 속도만 중시한 도시였다.

까닭에 도시 건설도 소수의 건설사에 맡기지 않고…

국내 모든 건설사에 강제로 건설을 할당했다.

까닭에 구획마다 건설 형식이 달랐으며, 그 넓이 역시 상상을 초월할 정도로 넓었다.

반면 인구 밀도는 낮아 유령도시처럼 황폐했고, 치안 역시 중요구획 말고는 무법지대와 다름없었다.

'어차피 하수도에서 한 사나흘 헤매면 토악질 할 정도로 뼈저리게 느낄 거다. 벌써부터 겁주지 말자.'

이후 지훈은 엑셀에 발을 얹었다.

"잠 좀 자둬. 아무리 세게 밟아도 20시간이라, 엄청 오래 걸릴 거다."

부웅!

이후 칼콘과 지훈이 5시간씩 운전하며 교대했고, 민우는 그 때 마다 대역죄인 마냥 욕을 들어먹었다.

권능의 반지

49화. 시야를 차단해야 한다

NEO MODERN FANTASY STORY

지루하다 못해 사람을 말라비틀어지게 만드는 운전이었다.

5시간 씩 끊어 자니 시간 감각이 없어지는 건 물론이오, 나중가서는 지금이 오후 8시인지, 오전 8시인지 가늠도 되지 않았다.

"아, 토할 것 같네."

장시간 운전하니 벤츠고 나발이고 없었다.

아무리 빛깔 좋은 통조림은 먹는 사람이나 좋지, 안에 들어가는 고기 입장이 되면 짜증나기 마련이었다.

그나마 중간 중간 휴게소에 들려서 켄타우르스 치즈, 가시나무 수액 껌, 엘프 사과 등 맛 좋은 음식을 먹었으니 버틸 수 있었다.

"와… 진짜 크네요."

민우가 러시아 개척지를 둘러싼 벽을 보며 중얼거렸다.

10M는 가뿐히 넘을 거대한 철벽이었다.

그 모습이 마치 거대한 함선 장갑처럼 보였다.

장벽 위에는 한국과의 전쟁을 우려했는지, 장거리 주포가 주기적으로 박혀있었다.

'빌어먹게도 오래간만에 오는 군. 마지막으로 왔던 게 마약거래 때문이었던가.'

그 때는 정문이 아닌 쪽문(밀입국)을 이용했지만, 분명 그 때도 엄청나게 거대한 철벽을 지났다.

옛 생각을 하고 있자니 군복을 입은 여자가 다가와 창문을 열라는 듯 손을 빙빙 돌렸다.

"신분증."

건네주자 푸르스름한 빛이 나는 리더기로 슥 훑었다.

이후 여자는 차 안을 살펴봤다. 그러다 칼콘을 좀 오랫동안 쳐다보더니, 슬쩍 러시아어로 짜증을 부렸다.

"더러운 오크 새끼."

"헛소리 그만. 검문이나 계속해."

이에 지훈이 톡 쏘듯 말하자, 여자는 작게 욕을 내뱉었다.

"내려."

"지금 실수하는 거다."

지훈이 항변했으나, 여자는 '내려' 라는 말만 반복했다.

아무래도 이종족에게 굉장히 베타적인 러시아인지라, 오크인 칼콘을 보고 보복성 검문을 하는 것 같았다.

당연히 빈토레즈 포함 온갖 무기가 발견됐다.

분위기가 싸늘하게 식으며 당장이라도 무력 충돌이 일어날 것 같은 살얼음판도 잠시.

지훈이 각성자 등록증을 내밀었다.

"잠시 지나간다. 그게 다."

여자는 잠시 짜증을 부렸으나 통과시켜줬다.

현재 한국과 러시아는 동맹 상태였다.

간혹 뇌물을 요구하거나 이런 보복성 검문이 일어나기도 했지만, 각성자 등록증 같은 적법한 물건이 있으면 통과시켜 줄 수밖에 없었다.

여자만 가득한 군인들의 싸늘한 환대를 받으며, 일행은 러시아 개척지로 들어섰다.

"근데 왜 전부 여군만 있어요?"

"종족 전쟁 때 남자들 갈아 넣어서 그래."

몬스터 브레이크 전에도 성비가 어그러진 러시아였다.

거기에 종족 전쟁 때 수많은 남자들이 희생됐으니, 지금에 와서는 남자가 귀한 수준에 이르렀다.

결국 러시아는 젊은 여자들을 징병하기 시작했고, 현재 개척지 치안 유지는 대부분 여군들이 담당하고 있었다.

전문 인력이 아니었으니 당연히 여기 저기 문제가 터져 나왔지만, 뭐… 어떻게든 돌아가고는 있는 실정이었다.

일행은 가까운 호텔에 체크인 했다.

시간이 촉박했지만 어쩔 수 없었다.

긴 운전으로 쌓인 피로를 들고 갈 순 없었기 때문이었다.

게다가 개척지가 미로였다면, 하수도는 미궁 수준으로 복잡한 공간이었다. 지도 없이는 절대 들어갈 순 없었다.

"오늘 밤은 푹 쉬고, 내일 지도 사서 바로 들어간다."

민우에게 지도나 사오라고 시킬까 싶었지만 그만뒀다. 러시아어도 모르거니와, 괜히 강도라도 만났다간 골치 아팠다.

가격이 꽤 비싼 호텔이니만큼 잠자리는 편안했다.

다음 날.

일행은 가까운 인스턴트 식당에서 요기를 했다.

한가하게 여행 온 입장도 아니었기에, 대충 제일 잘 나가는 걸로 시켰거늘 괴상한 음식이 튀어나왔다.

"이게 뭐야?"

네모 모양 컵라면 위에 마요네즈가 뿌려져 있었고, 후식(?)으로는 한국에서 자주 보던 초코과자가 나왔다.

민우는 러시아식 라면이거니 하고 후루룩 들이켰다가 시원하게 뿜어냈다.

"꾸어헉!"

느끼했다.

그것도 엄청.

라면도 일일 권장 나트륨 섭취량이 100%를 넘을 정도로 짠 음식인데, 거기에 기름 덩어리인 마요네즈를 더한다?

"이딴 걸 어떻게 먹어!"

결국 지훈과 민우는 빵으로 아침을 해결했다. 반면 칼콘은 기름지고 좋다며 일행의 음식까지 들이켰다.

'저 녀석은 도대체 못 먹는 게 뭘까.'

저번에 호기심으로 번데기를 먹여 봤을 때, 그냥 컵 째로 한입에 털어 먹은 칼콘이었다.

아마 문명의 손길이 아주 조금이라도 닿아 있으면 모두 잘 먹을 것 같았다.

누군가에겐 만족스럽고, 누군가에겐 조촐했던 식사 후. 일행은 무장을 한 채 도시 외곽으로 향했다.

개척지 중앙 대로에서 몇 블록 이탈하지도 않았거늘, 벌써부터 사람 그림자가 옅어졌다.

"사람이 뭐 이렇게 없어요?"

"두리번거리지 마라. 강도 붙는다."

초행길이라고 광고하는 민우에게 주의를 줬다.

그렇지 않아도 지금 차량이 벤츠였다.

주변 시선이 전부 여기에 꽂혀있는데, 초행길이라는 걸 광고하면 괜히 이상한 일 당할 게 뻔했다.

부러움, 시기, 질투 등이 두루 섞인 시선들을 끌고 다니길 잠시. 지훈은 거대한 쌍둥이 빌딩 앞에 차를 세웠다.

"와, 지훈 저거 봐봐. 하늘이 안 보여. 여기 어디야?"

"회색시장."

회색 시장은 언더 다크가 관리하는 암시장과는 조금 다른 의미로, 개척지 내에서 정기적으로 운영되는 불법 시장을 일컬었다.

지훈과 칼콘은 민우를 내버려둔 채 내렸다.

"차 지켜라. 누가 견인차 몰고 와도 절대 주지마라. 일단 총부터 보여줘. 사람 여럿이서 다가오면, 소음기 끼고 위협사격 해라."

남의 개척지 내에서 총질 했다간 정치, 외교 문제로 엮여서 문제가 커질 수 있지만 신경 쓰지 않았다.

어차피 치안 개판인 동네였다.

군인들 도착하기 전에 이탈하면 그만이다.

"네, 알겠습니다."

긴장한 민우를 뒤로하고, 회색 시장으로 들어갔다.

회색 시장은 커다란 빌딩 사이에 위치했는데, 아침임에도 짙은 그늘이 진 모습이 그 이름에 퍽 걸맞아 보였다.

대충 몇 걸음 걷고 있자니 소년 하나가 다가왔다.

"멋진 형. 돈 주세요. 나 한국어 잘 해요."

나이를 보건데 세드에서 태어났거나, 아니면 어린 나이로 강제 이주를 당한 아이인 듯 싶었다.

불쌍한 인생이었지만, 그래봐야 알 바 아니었다.

"꺼져."

붕가붕가하는 개 떼어내듯 발로 가볍게 밀었다.

브스스 밀려나기도 잠시. 소년은 다시 달려들었다.

"배고파요. 형 돈 주면 나 배불러요. 동생도 있어요."

딱한 얘기였으나, 믿을 수는 없었다.

소위 말하는 수금용 새끼 거지일 수도 있었고, 소매치기 할 대상을 물색하기 위한 밑밥일수도 있었다.

몇 번 더 거절하고 있자니 칼콘이 소년과 눈을 맞췄다. 이후 칼콘은 위협의 뜻으로 날카로운 이를 드러내며 말했다.

"너 따위 뼈 발라 먹으면 한 입도 안 돼. 인간은 어리면 어릴수록 맛이 좋지. 죽고 싶어?"

위협적인 비주얼 때문에 도망칠 법 했음에도, 소년은 꿈쩍도 하지 않았다.

"나 먹어요! 대신 백만 원 줘요!"

어이가 없어 웃음이 나왔다.

진심인지 아닌지는 몰랐지만, 적어도 저 정도 깡다구 있는 녀석이면 다른 의도가 있을 것 같지는 않았다.

'배짱 있는 모습이 마음에 드네.'

지갑에서 오만 원 짜리를 하나 꺼내 소년에게 쥐어 줬다.

"고맙습니다! 잘생긴 형, 새해 복 많이 받으세요!"

뜬금없는 세배를 받았다.

"됐고, 뭐 좀 물어보자. 도본엡스코 어디 있냐."

도본엡스코라는 말에 아이가 허옇게 질렸다.

"죄송합니다, 형. 나 몰랐습니다. 돈 다시 드릴게요. 살려주세요."

소년은 도망가려 했지만, 칼콘이 뒷덜미를 잡아버렸다.

"안 죽여. 빨리 안내나 하고 갈 길 가라."

결국 소년은 울상을 지은 채 지하 주차장으로 향했다.

원래라면 차량들로 빼곡해 있어야 할 주차장에는, 위험해 보이는 시장판이 펼쳐져 있었다.

대부분 무기가 거래되고 있었고, 간혹 마약을 팔거나 매춘을 하는 사람들도 보였다.

소년은 주차장 관리실 앞에서 멈췄다.

"여기. 나는 이제 갈게요. 나 제발 죽이지 말아요."

불안한 듯, 소년은 그 말만 남기고는 도망치듯 사라졌다.

✛

끼익.

문을 열자 CCTV를 훑던 반백의 중년이 고개를 돌렸다.

눈이 불편한지 오른쪽에는 안대, 왼쪽에는 외눈 안경을 끼고 있었다.

"미친 사냥개 새끼. 죽고 싶어서 여길 기어들어왔나?"

외눈 남자, 아니 도본옙스코가 살기를 뿌렸다.

"아직도 꽁해있나? 부랄 값이 아깝다. 떼 새끼야."

숨기지 않고 적의를 드러냈다.

이에 도본옙스코는 어이가 없는지 허탈한 웃음을 흘렸다.

"죽이기 전에 온 이유는 들어주마. 왜 왔지?"

"하수도 지도."

하수도라는 말에 도본옙스코가 얼굴을 찌푸렸다.

현재 러시아의 하수도는 방사능 때문에 대부분 막혀있기 때문이었다.

게다가 저번 테러 때문에 하수도 관리에 무진장 신경을 쓰고 있기 때문에, 하수도 지도는 대외비로 관리됐다.

"그게 여기 있을거라고 생각하나?"

"구할 수 있는거 알고있다. 닥치고 내놔라."

"내가 왜?"

"팔아라. 저번에 마약건 고꾸라져서 돈 급할텐데?"

도본옙스코는 대답도 하지 않고 무전으로 누군가를 불렀다.

"됐다. 죽어라."

"후회할 텐데?"

경고하기도 전에, 문이 거칠게 열리며 누군가 들어왔다.

둔기를 든 모습이 각성자처럼 보였지만, 사각에 숨어있던 칼콘이 녀석의 목에 주먹을 꽂아 넣었다.

깔끔한 제압.

각성자의 목이 쑥 꺼지는가 싶더니 거품을 물고 쓰러졌다.

"너, 이 새끼가…!"

도본옙스코가 책상 옆에 있던 토카레프를 들었다.

머리에 총이 겨눠졌음에도, 전혀 긴장되질 않았다.

이미 저항 등급이 D가 된 상태였다.

시험해 보지는 않았으나, 권총탄 따위는 손쉽게 튕겨낼 게 분명했다.

"단순히 물건 구하러 온 건데, 이러지 말지?"

"너한테 총맞은 내 사촌동생은 아직까지 다리를 절며 산다. 내가 왜 널 살려줘야 하지?"

"그래야 내가 널 죽이지 않을 테니까."

한 치의 흔들림도 없는 말에 도본엡스코의 총구가 떨렸다.

어차피 말로 해야 들을 상대도 아니었기에, 들고 있던 각성자 감지기를 건네줬다.

"못 믿겠나? 찍어 봐."

삐빅!

도본엡스코의 눈이 부풀었다.

전투에 직결되는 근력, 민첩, 저항 능력이 전부 D등급임은 물론, 이능까지 갖춘 C등급 각성자였다.

뒷골목 구멍가게나 운영하는 조직이 상대할 수 있는 상대가 아니었다.

"씨발…!"

도본엡스코가 토카레프를 바닥에 집어던졌다.

"지금은 아니더라도, 나중에 꼭 죽여주마."

부들부들 떠는 녀석의 어깨를 가볍게 두드렸다.

"좆이나 까 잡수고, 가서 하수도 지도 가져와."

지도에 대한 대금 및 보상 명목으로 500만 원을 지불했다.

강탈 해와도 됐지만, 어떻게 다시 만날지 모르는 게 이 쪽 세계였다.

두루두루 친하게 지낼 필요는 없었으나, 적어도 보자마자 총질 할 사이는 되지 않는 게 좋기 때문이었다.

〈3권에서 계속〉